NH Dawn

Kristallfluch – Die Legende Ishøghs

Band 1 von 2

KRISTALLFLUCH

– DIE LEGENDE ISHØGHS –

BOOKAPI
VERLAG

Bibliografische Information der Deutschen Nationalbibliothek: Die Deutsche Nationalbibliothek verzeichnet diese Publikation in der Deutschen Nationalbibliografie; detaillierte bibliografische Daten sind im Internet über http://dnb.dnb.de abrufbar.

1.Auflage

Theodor-Heuss-Str. 5, 89340 Leipheim

Coverdesign: Nina Hirschlehner
Lektorat & Korrektorat: Annika Wenninger
Layout & Satz: Stefanie Scheurich,
Bildmaterial: freepik.com

Druck: booksfactory
ISBN: 978-3-9824015-7-7

@bookapi.verlag

PROLOG

Die Herrschaft der Königin neigte sich dem Ende zu. Sie spürte es in jeder Faser ihres Körpers, der langsam aber stetig erkaltete.

Mehr als die Hälfte ihres Lebens hatte sie ihrem Land, ihrem Volk gewidmet. Dafür gesorgt, dass die Bewohner von Ishøgh in Sicherheit und Frieden lebten. Wer würde diese Aufgabe übernehmen, wenn sie nicht mehr war? Würde die Harmonie im Land aufrecht bleiben oder das Land in den Zustand zurückfallen, aus dem sie es einst mühsam hatte befreien müssen?

Die Schneeflocken, die munter und fröhlich vor dem mit Eisblumen gezierten Fenster des Königinnenschlafzimmers tanzten, ahnten noch nichts von ihrem baldigen Abtritt. Sie kümmerten sich nicht darum. Es hatte schon Herrscher vor ihr gegeben und es würden auch welche nach ihr folgen. Nun war es an ihr, dafür Sorge zu tragen, dass die Richtige den Thron bestieg. Eine Königin, der Eis und Schnee nichts anhatten. Die

Freundschaft mit der Kälte schließen konnte. Denn ansonsten würde das Reich schon bald untergehen.

Königin Juna wandte sich von dem meterhohen Fenster ab, das oben hin spitz zulief und von Streben durchbrochen war. Der Ausblick von ihrem Schlafzimmer aus gefiel der Herrscherin von Ishøgh besonders, überblickte sie von dort doch ihr gesamtes Reich, das unterhalb des verschneiten Hügels lag. Die schlichten Holzhütten mit den dicken Strohdächern hoben sich deutlich von den schneebedeckten Feldern und der alten Steinmauer ab, die ihr Land vom Nordwald und dem Niemandsland trennte.

Ja, sie brauchte eine Nachfolgerin, die nach ihr das Volk vor der lauernden Bedrohung schützte.

Ihre zitternden Finger fuhren vorsichtig durch das immer schon weiße Haar, in der Erwartung, weitere Strähnen davon in der Hand zu halten. Mit jedem stechenden Atemzug spürte sie förmlich, wie ihr Körper mit seinen etwas mehr als fünfzig Jahren auf dieser Erde langsam der Erschöpfung nachgab.

Aber noch nicht. Noch war ihre Zeit nicht gekommen. Nicht, solange sie keine Nachfolgerin gefunden hatte.

KAPITEL 1

Alva

Der Wind wurde immer beißender, als sich der Tag dem Ende zuneigte. Unser Ausflug auf den Markt hatte länger gedauert als erwartet. Dafür hatte sich die Reise gelohnt. Wir hatten nur wenige Reste unverkauft wieder mit nach Hause genommen, die Bauer Erik gerade zurück in den Lagerraum brachte. Wir konnten zufrieden sein mit unserer Leistung, zumindest war es das, was der alte Mann mir gesagt hatte.

Weil es bereits zu dämmern begann, hatte er auf meine Hilfe beim Ausladen und Abzäumen der Pferde verzichtet und mich direkt nach Hause geschickt. Damit ich nicht zu spät zum Abendessen kam, wie er meinte. Er hatte keine Ahnung, dass dieses schon lange stattgefunden hatte.

Ich zog den dünnen Wollumhang enger um meinen Körper, als ich aus dem steinernen Torbogen trat, der das Grundstück des Bauern abtrennte, und mit schnellen Schritten auf die große gegenüberliegende Holzhütte zusteuerte. Draußen vor der Tür brannte eine Fackel, um die einbrechende Dunkelheit zu vertreiben.

Schon von Weitem hörte ich lautes Treiben – Gelächter, Streitereien, das Scheppern von Geschirr. Mit etwas Glück konnte ich mir später beim Abräumen noch ein paar Scheiben Brot aus der Küche stibitzen.

Eine wohlige Wärme umfasste meinen halb erfrorenen Körper, als ich durch die Tür trat, deren altbekanntes Quietschen unter den aufgebrachten Stimmen unterging. An den drei meterlangen Tischen im Hauptraum saßen sämtliche Waisenkinder von Ishøgh versammelt. Ein Blick auf ihre leeren Schüsseln verriet mir, dass ich recht behielt. Das Essen war bereits vorbei. Stattdessen wurden teilweise kleine Schwertkämpfe mit Löffeln ausgefochten und Gegenstände unter Bechern versteckt, um sie zu mischen und die anderen raten zu lassen, welcher der richtige war.

Mein Magen gab ein enttäuschtes Brummen von sich, da der Duft des Essens noch in der Luft lag.

»Alva!«

Wie von selbst fand mein Blick Rik, der von seinem Platz ganz rechts hinten aufgestanden war und mich zu sich winkte. Neben mir war er eines der ältesten Kinder im Waisenhaus, wenn man es so nennen wollte. Mit meinen sechzehn und seinen siebzehn Jahren waren wir alles andere als Kinder. Und doch nannten wir dieses Heim unser Zuhause. Rik bereits sein ganzes Leben, ich erst seit zwei schier endlos lang scheinenden Jahren.

Während ich mich auf den Weg zu ihm machte, löste ich den Umhang von meinen Schultern. Dank der Menschenmenge wurde es im Speiseraum schnell sehr warm.

»Wo warst du denn so lang?«, wollte Rik wissen, als ich ihn erreichte. Er gab dem Jungen neben ihm einen Schubs, damit dieser ein Stück rutschte und Platz für mich schaffte.

Ich hob den Saum meines Kleides ein wenig an und stieg mit einem Bein über die Holzbank, um von Angesicht zu Angesicht mit Rik zu sitzen, so wie wir es meistens taten. Sein stets offener und freundlicher Blick musterte mich neugierig.

»Es war heute viel los auf dem Markt«, erklärte ich, als ich an den Ansturm auf unser Wintergemüse und die frischen Eier dachte. »Als hätten die Menschen Angst, der Winter würde niemals enden.«

Rik grinste mich schelmisch an, wobei seine haselnussfarbenen Augen im fahlen Licht aufblitzten.

»Was?«, fragte ich und stieß ihn sanft gegen den Oberarm. Sein Verhalten bescherte mir ein nervöses Prickeln im Magen, das genauso gut vom Hunger herrühren könnte. »Was ist so lustig?«

»Die Leute kommen nicht wegen des Winters, Alva.« Er klang amüsiert. »Bauer Erik meinte, dass er viel höhere

Umsätze erzielt, wenn er dich mit auf den Markt nimmt. Du seist ein Naturtalent im Verkaufen. Ich hingegen glaube, dass die Menschen sehr viel weniger an dem Gemüse als an dir interessiert sind.«

Ich verdrehte die Augen über diese Bemerkung und wandte dabei den Blick von Rik ab, ließ ihn durch den Speisesaal schweifen. Die Kinder waren teils noch aufgekratzt, teils bekamen sie bereits schwere Augen. Er wusste genau, dass ich es nicht mochte, wenn er mich mit meinem Aussehen aufzog. Im Gegensatz zu den meisten Einwohnern Ishøghs waren meine Haare nicht blond, sondern ebenholzfarben. Diese Anomalie zog oft Blicke auf sich, die mir unangenehm waren. Anders als die Bäuerinnen von nebenan hatte ich nicht viel auf den Knochen – das war etwas, das die meisten Waisen hier gemein hatten. Wir schufteten für unser Überleben. All das zusammen machte es den Leuten schwer, mich in eine Schublade zu stecken. Für sie war ich keine Bäuerin, aber zu alt für ein Waisenkind. Das exotische Aussehen einer edlen Dame aus dem Reichenviertel vor dem Palast und doch in Lumpen gekleidet und auf die Arbeit am Hof angewiesen.

Ich passte nirgends so richtig dazu.

»Übrigens«, zog Rik meine Aufmerksamkeit wieder auf sich. Er schob eine Tonschale zu mir, auf der eine Scheibe Brot lag. Dazu reichte er mir einen Löffel. »Wenn der Eintopf kalt ist, ist es nicht meine Schuld.

Du bist zu spät und ich habe deine Portion mit meinem Leben verteidigt.«

Einen Moment lang sah ich ihn ungläubig an, ehe ich mir den Löffel schnappte. Ich nahm mir nicht die Zeit, mich bei ihm zu bedanken. Zu versessen war mein polternder Magen auf den erkalteten Eintopf. Er schmeckte fad wie immer, doch das war mir egal, solang er seinen Zweck erfüllte. Hastig löffelte ich die Schüssel leer, aus Angst, jemand nähme sie mir weg, ehe ich fertig gegessen hatte.

Meine Befürchtung war nicht unbegründet, ertönte doch in diesem Moment die Glocke, die das Ende des Abendessens verkündete. Für die jüngeren Kinder bedeutete das: Zeit zum Bettgehen. Für uns Ältere hingegen hieß es aufräumen.

Gerade wollte der Junge neben Rik aufstehen und zu den Schlafräumen laufen, als dieser ihn am Ärmel packte und zurückzog.

»Geschirr«, erklärte er mit einem ernsten Tonfall, den er sich extra für die unbelehrbaren Kinder im Heim aufsparte. Während die meisten brav ihre Schüsseln in die Küche oder zumindest zur Sammelstelle trugen, fanden es manche nicht der Mühe wert, ihren Beitrag zu leisten.

Der Junge murrte etwas, das ich bei dem Lärm im Saal nicht verstand. Aber er gehorchte. Ohne Rik noch eines Blickes zu würdigen, schnappte er sich das Geschirr und trug es in Richtung Küche. Während mein bester Freund die Sache damit als erledigt ansah, beobachtete ich hinter seinem Rücken, wie der Junge seine Schüssel klammheimlich auf eine andere einen Tisch weiter stapelte und dann davon hechtete.

Ich konnte mir ein Grinsen kaum verkneifen. Manche der Kinder waren wahrlich unverbesserlich.

»Er hat es nicht weggebracht, nicht wahr?«

»Immerhin steht die Schüssel jetzt ein paar Meter näher an der Küche«, versuchte ich, ihm zugutezuhalten.

An Riks Gesichtsausdruck jedoch merkte ich, dass er die Sache nicht ganz so lustig fand. Ungläubig schüttelte er den Kopf. »Was soll denn aus ihnen werden, wenn sie nicht mal die einfachsten Aufgaben erledigen können?«

Riks schneidender Ton wischte augenblicklich das Lächeln aus meinem Gesicht. Es gefiel mir nicht, wie schnell das Gespräch eine Wendung zu ernsteren Themen nahm. Die meisten der Kinder hatten noch einige Zeit im Waisenhaus vor sich. Nicht so wie Rik und ich. Er wurde nächstes Jahr achtzehn und würde uns verlassen. Mir blieb etwas mehr Schonfrist. Nichtsdestotrotz musste ich an die Zukunft denken, auch wenn sich dabei jedes Mal ein schmerzhafter Knoten in meinem Magen bildete. Zum Glück hatte ich aufgegessen, bevor Riks Ernst mir den Appetit verdarb.

Im Speisesaal wurde es langsam leiser, als die Kinder in die Schlafräume verschwanden. Nur das Scheppern des Geschirrs, das von den Älteren eingesammelt wurde, hallte durch den Hauptraum des Waisenhauses. Eigentlich sollten wir helfen, so wie jeden Abend. Doch die Müdigkeit steckte mir zu sehr in den Knochen. Ich konnte mich kaum dazu überwinden, aufzustehen.

»Danke übrigens«, sagte ich, um ein wenig Zeit zu schinden. »Für das Essen, meine ich. Du hast mir echt das Leben gerettet. Wie kann ich das wiedergutmachen?«

Endlich wich der ernste Ausdruck aus seinem Gesicht. Seine Züge wurden weicher. Das war der Rik, den ich so viel lieber mochte. »Irgendwann wird sich schon die Gelegenheit bieten.«

»Hey!«

Ich fuhr erschrocken zusammen, als mit einem Mal eine wütende Frauenstimme den Moment der Zweisamkeit störte. Ehe ich mich umsehen konnte, tauchte auch schon Ida an unserem Tisch auf – eine blonde Schönheit, deren Haare immer zu einem kunstvollen Kranz an ihrem Hinterkopf geflochten waren. Sie war nur wenige Monate jünger als ich und übernahm dementsprechend auch den abendlichen Küchendienst, während die Kleineren unter uns nach dem Frühstück aufzuräumen hatten. Ihr zierliches, mit Sommersprossen besetztes Gesicht war vor Wut verzerrt.

»Wie wäre es, wenn ihr aufhört zu tratschen und stattdessen ein wenig mithelft? Ich habe nicht vor, die ganze Arbeit allein zu machen! Alva, du hast schon bei der Essensausgabe nicht geholfen.« Sie klatschte auffordernd in die Hände. »Komm mal in die Gänge, wir alle müssen unseren Beitrag leisten.«

Sprachlos blinzelte ich sie an. Zwar wusste ich, dass sie die Arbeit ganz bestimmt nicht allein machte, dennoch fehlten mir die Worte, um etwas zu erwidern. Stattdessen beschleunigte sich mein Puls und Schuldgefühle stellten sich ein. Jeder hier hatte seine Pflicht zu tun. Wer war ich, nur dumm rumzusitzen und zuzusehen?

Rasch erhob ich mich von der Bank und stapelte meine Schüssel in Riks, während er seelenruhig sitzen blieb.

»Und wenn wir unseren Tisch erst um Mitternacht abräumen, kann es dir egal sein«, erwiderte er. Seine Stimme klang nicht unfreundlich, aber bestimmt. »Alva hat heute den ganzen Tag am Markt gearbeitet und ist erst vor ein paar Minuten zurückgekommen. Gönn ihr doch eine Verschnaufpause.«

Ida zog eine Grimasse, ehe sie uns den Rücken zuwandte und davon stampfte. Ein wenig unschlüssig sah ich ihr hinterher. Sie war weg, doch das schlechte Gewissen blieb.

Im Waisenhaus gab es klare Abläufe. Jeder kannte seine Aufgaben und jeder erfüllte sie, um keinen Rauswurf zu riskieren. Damit alles glattging, hatten wir Kinder ebenso viel zu tun wie die wenigen Erwachsenen, die mit der Anzahl der Waisen schier überfordert waren. Deshalb lag es an uns Älteren, unsere Pflichten zu erfüllen. Es blieb keine Zeit für Ausreden, das wusste ich besser als die meisten. Dennoch machte mir jede Auseinandersetzung mit Ida zu schaffen. Und davon gab es nicht wenige. Seit meinem ersten Tag hier schaute sie mir auf die Finger. Wartete darauf, dass ich einen Fehler machte, um ihn mir unter die Nase zu reiben. Nichts, was ich tat, war gut genug für sie, die schon ihr ganzes Leben lang in diesem Heim war.

»Mach dir nichts aus der«, meinte Rik, als er sich nun auch erhob. Es war, als könnte er meine Gedanken in meinem Gesicht ablesen. Im Gegensatz zu mir, die nur wie erstarrt am Fleck stand, schnappte er sich unsere Schüsseln und begann sofort mit den Aufräumarbeiten. »Wahrscheinlich ist sie nur eifersüchtig, dass sie nicht als Lockvogel mit auf den Markt darf.«

Ich versuchte mich an einem Lächeln, scheiterte jedoch kläglich. Der Moment nagte an mir. Nicht unbedingt Idas Worte, sondern die Tatsache, dass ich nicht dazu in der Lage war, für mich selbst einzustehen.

Ehe ich hierhergekommen war, hatte ich es nie mit streitseligen Mädchen oder unzufriedenen Kindern zu tun gehabt. Ich hatte mich nie verteidigen müssen, weil ich nie angegriffen worden war. Hier standen Reibereien an der Tagesordnung, woran ich mich selbst nach zwei Jahren nicht gewöhnt hatte. Und es auch vermutlich nicht würde.

»Komm schon.« Rik bedeutete mir, ihm zu folgen. Er hielt einen Stapel von mindestens zehn Schüsseln in den

Händen. Sollte dieser Turm kippen, würde es gewaltigen Ärger mit den Erwachsenen geben. Aber daran schien er nicht zu denken. Viel zu routiniert saß jeder Griff. »Ich hab gehört, du hast morgen Frühdienst.«

Ich seufzte tief. Es war, als würde mich die Aussicht auf den morgigen Tag aus meiner Starre holen. Ich sammelte ebenfalls Besteck und Schüsseln ein. Es war eine merkwürdige Art von Routine vor dem Schlafengehen, die meinen Körper müde stimmte.

Nur so schaffte ich es jeden Abend, in dem völlig überfüllten Mädchenschlafraum auch nur ein Auge zuzubekommen. In meiner ersten Zeit hier war ich mehr als dankbar für die harte Arbeit am Hof gewesen, die mich abends todmüde hatte ins Bett fallen lassen.

»Es ist nicht für immer, weißt du?«

Ich zuckte mit den Schultern, ohne Rik dabei anzusehen. Das war es nicht. Ich war mir nur nicht sicher, ob das, was danach kam, besser sein würde.

Königin Juna

Nohr erstarrte in seiner Bewegung. Anstatt weiter niederzuschreiben, was die Königin ihm diktierte, beschaute der Berater sie aus seinen stahlgrauen Augen, als würden die beiden plötzlich zwei verschiedene Sprachen sprechen.

»Habe ich das richtig verstanden?«, erkundigte er sich zur Sicherheit noch einmal. Er legte das Blatt und seine Feder auf dem Schreibtisch nieder und erhob sich von der gepolsterten Bank, auf der er immer saß, wenn er ihren Willen festhielt. Diesmal sollte es ihr letzter sein, und gerade heute kam es Nohr in den Sinn, nachzuhaken. Als hätte sie nicht die vergangenen Jahre damit zugebracht, zu überlegen, was das Beste für ihr Land wäre, wäre sie einst nicht mehr.

Königin Juna hob das Kinn an und atmete tief durch. Sie hatte erwartet, an verschiedenen Stellen auf Missfallen zu stoßen, nicht aber bei ihrem engsten Vertrauten. Nohr stand ihr bei, seit sie vor Jahrzehnten den Thron von Ishøgh bestiegen hatte. War nicht immer jeder mit ihren Entscheidungen einverstanden gewesen, hatte er ihr stets den Rücken gestärkt. Das sollte er auch weiterhin tun.

»Du hast richtig verstanden. Nicht ich werde meine Nachfolgerin auswählen, das Schicksal wird sie zu mir bringen. Und so soll es niedergeschrieben werden.«

Nohr machte einen Schritt in ihre Richtung, kam jedoch nicht näher, sondern blieb unschlüssig stehen und schien einen innerlichen Kampf mit sich selbst auszutragen. Scheinbar fehlten dem sonst so redegewandten Berater gerade jetzt die passenden Worte.

»Bevor du dir den Kopf zerbrichst«, griff Königin Juna ein. »Ich habe nicht meinen Verstand verloren. Ich weiß immer genau, was ich tue. Oder möchtest du etwas anderes behaupten?«

Rasch schüttelte er den Kopf. Sein ebenfalls bereits ergrautes Haar hatte er zu einem Pferdeschwanz zusammengebunden. Seit sie sich kannten, hatte er sich kaum verändert – trug stets die gleichen exquisiten, jedoch schlichten Kleider und achtete auf ein gepflegtes Aussehen. Nur das Alter hatte auch bei ihm Spuren hinterlassen.

»Ich wusste schon immer, was für mein Land am besten ist«, fuhr Königin Juna fort, um ihrem Willen Nachdruck zu verleihen. »Mein nahendes Ende ändert daran rein gar nichts.«

»Das bezweifle ich nicht, Eure Hoheit«, räumte Nohr ein und machte eine für ihren Geschmack etwas zu lange Pause. »Aber gerade weil Euer Ende nahe scheint, denkt Ihr nicht, dass …«

»Dass was? Eile angebracht wäre?« Sie schnaubte und wandte ihrem Berater den Rücken zu, um durch den hohen Fensterbogen hinaus auf ihr Land zu blicken. Noch war ihre Zeit nicht gekommen. »Das Schicksal hat mich damals zur Königin gemacht und es wird auch meine Nachfolgerin bestimmen. Ich spüre es, Nohr. Ganz deutlich.«

Ihr Berater schwieg, so als hätte er Angst, sie mit seinen Bedenken zu verärgern. Und das zurecht. Von jedem anderen hatte sie Zweifel erwartet, nur nicht von ihm.

Sie spürte förmlich die Worte, die ihm auf der Seele brannten. So sehr er sie auch hinunterzuschlucken versuchte, sie bahnten sich ihren Weg nach draußen.

»Wäre es nicht eine Option, die Krone im Familienbesitz zu belassen?«

Müde schloss die Königin die Augen. Langsam war sie es leid, dieses Thema mit ihrem Berater zu besprechen, war er doch der Einzige, der wusste, dass sie nicht die Letzte ihres Stammbaums war. Und so sollte es bleiben. »Mit Männern habe ich nicht die besten Erfahrungen gemacht, wie du weißt. Eine Frau wird Herrscherin über Ishøgh. So habe ich es beschlossen und so wird es auch sein. Mehr habe ich dazu nicht zu sagen, Nohr. Es wäre nett, wenn du nun endlich deine Arbeit tun würdest. Ich bin erschöpft und sollte mich ausruhen.«

Sekunden des Schweigens verstrichen, ehe Nohr sich wieder an seinen Platz vor dem Schreibtisch setzte und weiterschrieb, wie sie es ihm vor Minuten aufgetragen hatte.

Währenddessen nahm Königin Juna die silberne Krone von ihrem Kopf, die mit einem Mal zentnerschwer auf sie niederdrückte. Drei fingernagelgroße hellblaue Kristalle waren darin eingearbeitet. Drei Kristalle, denen sie selbst ihre Herrschaft zu verdanken hatte. Sie funkelten verführerisch im fahlen Licht. Es war, als sprachen sie zu ihr. Als würden sie ihrer Königin ihr Wort geben, sie nicht zu enttäuschen.

Während Königin Juna Nohr ihren letzten Willen diktierte, blickte sie ihm vorsichtshalber über die Schulter, um das Geschriebene zu überprüfen. Als er fertig war, legte sie behutsam die Krone auf dem Tisch ab.

»Ich will, dass bis morgen alles vorbereitet ist. Die Garde soll ehestmöglich ausreiten, um die Botschaft zu verkünden. Ich verlasse mich auf dich, Nohr. Enttäusche mich nicht.«

KAPITEL 2

Rik

Lautes Stimmengewirr und das Aufeinanderschlagen von Steinen und Stöcken erfüllte die kalte Winterluft an diesem Morgen. Gemeinsam mit ein paar der Jungen aus dem Heim saß Rik unter dem Verschlag vor dem Geräteschuppen des Bauernhofs. Einmal in der Woche erlaubte Bauer Erik ihm, sein Werkzeug auszuleihen, um den Kindern zu zeigen, wie sie ihr eigenes herstellen konnten. Und nicht nur das. Sie bastelten Spielzeuge für die Kleinen und Waffen, die die älteren Jungen verwendeten, wenn sie mit Rik auf die Jagd in den verbotenen Nordwald gingen.

Der *Basteltag,* wie die Kinder es nannten, war sein liebster Tag der Woche. Nicht nur, weil er endlich Zeit fand, all die kaputten Werkzeuge auf Vordermann zu bringen. Beim Arbeiten mit Holz gelang es ihm, den Kopf freizubekommen. An diesem einen Tag, den er nicht auf den Feldern oder mit Reparaturen und anderen Tätigkeiten am Hof verbrachte, musste er nicht darüber nachdenken, was die Zukunft für ihn bereithielt. Und das war eine angenehme Abwechslung.

»Immer vom Körper wegschnitzen«, sagte er, als er einen prüfenden Blick über die fünf Kinder schweifen ließ, die rund um eine kleine Feuerstelle auf Holzblöcken saßen und mit verschiedenen Holzarbeiten beschäftigt waren. Einer der ältesten Jungen, Linus, war gerade dabei, einen Stock zuzuspitzen, wobei das Messer immer wieder gefährlich nah an seinen Körper kam. Auf seine Worte hin drehte der Blonde den Stock, ohne auch nur einmal aufzusehen, und bewegte das Messer in die andere Richtung weiter.

Zufrieden wandte sich Rik wieder seiner eigenen Arbeit zu. Aus einem übrig gebliebenen Holzklumpen schnitzte er eine Spielfigur für Aron. Der Vierjährige saß auf seinem Schoß und beobachtete fasziniert, wie aus einem Stück Holz nach und nach eine Gestalt wurde. Es würde nicht mehr lange dauern, bis er sie als Pferd identifizieren könnte. Der längliche Kopf war bereits erkennbar, allerdings fehlten noch die Details.

Das Geräusch von aufeinanderschlagendem Holz drang an sein Ohr. Zwei Jungen, die sich Spielzeugschwerter geschnitzt hatten, duellierten sich damit unter lautem Rufen und Lachen. Sie waren nicht die ersten Waisen, die sich vorstellten, Mitglieder der königlichen

Garde zu sein. Ein Traum, der niemals mehr als genau das sein würde. Einem Waisenkind war es nicht gestattet, Soldat der Königin zu werden. Das war dem höheren Volk und Nachkommen der Garde vorbehalten. In den siebzehn Jahren, die Rik bereits hier lebte, hatte es nur ein einziges Kind aus dem Heim geschafft, eine Ausbildung als Soldat zu erhalten. Doch dieses Glück hatte nicht lange angehalten …

»Wo bist du mit deinen Gedanken?«

Überrascht blickte er von seiner Arbeit auf, als sich eine Stimme aus dem lauten Kindergewirr abhob. Sein Blick fand Alva, die mit einem großen Korb in beiden Händen an einem Holzbalken lehnte, der das Vordach des Geräteschuppens stützte. Wie immer hatte sie ihr dunkles Haar hochgesteckt, damit es sie nicht bei der Arbeit störte. Über ihrem knöchellangen hellgrauen Kleid trug sie eine selbstgestrickte Decke, die sie vor der morgendlichen Kälte schützen sollte. Auf ihren Lippen lag ein verträumtes Lächeln, das sie erst vor Kurzem wiedergefunden hatte.

Im Gegensatz zu den meisten der Kinder hier war Alva nicht im Heim aufgewachsen, sondern auf der anderen Seite der Stadt, vor den Toren des Palasts. Sie hatte nicht viel über ihr Leben vor ihrer Ankunft preisgegeben, aber allein ihre Herkunft ließ vermuten, dass sie in guten Verhältnissen gelebt hatte. Zumindest in besseren als hier.

Es musste ein Schock gewesen sein, von einem vertrauten Zuhause und einer liebenden Familie weggerissen zu werden und hier zu landen, wo jeder für sein Überleben arbeitete. Sämtlicher Privilegien beraubt, die der höheren Gesellschaft vorbehalten waren. Vor sich das Leben einer Waise, am unteren Ende der Nahrungskette. Zumindest stellte sich Rik das vor. Wie die meisten Kinder hatte er nie etwas anderes als dieses Leben gekannt und sich damit abgefunden, dass die Zukunft nichts als Ungewissheit für ihn bereithielt. Aber er wusste, dass auch noch eine andere Welt existierte. Eine, die Alva Hoffnung schenkte und dieses Lächeln ins Gesicht zauberte. Denn dieses war gemeinsam mit ihrem Entschluss aufgetaucht, es eines Tages bis hinter die Palastmauern zu schaffen. Wie bei der Königlichen Garde waren auch dort Waisenkinder nicht sonderlich gern gesehen, doch das schien sie nicht von ihrem Vorhaben abzuschrecken. Und Rik hatte keinesfalls vor, sie von der Idee abzubringen. Ebenso wenig wie die Kinder, deren Vorstellung von einer besseren Zukunft wie ein Rettungsseil war, an das sie sich klammerten. Nie im Leben würde er ihnen das nehmen.

»Hast du einen Moment für mich?«

»Immer.« Er drückte Aron die unfertige Spielfigur in die Hand, ehe er ihn von seinem Schoß hob. Mit einem Satz war er auf den Beinen und verstaute sein Messer am Gürtel. »Stecht euch kein Auge aus«, wies er die Kleinen an. »Ich bin gleich wieder da.«

Schmunzelnd folgte Alva ihm ein paar Schritte von den Kindern weg, ehe sie nach seinem Arm fasste und sich bei ihm unterhakte. Trotz der niedrigen Temperaturen fühlte sich ihre Haut so warm an, als käme sie gerade aus der Küche. Dabei war der Korb in ihrer Hand der eindeutige Beweis dafür, dass sie eben noch im Hühnerstall gewesen war, um die Eier aufzusammeln.

»Und du vertraust darauf, dass sie keine Dummheiten anstellen?«

Er zuckte mit den Schultern, warf aber vorsichtshalber einen Blick zurück. Die Kinder spielten friedlich, wie er es von ihnen gewohnt war. Dennoch verlangsamte er seine Schritte, bis er in einiger Entfernung stehen blieb. So konnten die beiden ungestört reden, während er die Rasselbande gut im Blick hatte.

»Was ist los?«, wandte er sich wieder an Alva. Auch ihr Blick ruhte auf den Kindern, doch ihr Lächeln war verblasst. Stattdessen war da diese altbekannte Leere in ihren Augen, die sie seit zwei Jahren nicht loswurde. Er wusste genau, was das bedeutete. »Was bedrückt dich?«

Nun war es Alva, die mit den Schultern zuckte. »Ich wollte nur ein wenig reden, ehe ich zurück in die Küche muss. Gestern hatten wir schließlich kaum eine Gelegenheit dazu.«

»Und du bist nicht nur hier, um Zeit zu schinden?«

Der Ausdruck auf Alvas Gesicht verriet ihm, dass er ins Schwarze getroffen hatte. So eng die beiden auch

befreundet waren, hatte es Alva schwer, Anschluss bei den anderen zu finden. Die meisten Kinder waren bereits ihr ganzes Leben hier, für sie war Alva so etwas wie ein Eindringling. Ein Mädchen, das mutmaßlich im Reichenviertel der Stadt aufgewachsen war und mit dem sie nun ihre hart erarbeiteten Essensvorräte teilen mussten. Egal, wie schwer sie selbst schuften mochte, sie würde nie ganz dazugehören.

»Was muss ich tun, damit sie mich mögen?«, wollte sie mit belegter Stimme wissen. »Ich gebe mir die größte Mühe, nett zu allen zu sein, auch wenn sie sich unausstehlich verhalten. Das ist anstrengend.«

Rik konnte nicht anders, als aufzulachen. »Dann lass es doch.«

Ihre Augenbraue schnellte nach oben. »Wie bitte?«

»Na, hör auf, dir Mühe zu geben.«

Er merkte, dass Alva protestieren wollte, deshalb fuhr er schnell fort: »Ich meine, dass du nicht beeinflussen kannst, wie die anderen über dich denken. Also kannst du auch gleich aufhören, ihren Erwartungen zu entsprechen. Du musst noch ein Jahr durchhalten, dann kannst du hier weg und dir eine Arbeit im Palast suchen. Oder etwa nicht?«

Alvas Blick sank auf den Korb in ihren Händen, den sie sanft hin und her wiegte. »Schon. Aber das ist ein ganzes Jahr ohne dich. Ohne meinen einzigen Freund.«

Rik biss fest die Zähne aufeinander. So viel zum gedankenlosen Basteltag. Da waren sie wieder, die Sorgen über die nahende Zukunft. Sobald der Winter vorbei war, war auch seine Zeit im Waisenhaus abgelaufen. Pünktlich zu seinem achtzehnten Geburtstag musste er die schützenden Wände des Heims verlassen und weiterziehen. Eine Arbeit finden in einer Stadt, in der niemand ein Waisenkind einstellen wollte.

Bei seinen Ausflügen in das Zentrum von Ishøgh traf er immer wieder Waisen, die er von früher kannte. Sie verrichteten Hilfsarbeiten zu einem Mindestlohn oder schlimmer – mussten für ihr Überleben am Wegrand betteln. Keiner von ihnen hatte einen richtigen Beruf erlernen dürfen, obwohl manche garantiert hervorragende Tischler, Schmiede oder Zimmermänner geworden wären. Ihr Talent hatten sie hier am Hof gezeigt. Doch das bedeutete in der Stadt nichts. Zu viel Wert legte man dort auf Ansehen, Geld und Herkunft.

Manche hatten es sogar gewagt, ihr Zuhause zu verlassen. Hinaus ins Niemandsland hinter dem verbotenen Wald im Norden zu gehen, wo die ewige Eiswüste wartete. Von ihnen hatte er nie wieder etwas gehört. Niemand verließ Ishøgh, niemand betrat Ishøgh.

»Noch bin ich da«, sagte er mehr zu sich selbst als zu Alva, beruhigte aber keinen von ihnen wirklich damit. Zu nah war die Ungewissheit. Zu unausweichlich. »Und noch stehen wir beide alles gemeinsam durch.«

Seine Worte erfüllten ihren Zweck. Sie hob den Kopf

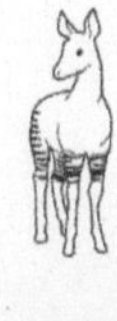

und blickte ihn aus ihren tiefblauen Augen mit den braunen Sprenkeln hoffnungsvoll an. »Versprochen?«

Ein unerwartetes Lächeln schlich sich in sein Gesicht. »Versprochen.«

Alva

Ich fühlte mich immer so viel leichter, nachdem ich meine Sorgen mit Rik geteilt hatte. Er war so etwas wie das Auge des Sturms. Ging es bei mir mal wieder drunter und drüber, schaffte er es, mich am Boden zu halten und mir das Gefühl zu geben, alles wäre halb so schlimm. Auch wenn es nicht mehr als ein Trugschluss war.

Kaum steuerte ich auf die Hintertür des Waisenhauses zu, die direkt zur Küche führte, bekam ich wieder dieses mulmige Gefühl im Magen. Ich wusste, dass ich dort bereits erwartet wurde, und alles in mir sträubte sich dagegen, auch nur einen Schritt weiterzugehen.

Manchmal beneidete ich Rik um seine Arbeit mit den Kindern. Ich merkte, wie viel Freude sie nicht nur ihm, sondern auch ihnen bereitete. Sie bastelten und spielten ausgelassen, während ich mich mit bösen Blicken und geflüsterten Worten herumschlug. Ich wünschte wirklich, ich wäre handwerklich etwas mehr begabt, um Rik zu unterstützen, anstatt jeden Tag durch meine persönliche Hölle zu gehen.

Ich stieß die Tür zur Küche auf, atmete den Geruch nach frischem Brot ein und nahm das heiße Prickeln der warmen Luft auf meiner Haut wahr. In der Mitte des Raums stand ein großer Tisch, auf dem das Essen zubereitet wurde und auf dem sich die ersten Laibe türmten, während die nächste Fuhre bereits über dem Feuer lag. An den Wänden hingen Töpfe und Pfannen sowie alles, was man zum Kochen benötigte. Gegenüber von der Tür befand sich eine große Kochstelle, an der ein paar Mädchen versammelt standen und tuschelten. Eine von ihnen drehte sich kurz um, als ich hereinkam, ließ sich aber nicht weiter stören.

Um nicht unnötig Aufmerksamkeit auf mich zu ziehen, mied ich den Blickkontakt. Ich stellte meinen Korb auf dem Tisch ab, an dem noch reichlich Mehl klebte.

Ich hatte versucht, die Mädchen dazu zu bewegen, die Oberflächen sauber zu halten, war aber auf taube Ohren gestoßen. Ohnehin wurde jedes meiner Worte auf die Waagschale gelegt, weshalb ich es bevorzugte, Dinge, die mich störten, lieber selbst zu erledigen. Ich lief also um den Tisch herum, um mir einen Lappen zu holen, mit dem ich den Schmutz beseitigte. Dabei spürte ich Blicke in meinem Nacken, die jeden meiner Schritte verfolgten. Wenn sie mir schon nicht helfen wollten, konnten sie zumindest irgendetwas anderes tun, als mich anzustarren. Doch diese Gedanken würde ich niemals laut aussprechen. Hingegen Riks Rat, mich nicht um die Meinung anderer zu scheren, war es mir durchaus wichtig, welchen Eindruck ich hinterließ. Man hatte mich gelehrt, freundlich und gehorsam zu sein, auch wenn es einem schwerfiel. Und daran würde ich festhalten, so gut ich nur konnte, war meine Erziehung doch das Einzige, was mir von zu Hause übrig geblieben war.

»Du warst ganz schön lange bei den Hühnern«, stellte eine Stimme in meinem Rücken fest, woraufhin leises Kichern ertönte.

Ich wusste, mit wem ich es zu tun hatte. Ida war die Älteste unter den Mädchen. Demnach diejenige mit dem größten Einfluss. Und zu meinem Pech auch diejenige, die mich am allerwenigsten mochte. Bis heute wusste ich nicht, was ich ihr angetan hatte, um ihren Ärger zu verdienen. Mir war aber klar, dass es keinen Sinn hatte, unsere Probleme auszudiskutieren. Ida war kein Freund von Aussprachen. Ein Versuch, mit ihr zu reden, würde nur darin enden, dass sie mir das Leben noch schwerer machte, als es ohnehin schon war. Und darauf konnte ich herzlich verzichten.

»Haben sie die Eier zu gut vor dir versteckt?«, setzte sie hinterher, als ich nichts auf ihren Kommentar erwiderte.

Auch jetzt verzichtete ich darauf, auf ihre Sticheleien einzugehen. Stattdessen schüttelte ich den Lappen aus, um einen Moment Zeit zu gewinnen, ehe ich mich zu den Mädchen umdrehte und die Nase rümpfte. »Ich habe nicht den Eindruck, als hätte ich sehr viel verpasst. Das Brot lasst ihr auch ganz allein anbrennen.«

Während Ida unbeeindruckt blieb, fuhren die anderen Mädchen herum, um das bereits angekohlte Brot von der Kochstelle zu nehmen. Der verbrannte Geruch lag nun deutlich in der Luft, als der Laib auf dem Tisch landete.

»Du denkst wohl, du weißt alles besser«, gab die Blondine schnippisch von sich, so als wäre es nicht ihre Schuld, dass sie über ihre Tratschereien die Zeit vergessen hatten. »Es gibt Neuigkeiten, Prinzessin. Nur weil du im Dunstkreis der Königin aufgewachsen bist, macht dich das nicht zu etwas Besserem. Jetzt bist du hier und hier sind wir alle gleich. Ganz egal, wer unsere Eltern waren. Waise ist Waise, da gibt es keine Unterschiede.«

Fest presste ich die Lippen aufeinander, in dem Versuch, nicht zu widersprechen. Die Einzige, die einen Unterschied zwischen ihnen und mir sah, war Ida. Vom ersten Tag an hatte sie mich anders behandelt und ausgerechnet sie wollte mir etwas von Gleichheit erzählen? Dass ich nicht lachte.

Sie wusste doch überhaupt nichts über mich, weil ich nie etwas über meine Herkunft oder meine Eltern preisgegeben hatte. Wie Ida bereits sagte: Es machte keinen Unterschied. Dass ich aus dem reicheren Viertel Ishøghs stammte, in dem Soldaten sowie Diener aus dem Palast beherbergt waren, hatte sie lediglich aus meinem Aus-

sehen und der Kleidung geschlossen, die ich am Leib trug, als ich damals hier angekommen war. Seither musste ich mir ihr Gerede über Ungleichheit und Ungerechtigkeit anhören. Aber darauf würde ich nicht eingehen.

»Hat es dir die Sprache verschlagen?«, hakte sie nach, als ich auf eine Antwort verzichtete, und zeigte dieses überlegene Grinsen, das schon mehr einem Zähnefletschen glich. »Recht so. Für dein Zuspätkommen darfst du den Rest fertig machen. Kommt, Mädels, wir haben noch andere Dinge zu tun.«

Ich hakte nicht nach, welche *anderen Dinge* das sein sollten, sondern beließ es dabei. Einen Moment lang wartete ich, bis die Mädchen die Küche verlassen hatten, ehe ich mich daran machte, das restliche Brot vom Feuer zu nehmen. Zum Glück war noch nicht alles verloren, unser Abendessen somit gesichert.

Eigentlich mochte ich die Arbeit in der Küche, wenngleich mir Idas Anwesenheit jegliche Freude daran nahm. Es hatte etwas Beruhigendes, die Lebensmittel zu verarbeiten und sauber zu machen. Etwas Vertrautes. Schon als Kind hatte ich unserer Dienstmagd Svea gern geholfen, das Essen vorzubereiten. Es hatte mich mit Stolz erfüllt, Vater nach einem langen Tag im Dienst mit etwas zu überraschen, das *ich* gemacht hatte. Wobei ich zugeben musste, dass der Großteil der Arbeit wohl an Svea hängen geblieben war. Immerhin hatte sie neben dem Kochen auch noch den Haushalt und den Einkauf erledigt. Damals war ich ihr zur Hand gegangen, doch erst seit ich hier war, wusste ich, wie hart sie für ihr Geld gearbeitet hatte. Geld, das sie seit Vaters Tod von einer anderen Familie für ihre Dienste bekam.

Ich sah sie manchmal, wenn Bauer Erik mich mit auf den Markt nahm. Aber sie hielt Abstand von unserem Verkaufsstand. Vielleicht aus Reue, mich nicht bei sich aufgenommen zu haben, nicht für mich und meine Rechte eingestanden zu sein und mich dem Schicksal im Waisenhaus überlassen zu haben. Vielleicht aus Trauer um meinen Vater. Vielleicht aus vielen verschiedenen Gründen. Doch es schmerzte jedes einzelne Mal. Es zeigte mir, dass ich kein Teil ihres Lebens mehr war. Kein Teil des Viertels, in dem ich aufgewachsen war.

Aber das würde sich ändern. Ich würde meinen Traum nicht aufgeben.

KAPITEL 3

Alva

Nachdem ich mit meiner Arbeit in der Küche fertig war, hatte ich etwas Zeit für mich, ehe die Vorbereitungen für das Abendessen begannen. Normalerweise verbrachte ich diese gern damit, mich mit Rik oben auf dem Heuboden zu verkriechen und mir eine Zukunft auszumalen, die wir beide niemals haben würden, aber dennoch jede Nacht in unseren Träumen sahen.

Nur war heute scheinbar nicht der richtige Tag, um Träumen hinterher zu hängen.

Ich trat durch den Hinterausgang des Hauses aus der Küche, sprang die wenigen schiefen Stufen der Holztreppe hinunter und klopfte mir gerade noch das Mehl vom Kleid, als ich Stimmen vernahm. Keine Kinderstimmen, wie sie überall über das Gelände hallten. Nein, erwachsene Stimmen. Ernste. Aus Erfahrung wusste ich, dass so etwas nie Gutes mit sich brachte.

Vorsichtig näherte ich mich dem Hauseck, drückte mich mit dem Rücken gegen das kalte, unebene Holz, um im Verborgenen zu bleiben. Mit jedem Schritt vernahm ich das Gespräch deutlicher. Ich musste nicht erst um die Kante spähen, um Saga – die alte Heimleiterin – zu identifizieren. Ihre Stimme war kräftig und rau, man würde sie unter tausenden wiedererkennen. Die gestandene Frau war das Herzstück des Waisenhauses, der Funke, der all das hier erträglich machte.

Sie war auf dem Bauernhof gegenüber aufgewachsen und hatte das Heim für Kinder ohne Familien aufgebaut. Ihr hatten wir es zu verdanken, dass wir am Hof aushelfen durften und vom Bauern Essen bekamen. Gäbe es sie nicht, gäbe es uns nicht.

Umso mehr sorgte mich der bedrückte Ausdruck auf ihrem sonst so freundlichen Gesicht, als sie mit einer Erwachsenen sprach, die für die jüngeren Kinder verantwortlich war. Die beiden waren in irgendeiner Art verwandt, das wusste ich. Allerdings war mir nicht so recht klar, wie. Vielleicht handelte es sich um eine Cousine oder eine Nichte von Saga, die in ihrer Freizeit am Hof arbeitete und nicht auf ein Gehalt angewiesen war. Saga erzählte nur wenig über sich selbst, ihr Fokus lag auf den Kindern in ihrer Obhut.

»Der Winter ist noch längst nicht vorbei, und wie viele haben wir mittlerweile verloren? Fünf? Sechs? Bald kann ich sie nicht mehr zählen.«

Obwohl ich den Anfang des Gesprächs verpasst hatte, wurde mir schnell klar, worüber die beiden Frauen sprachen. Die Zahl hatte sich in meinen Kopf gebrannt. Bis gestern waren es noch fünf gewesen.

»Die Umstände werden schlechter«, gab die Frau so leise zurück, dass ich sie kaum verstand. Sie hatte mir den Rücken zugewandt, weshalb ich mir nicht sicher war, um wen es sich handelte – Emma oder Hedda. Die beiden Schwestern ähnelten sich sehr und in meinem ersten Jahr hier hatte ich sie regelmäßig verwechselt, was mir auch heute noch ausgesprochen unangenehm war.

Ich klammerte mich mit den Fingern an das Holz der Hütte, als würde es mir Halt geben, um mich für die nächsten Worte der Heimleiterin zu wappnen.

»Gibt es etwas, das wir tun können?« Sagas Stimme klang immer einen Tick strenger, als sie eigentlich war. Stellte sie eine Frage, ähnelte es mehr einem Befehl, eine Lösung zu liefern. Jetzt und auf der Stelle. Umso mehr Mitleid empfand ich mit der Betreuerin – Hedda, wie ich mittlerweile vermutete –, die hilflos den Kopf abwandte und das Gesicht verzog, wusste sie doch keinen Rat.

Saga atmete tief durch. Die Hoffnungslosigkeit dieser Geste stach wie ein Messer in mein Herz. Der Tod ließ sich nun mal nicht aufhalten. Von niemandem.

Stille legte sich über den Hof, während sich die zwei Frauen ratlos gegenüberstanden. Mein Herz schlug so fest in meiner Brust, dass sie es bestimmt hörten. Ich wollte nicht in den Schuhen der beiden stecken. Wollte diese Verantwortung keinesfalls auf meinen Schultern spüren.

Eine ganze Weile verging, ehe sich Saga wieder fing. Sie schüttelte sich, als versuchte sie, zu ihrem normalen Ich zurückzukehren, und legte Hedda eine Hand auf die Schulter. »Ich kümmere mich darum. Sei du für die Kinder da. Bring es ihnen schonend bei.«

Hedda nickte knapp, ehe sie Saga rasch den Rücken zuwandte und auf den Haupteingang der Hütte zu eilte. In derselben Sekunde sackten Sagas Schultern nach vorne, als strengte es sie zu sehr an, vor den anderen stark zu sein. Es tat weh, sie so zu sehen. Ohne ihre Maske. Aber es hatte auch etwas Beruhigendes, denn dadurch wusste ich, dass es zumindest jemanden im Land kümmerte, was aus den Waisen wurde. Ihr war es nicht egal. Für sie waren wir nicht bloß eine Belastung.

Ich atmete tief durch und sammelte meinen gesamten Mut zusammen. Zwischen Saga und mir war es schon immer einfach gewesen. Ich war älter als die meisten der Kinder, hatte nie die unangenehmen Fragen gestellt, die die Kleinen stellten, wenn sie hierherkamen. Stattdessen hatte ich es hingenommen – mehr oder weniger. Mich in meine neue Rolle eingefügt, weil ich gewusst hatte, dass es das Einzige war, was ich tun konnte. Für mich und auch für die anderen Kinder.

Dennoch hatte ich ein mulmiges Gefühl im Magen, als ich mich der alten Heimleiterin näherte, die einen so erschöpften Eindruck machte. Auch wenn ich die Wahrheit erfahren musste, hatte ich doch Angst davor.

Saga bemerkte mich, ehe ich bei ihr ankam. Ihr kritischer Blick musterte mich von oben bis unten. »Dein Kleid ist schmutzig und deine Frisur sitzt zu locker.«

Tatsachen, die mir bewusst und dennoch vollkommen egal waren. Was nichts daran änderte, dass ich mir rasch die losen Strähnen hinter die Ohren strich. Dass Saga mich auf solche Dinge hinwies, zeigte mir, dass ich ihr nicht egal war. Keines der Kinder war das.

»Ich wollte nicht lauschen«, setzte ich vorsichtig an und beobachtete, wie der Ausdruck auf ihrem Gesicht sich veränderte. Die Betroffenheit, die sie so sehr zu verstecken versucht hatte, trat an die Oberfläche und bestätigte ohne ein Wort die schreckliche Vermutung, die ich nach diesem Gespräch gehegt hatte. »Es ist also das, was ich denke.«

Sie wandte den Blick von mir ab und sah stattdessen auf den gegenüberliegenden Bauernhof – ihr Zuhause. Ihr Bruder Erik leitete den Betrieb seit dem Tod ihres Vaters. Er war nicht weniger gütig als Saga, auch wenn er mit den Kindern nicht viel anfangen konnte. Es war nicht einfach, mit ihm ins Gespräch zu kommen. Aber wem es gelang, den schloss er schnell ins Herz.

»Ein Junge«, erklärte sie nach einem Moment der

Stille. Ihre Worte hallten viel zu laut in der kalten Abendluft wider. »Drei Jahre.«

Ein Knoten bildete sich in meinem Magen. Die Anzahl der Kinder, die auf der Krankenstation verstarben, häufte sich. Der lange Winter zeigte sich von seiner erbarmungslosen Seite: Die Kälte und die damit verbundenen Krankheiten, die sich unter den Kleinsten rasend schnell verbreiteten, waren die unsichtbaren Feinde der Waisen. Niemand konnte etwas dagegen tun, dennoch erschütterte mich jedes Schicksal bis tief ins Mark. Umso mehr erschreckte es mich, dass die erste Frage, die meinen Mund verließ, jene war: »Weiß Rik schon Bescheid?«

Sagas Blick fand meinen. Kurz zeigte sich Verwirrung in ihren grau-blauen Augen, dann machte sich Erkenntnis breit. Es war, als wären meine Gedanken bei ihr angekommen: Diese Nachricht würde ihm das Herz brechen.

Obwohl Saga alle Kinder aus dem Heim liebte, hatte doch niemand eine so enge Bindung zu ihnen wie Rik, der sich kümmerte, sie lehrte, sie zurechtwies, wenn es sein musste. Eines von ihnen zu verlieren, war, als würde er eines seiner Geschwister verlieren. Denn genau genommen waren wir alle eine Familie. Ob wir nun wollten oder nicht.

»Bisher wissen es nur wir drei.« Sie zeigte in die Richtung, in die Hedda vorhin verschwunden war. »Und die Kinder aus dem Krankenzimmer, nehme ich an. Es wird ihnen auffallen, wenn sie aufwachen und einer von ihnen fehlt. Die Nachricht wird sich schnell verbreiten.«

Ich nickte, während ich fühlte, wie mein Herz schwer wurde.

»Lass mich es ihm sagen«, bat ich. »Ich möchte für ihn da sein, wenn er es erfährt.«

Saga gab ein zustimmendes Geräusch von sich. Doch damit war es nicht getan. Ich spürte, dass ihr noch etwas auf der Seele brannte.

»Denkst du …« Sie ließ die Frage zwischen uns verhallen. Mir war vollkommen klar, was sie wissen wollte. Rik kümmerte sich um die Kinder. Bis zum bitteren Ende.

Ich nickte, damit sie wusste, dass sie sich nicht sorgen musste. Dann wandte auch ich mich von Saga ab, um mich auf die Suche nach Rik zu machen, ehe die Neuigkeiten ihn vor mir erreichten.

Rik

Es dämmerte bereits, als die letzte Ladung feuchter Erde auf dem kleinen Grab landete, das nicht einmal halb so lang war wie er selbst.

Obwohl die stechende Kälte seinen schweren Atem vor ihm in der Luft sichtbar machte, hatte die Arbeit ihn ins Schwitzen gebracht. Es war nicht das erste Mal

in diesem Jahr, dass er ein Loch aushob, um es im Anschluss wieder bis zum Rand aufzufüllen. Und gewiss würde es nicht das letzte sein. Das bedeutete jedoch nicht, dass es mit der Zeit leichter wurde. Ganz im Gegenteil. Jedes Mal, wenn der kleine Körper in Leinen gewickelt unter der dunklen Erde verschwand, wurde ihm übel. Sein Puls raste in die Höhe und er musste den Drang niederkämpfen, aufzuhören. Ebenso wie die schrecklichen Gedanken, dass alles bloß ein Missverständnis sein könnte. Dass der Körper sich jeden Moment aufrichten und nach Luft schnappen könnte und er ihm diese Möglichkeit verwehrte, indem er ihn unter der Erde verscharrte. Dass er sich selbst damit zum Mörder machte.

Natürlich wusste er, dass diese Gedanken alles andere als realistisch waren, konnte aber nichts dagegen tun, dass sie jedes Mal aufs Neue auftauchten wie ungebetener Besuch.

Schwer atmend stieß er die wackelige Holzschaufel in die aufgelockerte Erde und ließ sich daneben auf dem kalten Waldboden nieder, so wie er es jedes Mal tat. Ein Abschied, ohne den er dieses Grab nicht hinter sich lassen konnte.

Die Ruhe, die auf diese schwere Arbeit folgte, war immer wieder erschreckend. Der Wald verschluckte jedes Geräusch, jeden Gedanken, jede Erinnerung. Vereinzelte Flocken segelten von den Wipfeln der Bäume, die den Schnee ansonsten weitestgehend abfingen.

Drei Jahre.

Ungeliebt und unbeschützt vor der Tür des Waisenhauses abgelegt, hatte dieses Leben nur drei Jahre lang gedauert, ehe es zu Ende gegangen war. Obwohl sein Leben und das des Jungen auf ähnliche Art und Weise begonnen hatten, könnten sie nicht unterschiedlicher sein. Denn er war noch hier. Er erlebte jeden einzelnen Tag im Heim. Jedes neue Kind, das kam, jedes, das sie wieder verließ. Entweder weil es zu alt war und seinen eigenen Weg gehen musste oder eben auf diese Weise.

Minutenlang saß Rik auf der kalten Erde, bis sich sein Atem wieder vollends beruhigte. Wie oft würde er das noch tun müssen? Und wer würde diese Aufgabe übernehmen, wenn er im Frühjahr eines der Kinder war, das seinen eigenen Weg gehen musste? Jemand anders würde den Verstorbenen die letzte Ehre erweisen.

Wie oft hatte er sich darüber schon den Kopf zerbrochen? Und doch war er nie zu einer Lösung gelangt. Weder seine Zukunft noch die der Kinder betreffend.

Mit letzter Kraft hievte er sich hoch, auch wenn er sich nicht bereit dazu fühlte, diesen Ort zu verlassen. Das würde er nie sein. Das wusste er aus Erfahrung.

Sein Blick wanderte zwischen den Bäumen hindurch. Wie immer trug er seinen Bogen auf dem Rücken, sollte ihm ein wildes Tier in die Quere kommen. Ein Hase oder gar ein Reh waren stets ein Grund zum Feiern in diesen Zeiten. Jeden Tag nur Getreide und Wintergemüse zum

Abendessen vorgesetzt zu bekommen, schlug auf das Gemüt. Außerdem würden die Kinder dadurch bestimmt nicht groß und stark werden, auch wenn Saga ihnen das einzureden versuchte.

Eine Weile blickte er in Richtung Norden. Nicht weit von hier befand sich eine alte Jagdhütte, der er schon eine ganze Zeit lang keinen Besuch mehr abgestattet hatte. Das Verlangen, einen Abstecher dorthin zu machen, war groß. Doch er ließ sich nicht dazu hinreißen. Er wusste, dass das Abendessen schon bald vorbei war und Alva vermutlich auf ihn wartete. Dennoch nahm er sich fest vor, ein anderes Mal dort nach dem Rechten zu sehen.

Der Weg zum Waisenhaus kam Rik an diesem Tag scheinbar unendlich lang vor, so als würde ihn etwas zurückhalten. Zurück in den dichten Wald ziehen, der langsam in der Dunkelheit versank. Dieses Gefühl hatte er jedes Mal, nachdem er ein Kind dort zurückgelassen hatte.

Die Fackeln, die das Waisenhaus in einem weiten Kreis umgaben und den Kindern die Angst vor der Finsternis und den Gefahren des Nordwaldes nehmen sollten, brannten bereits.

Am Hintereingang des Hauses, der zur Küche führte, erkannte er den Schemen einer Person und wusste instinktiv, dass es sich dabei um Alva handelte. Schon als sie ihm vor Stunden die schreckliche Nachricht überbracht hatte, hatte sie nicht von seiner Seite weichen wollen. Er hatte sie förmlich dazu zwingen müssen, nicht mit in den Wald zu gehen. Nicht, weil er keine Gesellschaft haben oder das unbedingt allein machen wollte. Vielmehr, weil er sicher war, dass sie dieses Erlebnis nicht so leicht wegstecken würde.

Als sie ihn ebenfalls entdeckte, richtete sie sich schlagartig auf und schien sich erheben zu wollen. Doch in diesem Moment öffnete sich die Tür hinter ihr.

Es war, als hätte Saga einen Sinn dafür, ihn abzufangen, wenn er absolut keine Lust auf ein Gespräch hatte. Die stämmige Heimleiterin schob sich an Alva vorbei und bedeutete ihr, zurückzubleiben, während sie auf Rik zu eilte. Er verstand ihre Geste als Zeichen, dass sie mit ihm unter vier Augen sprechen wollte, weshalb er seinen Weg nicht fortsetzte, sondern in sicherer Distanz stehen blieb und auf die ältere Frau wartete.

»Ist alles glattgegangen?«, stellte sie ihm eben die Frage, die sie ihm jedes Mal stellte, wenn er aus dem Wald zurückkehrte. Und wie immer nickte er nur knapp, um sich und ihr die Details zu ersparen.

Riks Blick wanderte an Saga vorbei zu Alva, die sich nun doch von den Treppenstufen erhoben hatte und unschlüssig auf ihn wartete. Das Licht der Fackeln zeichnete schon fast bedrohliche Schatten auf ihr zartes Gesicht.

»Noch etwas.«

Kaum hatte er Anstalten gemacht, sich in Bewegung zu setzen, griff Saga nach seinem Arm und hielt ihn zurück. Ihre gräulichen Augen hatten einen Ausdruck angenommen, den er so an ihr nicht kannte.

»Ich weiß, deine Zeit bei uns läuft ab, aber …« Sie druckste herum, was gar nicht zu der Heimleiterin passte, die er über die Jahre kennengelernt hatte. »Du leistest hier wirklich tolle Arbeit mit den Kindern, Rik. Ich könnte mir gut vorstellen, dich länger bei uns zu behalten. Du weißt ja, wie schwer es ist, Arbeit zu finden und –«

Ehe Saga ihren Satz zu Ende sprechen konnte, trat Rik einen Schritt zurück und entzog ihr somit seinen Arm, den sie immer noch gehalten hatte. Der so ungewöhnliche Ausdruck auf ihrem Gesicht wich Verwirrung.

»Warum?«, fragte er und zwang sich, das Offensichtliche nicht auszusprechen. Nur, weil er die Arbeit erledigte, die sonst keiner machen wollte? Viele seiner Freunde hatten gehen müssen, ohne die Chance zurückzukehren. Einige waren in ihrer Verzweiflung im Nordwald verschwunden und nie wieder aufgetaucht. Andere rackerten Tag und Nacht für ihr Essen und einen Unterschlupf. »Warum sollte gerade ich die Ausnahme sein?«

Erkenntnis legte sich auf Sagas Gesicht und sie holte Luft, um sich zu erklären, zu rechtfertigen, doch diese Zeit gab er ihr nicht. Stattdessen machte er einen Bogen um die alte Heimleiterin und marschierte schnellen Schrittes auf Alva zu, die ohnehin bereits zu lang auf ihn wartete.

KAPITEL 4

Alva

»Was war das denn?«, platzte es aus mir heraus, noch ehe Rik bei mir angekommen war. Ich spürte förmlich, wie es in ihm tobte, dazu musste ich nicht einmal seine angespannten Züge in der Dunkelheit ausmachen. Seine völlig verspannten Schultern verrieten mir bereits, wie es in ihm aussah.

Mein Blick wanderte an ihm vorbei zu Saga, die ihm scheinbar unschlüssig hinterher sah, ehe sie den Kopf sinken ließ, als wöge er mit einem Mal Tonnen, und sich auf den Weg zum Haupteingang machte. Vermutlich um das Abendessen zu beaufsichtigen, zu dem Rik und ich ohnehin zu spät kamen. Diesmal würde uns niemand eine Portion aufheben, aber das war mir egal. Ich hatte nicht mit all den anderen in einem Saal sitzen und mir nichts anmerken lassen können. Weder Saga noch Hedda hatte den Tod des Kindes bisher öffentlich verkündet.

Um ehrlich zu sein, bezweifelte ich sogar, dass eine von ihnen es überhaupt tun würde. Vielleicht hofften sie darauf, dass sich die Neuigkeiten auch ohne ihr Zutun verbreiteten. Was zum einen feige, zum anderen aber verständlich war. Ich erinnerte mich nur zu gut an die letzten Male, als Saga vor dem Essen um Ruhe gebeten hatte, um vor der Aufgabenverteilung des folgenden Tages die schlechten Nachrichten zu verkünden. Die Panik war deutlich spürbar in der Luft gelegen. Jedes Kind hatte Angst, dass es das Nächste sein könnte. Dass es den Winter nicht überlebte …

Manchmal war es wohl tatsächlich besser, Dinge zu verschweigen, um Schlimmeres zu vermeiden. Anfangs hatte ich das nicht verstanden, doch als ich nun in Riks Gesicht blickte, der seit jeher dafür verantwortlich war, solche Dinge zu *regeln*, wurde es mir klar. Es war so schon nicht leicht. Man musste es den Kindern nicht noch schwerer machen. Die allgegenwärtige Präsenz des Todes würde ihnen nur weiter Angst einjagen, und das war das Letzte, was einer von uns wollte. Allen voran Saga.

»Was hat sie gesagt?«, hakte ich erneut nach.

»Unwichtig«, wehrte Rik kühl ab, als er vor mir zum Stehen kam. Seinem erschöpften und dennoch verspannten Gesicht sah ich an, dass es das nicht war. Allerdings kannte ich ihn gut genug, um zu wissen, wann er über etwas sprechen wollte und wann er Zeit brauchte, um seine Gedanken zu sortieren. Im Moment brauchte er offensichtlich Letzteres.

Hilflos legte ich meine Hand an seinen Arm. Mir war klar, dass das die Geschehnisse des Tages nicht fortspülte, aber er sollte wissen, dass ich da war. Das war das Mindeste, das ich tun konnte.

»Wahrscheinlich kenne ich die Antwort bereits, aber hast du Hunger?«

Stumm schüttelte er den Kopf. Sein Blick verlor sich irgendwo zwischen mir und dem Boden.

Hilflosigkeit machte sich in mir breit, als ich mich umsah. Er musste etwas essen.

Kurzentschlossen drückte ich seinen Arm. »Warte hier.«

Ehe Rik protestieren konnte, huschte ich die Treppe zum Hintereingang des Heims hoch und schlich in die Küche. Normalerweise war diese verwaist, während die Kinder aßen. Erst nach dem Abendmahl war hier wieder die Hölle los. Auch jetzt hatte ich Glück. Vorsichtig ließ ich meinen Blick über jede Ecke des Raums wandern, ehe ich mich weiter hinein wagte. Lautes Stimmengewirr drang durch die angelehnte Tür zum Hauptraum.

Mein Herzschlag schoss in die Höhe. Die Angst, ertappt zu werden, hatte mich fest im Griff. Ich wusste, was es bedeutete, gegen die Regeln zu verstoßen: Bestrafung oder, noch schlimmer, Verbannung. Aber es gab kein Zurück. Obwohl mich niemand über den Lärm des Essens hinweg hören konnte, schlich ich auf leisen Sohlen zum Arbeitsplatz, auf dem das reinste Chaos herrschte. Einige angeschnittene Laibe Brot lagen gemeinsam mit unzähligen Krümeln, Essensresten und Messern auf der Arbeitsfläche. Natürlich hatten Ida und ihre Freundinnen nach ihrer Schicht mal wieder nicht aufgeräumt. Heute kam mir das zugute.

Ohne lang darüber nachzudenken, schnappte ich mir einen der angeschnittenen Laibe, von dem kaum noch ein Viertel übrig war, und wollte mich bereits wieder auf den Weg machen, als ich aus den Augenwinkeln erkannte, wie sich die Tür öffnete. Geistesgegenwärtig ließ ich die Arme und somit auch das gestohlene Brot sinken, sodass es versteckt hinter dem Arbeitsbereich nicht sofort zu sehen war.

Mein Puls stieg ins Unermessliche und ich biss fest die Zähne zusammen, bemüht, mir die Schuldgefühle nicht anmerken zu lassen. In Gedanken sah ich bereits Ida vor mir, mit einem hämischen Grinsen im Gesicht von der Aussicht, mich bei Saga zu verpetzen. Das würde mir an diesem Tag noch fehlen.

Doch es war nicht Ida, die die Küche betrat, sondern Saga höchstpersönlich. Sie musste durch den Vordereingang ins Heim gelangt sein, kurz nach dem Rechten gesehen haben und nun stand sie dort im Türrahmen und blinzelte mich überrascht an. Scheinbar hatte sie genauso wenig damit gerechnet, mich hier zu sehen, wie ich sie.

Ich schluckte, während die Stille zwischen uns unangenehm wurde.

»Rik?«, fragte sie nach einer Weile und ich zuckte mit den Schultern, um Zeit zu gewinnen.

»Hat keinen Hunger.«

Sie atmete tief durch, wobei sie so erschöpft wirkte wie schon lang nicht mehr. Ihr Blick streifte ziellos durch die Küche, als hätte sie vergessen, warum sie überhaupt erst hierhergekommen war. Als er mich wieder fand, wirkte sie ein wenig durch den Wind.

Was es wohl mit diesem Gespräch von vorhin auf sich hatte? Ob sie es mir erzählen würde, wenn ich sie danach fragte?

Gut möglich. Möglich war aber auch, dass sie dann näher kam und feststellte, dass ich, anstatt zu helfen, im Begriff war, Essen zu stehlen. Für einen Jungen, der keinen Hunger hatte.

Ablenkung – das war es, was ich im Moment brauchte.

Gleichzeitig öffneten Saga und ich den Mund, um etwas zu sagen, doch keine von uns brachte ein Wort hervor, worüber ich ziemlich dankbar war. Ich wusste nicht, was ich ihr hätte auftischen sollen.

Ein plötzlicher Aufschrei aus dem Essensraum unterbrach unser nicht existentes Gespräch und zog Sagas Aufmerksamkeit auf sich. Sie drehte sich halb in Richtung Tür, woraufhin mein Herz einen erleichterten Satz machte. Mitten in der Bewegung hielt sie jedoch noch einmal inne und ich gespannt den Atem an.

»Wenn du ihn siehst«, sagte sie zögernd, »dann sag ihm, dass mein Angebot nach wie vor steht.«

Ohne zu atmen, nickte ich, woraufhin Saga sich abwandte und die Küche verließ, um nach dem Rechten zu sehen.

Kaum war sie verschwunden, holte ich zitternd Luft. Prüfend legte ich eine Hand an die Brust, um meinen Herzschlag zu fühlen, der vermutlich gerade dabei war, einen neuen Rekord aufzustellen.

Ehe noch etwas dazwischenkam, eilte ich aus der Küche. Die Tür hinter mir flog ein wenig zu laut ins Schloss, als dass es unschuldig wirken könnte.

Mit Erleichterung stellte ich fest, dass sich Rik in der Zwischenzeit nicht von der Stelle bewegt hatte. Sein aufmerksamer Blick lag auf mir, kaum hatte ich das Haus verlassen. Er verfolgte mich die Treppe hinunter und in seine Richtung. Vermutlich sah er mir die Schuldgefühle nur zu deutlich an. Doch ehe er nachhaken konnte, packte ich ihn am Arm und zog ihn mit mir.

»Komm schon«, flüsterte ich aufgebracht. »Lass uns verschwinden.«

Zwar gab er ein empörtes Geräusch von sich, folgte mir aber dennoch ohne Widerrede. Obwohl es den Heimkindern eigentlich nicht erlaubt war, das Haus nach Einbruch der Dunkelheit zu verlassen, scherte es niemanden, was die Älteren taten. Dazu hatten die Erwachsenen zu viel mit den Kleinen zu tun.

»Wohin gehen wir?«, fragte Rik, dabei kannte er die Antwort genau.

Unser Weg führte uns weg vom Heim und auf den gegenüberliegenden Bauernhof zu – in schnellem Schritt, da mit der Nacht auch die Kälte Einzug hielt. Wir in Richtung Stall – der einzige Ort, an dem man hier einen Moment Ruhe fand.

Rik hatte mir den Platz auf dem Heuboden gezeigt, als ich erst ein paar Wochen im Heim gewesen war. Es sollte mein Rückzugsort sein, wenn mir das hektische Leben zu viel wurde und ich einen Ort brauchte, um für mich zu sein. Seither trafen wir uns regelmäßig hier, um gemeinsam allein zu sein.

Auf leisen Sohlen schlichen wir in den Holzverschlag. Der Boden war mit Stroh bedeckt, in den Boxen standen Pferde, die entweder zufrieden auf ihrem Futter kauten oder hin und wieder ein Schnauben von sich gaben. Ich liebte den Geruch und die Ruhe hier draußen.

Am Ende des Stalls führte eine Leiter auf den Heuboden, aus der bereits einige Sprossen fehlten. Mit der Zeit kannte ich die gefährlichen Stellen jedoch im Schlaf. Ich wusste, welche knarrte, welche kurz vor dem Durchbruch stand und welche mich sicher trug.

Vor Rik kletterte ich in der Dunkelheit hoch. Oben war es um einiges heller als unten im Stall. Durch ein quadratisches Fenster, das in Richtung Heim zeigte, drang der sanfte Schein der Fackeln. Auf allen vieren

krabbelte ich bis nach vorn, wo wir am liebsten saßen. Eine Decke lag dort bereit, die wir nach einigen eisigen Nächten hier deponiert hatten.

Mit dem Rücken gegen das Holz gelehnt, setzte ich mich dicht an die offene Luke und blickte hinunter auf das Waisenhaus. Ich wusste nicht, warum, doch dieser Anblick verpasste mir immer wieder einen Stich ins Herz. Und das nach all der Zeit.

»Was machen wir hier?«, wollte Rik wissen, der sich mir gegenüber setzte und die Decke über unsere Beine ausbreitete, so wie er es immer tat.

Demonstrativ hielt ich das geklaute Brot hoch. »Abendessen.«

Er machte Anstalten, zu protestieren, doch das ignorierte ich, indem ich ein Stück davon abriss und es ihm in die Hand drückte. Sein gedankenverlorener Blick musterte es, als würde er so etwas wie *Brot* zum allerersten Mal sehen und es nicht jeden Morgen und Abend zu sich nehmen.

»Wo bist du gerade?«, fragte ich so sanft ich nur konnte. Ich wusste, dass er einen harten Tag hinter sich hatte und wollte ihn bestimmt nicht auch noch mit der Nase darauf stoßen. Dennoch hatte ich das Gefühl, dass etwas in ihm war, das raus wollte. Raus musste.

»Ich weiß es gar nicht so genau«, meinte er nachdenklich und drehte dabei das Stück in seinen Händen. Vollkommen in Gedanken vertieft schien er nicht ein-

mal zu bemerken, wie er es an seinen Mund führte und abbiss.

Ich konnte ein Lächeln nicht unterdrücken. Na bitte, warum nicht gleich? Ich riss noch ein Stück für ihn und eines für mich ab.

»Im Haus bin ich Saga begegnet«, begann ich vorsichtig das Gespräch, ohne ihn dabei anzusehen. Es sollte beiläufig wirken. »Sie schien ziemlich durch den Wind, und ich denke, dass es mit dir zu tun hat.«

Rik schnaubte und zog damit meinen Blick auf sich, seiner war jedoch nach draußen gerichtet. Ich konnte nur raten, was in seinem Kopf vor sich ging. So schnell würde er sich mir nicht öffnen, das wusste ich.

Ob ich doch die Gelegenheit hätte nutzen und Saga nach ihrem Streitgespräch fragen sollen?

Nein. Wenn Rik darüber reden wollte, dann würde er das auch tun. Im Moment aber kaute er nur auf seinem Brot. Ich war froh, dass er überhaupt etwas aß. Mittlerweile wirkte er nicht mehr ganz so blass um die Nase.

Ich konnte nur raten, wie es sich anfühlte, immer dann gerufen zu werden, wenn eines der Kinder, die einem die Welt bedeuteten, es nicht geschafft hatte …

Der Gedanke ließ meinen Magen rebellieren. Nun war ich es, die das Brot beiseitelegte.

»Haben die anderen schon Fragen gestellt?«

Ich wusste sofort, worauf er hinauswollte. »Bisher nicht. Aber das kommt noch, da bin ich mir sicher.«

Rik nickte, in Gedanken vermutlich damit beschäftigt, sich eine Geschichte auszudenken, warum schon wieder ein Freund wie vom Erdboden verschwunden war.

Ich bewunderte seine Stärke. Ich sah, wie sehr ihn die Sache mitnahm, aber sobald er den Kindern gegenüberstand, ließ er sich davon nichts anmerken. Egal, wie es in ihm aussah, er war stark für sie. Ein Grund mehr, warum er mit den Kleinen arbeitete und ich mich in der Küche verschanzte. Es fiel mir schwer, meine Gefühle vor der Welt zu verbergen. Sie waren mir ins Gesicht geschrieben, das hatte ich schon oft zu hören bekommen.

»Du glühst ja förmlich.« Rik umfasste mit der Hand meinen Fußknöchel, den ich dicht neben ihm abgestellt hatte.

Das war die andere Sache, die es mir unmöglich machte, meine Gefühle zu verbergen. Sobald mich etwas beschäftigte, wurde mein Körper von einer unerträglichen Hitze heimgesucht. Ganz automatisch legte ich meine Hände auf meine Ohren, die ebenfalls glühten. Obwohl Rik das in der Dunkelheit unmöglich sehen konnte, schämte ich mich, wenn sie knallrot wurden.

»Du machst es nur noch schlimmer«, meinte Rik amüsiert und streckte seine Hände nach mir aus, damit ich meine sinken ließ.

Ich glaubte ihm nicht, konnte aber nicht anders, als ebenfalls zu schmunzeln. Grund dafür war allerdings hauptsächlich die Tatsache, dass sein Gesicht sich endlich wieder aufhellte. Wenn auch nur für einen Moment war es mir gelungen, ihn aus seiner Dunkelheit zu ziehen.

»Saga möchte, dass ich länger bleibe«, erklärte Rik schließlich und griff nun von selbst nach dem Brot, um sich ein Stück abzubrechen. Dabei bemerkte er nicht, wie mein Herz einen Schlag aussetzte und mein Mund sich in Unglauben öffnete.

»Ist das dein Ernst?«, fragte ich hoffnungsvoll. »Du darfst bleiben?«

Er zuckte mit den Schultern. »Ich weiß nicht, ob ich das will.«

Das plötzliche Gefühl der Freude wich augenblicklich Ernüchterung. Er wollte gar nicht bleiben?

Ohne mich dabei anzusehen, riss er das Brot in Stücke. Immer und immer wieder, als hätte er vor, damit Vögel zu füttern. »Ich fände es ungerecht. Ich hatte viele Freunde denen es nicht gestattet war, zu bleiben. Die jetzt entweder ein Leben in Armut führen oder versucht haben, Ishøgh zu verlassen …«

Er ließ den Satz zwischen uns in der Luft hängen, da wir beide genau wussten, was das bedeutete. Auch ich kannte Kinder, die das Heim verlassen hatten, jedoch niemanden, der sich auf den Weg ins Unbekannte gemacht hatte. Man erzählte sich, dass es hinter dem verbotenen Wald nichts mehr gab, und dass nie jemand lebendig zurückgekehrt war.

»Und ganz ehrlich?«, fuhr Rik fort. »Ich weiß ganz

genau, warum Saga will, dass ich bleibe. Weil sie selbst keine Lust hat, in den Wald zu gehen und Körper zu verbuddeln. Darauf kann ich getrost verzichten.«

Ihn das sagen zu hören, überraschte mich. Und irgendwie auch nicht. Er liebte die Kinder, umso schwerer musste es sein, von ihnen Abschied zu nehmen. Ich selbst könnte das nicht. Demnach verstand ich Sagas Wunsch, ihn hierzubehalten. Nicht nur für dunkle Tage wie heute. Sondern auch als Lichtblick und Vorbild für die Kinder, die Rik anhimmelten. Sein Verlust würde sie hart treffen. Aber ich sprach die Worte nicht aus. Er sollte einmal im Leben das tun, was für ihn das Beste war. Was auch immer das sein mochte.

Ich musterte Riks Gesicht genau, als er den Kopf nach hinten gegen das Holz lehnte. Er erwiderte meinen Blick und ich erkannte in seinen haselnussfarbenen Augen, was er sagen würde, ehe er die Worte aussprach: »Ich weiß nicht, wie lange ich es hier noch aushalte.«

KAPITEL 5

Rik

Die Müdigkeit steckte ihm tief in den Knochen, als er sich heute früh gemeinsam mit Bauer Erik und ein paar Kindern auf den Weg in die Stadt machte. Der Wagen bewegte sich schaukelnd zum Rhythmus des Pferdes, sodass Riks Augen immer wieder versucht waren, zuzufallen. Doch das konnte er sich nicht leisten. Er musste aufmerksam sein.

Während Bauer Erik vorn die Zügel in der Hand hielt, saß er gemeinsam mit den drei Kleinen hinten und gab acht, dass keine Ware verloren ging oder gestohlen wurde.

Am liebsten nahm Erik Alva mit auf den Markt, weil sich die Menschen für sie und ihr ungewöhnliches Erscheinungsbild interessierten. Heute hatte sie aber eine Extraschicht in der Küche einlegen müssen und war daher unabkömmlich. Rik hatte sich bereit erklärt, ihren

Platz auf dem Markt zu übernehmen, womit Bauer Erik einverstanden gewesen war. Allerdings unter der Bedingung, ein paar Kinder mitzunehmen. Offenbar kauften die Leute mehr, wenn sie Mitleid hatten. Seine Worte.

Mit aller Kraft unterdrückte Rik ein Gähnen. Die Nacht gestern war lang gewesen. Keine Ahnung, wie viele Stunden Alva und er auf dem Heuboden gesessen und geredet hatten. Es hatte gutgetan, bis heute Morgen die Glocke geläutet und ihn aus dem zu kurzen Schlaf gerissen hatte. Bereut hatte er es allerdings nur eine Sekunde lang. Wenn Alva nicht gewesen wäre, hätte er vermutlich ohnehin nur schlaflos im Bett gelegen und an das viel zu kleine Grab im Wald gedacht. So war es ihm zumindest gelungen, für ein paar Stunden seine Sorgen vergessen.

Der Wagen stolperte über einen groben Stein und die Kinder schrien auf, was ihm ein Lachen entlockte. Es war nicht so, als könnten sie jeden Moment fallen. Sie saßen geschützt von einer Umzäunung und waren so sicher.

Der Weg in die Stadt war nicht sonderlich weit. Mit dem Wagen dauerte er gerade einmal zehn Minuten. Dennoch war es immer wieder aufregend für die Kleinsten – viele von ihnen kannten von Ishøgh nichts anderes als das Waisenhaus und den angrenzenden Bauernhof.

»Ihr müsst mir versprechen, brav zu sein«, erinnerte er sie ein weiteres Mal an diesem Tag. »Wenn ihr euch nicht benehmen könnt, bringe ich euch alle drei sofort zurück auf den Hof und lasse Ida auf euch aufpassen.«

Es fiel ihm schwer, bei den geschockten Gesichtern ernst zu bleiben. Die Kinder fürchteten Ida und ihre Stimmungsschwankungen – und damit waren sie nicht allein.

»Sind wir uns also einig?«

Hastig nickten alle drei und Rik lächelte zufrieden, während er sich bereits erhob, als immer lauter werdende Stimmen an sein Ohr drangen. Sie näherten sich dem Marktplatz. Dem Herzen Ishøghs, wo mehrmals in der Woche sämtliche Gesellschaftsschichten aufeinandertrafen, um Waren zu kaufen und auszutauschen.

»Ihr bleibt noch sitzen«, wies er sie an, ehe er vom Wagen auf den vom Schnee aufgeweichten, matschigen Schotter sprang. Der Stand von Bauer Erik war immer an der gleichen Stelle. Während dieser das Pferd anhielt und festmachte, begann Rik mit dem Abladen.

Nachdem der Stand befüllt war und Rik mit den Kindern den Wagen weggebracht hatte, kehrten sie gemeinsam zu Bauer Erik zurück, der bereits fleißig am Verhandeln war. Scheinbar lief das Geschäft auch ohne die Neugier oder dem Mitleid der Menschen.

Rik bedeutete den Kindern, auf den Holzkisten hinter dem Stand Platz zu nehmen und auf ihn zu warten, während er sich ein wenig im Herzen Ishøghs umsah. Normalerweise war der Markttag ein wahres Spektakel. Aus den schmalen Gassen strömten die Menschen der oberen Schicht in edlen und warmen Kleidern. Sie trugen Körbe, die sie mit frischen Lebensmitteln, Schmuck und neuen Lederwaren füllten. Die Händler riefen wild durcheinander, um die Aufmerksamkeit der reichen Bewohner zu gelangen und ihnen das Geld aus der Tasche zu ziehen. Das Leben hier könnte so leicht sein, wurde man nur auf der richtigen Seite Ishøghs geboren.

Heute war allerdings nicht besonders viel los auf dem Markt, sie würden wohl die meisten Waren wieder mit nach Hause nehmen. Daran hätte nicht einmal Alva etwas ändern können.

Er schlenderte durch die Straßen, winkte ein paar bekannten Gesichtern zu und versuchte, sich auszumalen, wie seine Zukunft hier aussehen könnte. In seinen wildesten Träumen fand er sich in den Werkstätten der Handwerker wieder, an denen er vorbeikam. Als Tischler oder Zimmermann, wo er sein Geschick mit den Händen unter Beweis stellen könnte. In Wahrheit würde er aber vermutlich wie Bjørn enden, den er gerade dabei beobachtete, wie er einen Eimer mit Putzwasser in einer Gasse leerte. Hilfsarbeiter. Mit einem Schlafplatz auf irgendeinem zügigen Dachboden.

Rik erschauderte, als er an die kalten Winternächte dachte, die in solchen Unterkünften auf ihn warteten. Bjørn schenkte ihm ein müdes Lächeln, als er ihn entdeckte, und zuckte beiläufig mit den Schultern, als wollte er sagen: *Du weißt ja, was dich erwartet.*

Natürlich wusste er es. Ihm behagte die Vorstellung nur nicht. Vielleicht sollte er sich Sagas Angebot doch noch einmal durch den Kopf gehen lassen. Immerhin bot sie ihm einen warmen Schlafplatz und zwei Mahlzeiten täglich. Das war mehr, als so mancher Hilfsarbeiter vorzuweisen hatte. Und genau darin lag das Problem. Warum sollte er dieses Glück haben? Und konnte man überhaupt von Glück sprechen in Anbetracht des Preises, den es dafür zu bezahlen galt?

Die Kinder lagen ihm so sehr am Herzen. Rik wusste nicht, ob er es ertragen könnte, noch eines von ihnen zu verlieren. Aber war es besser, dem gesamten Heim den Rücken zu kehren?

Beide Möglichkeiten schienen wenig verlockend. Nur langsam wurde die Zeit knapp. Nicht mehr lang und er würde eine Entscheidung treffen müssen.

Als Rik zurück zu Bauer Eriks Stand kehrte, warteten die Kinder bereits ungeduldig auf ihn. Die Langeweile war ihnen ins Gesicht geschrieben – sie brannten darauf, sich ebenfalls ein wenig in den verwinkelten Straßen der Stadt umzusehen, die ihnen noch so fremd war. Gerade wollte er sie mit auf einen kleinen Rundgang nehmen, als mit einem Mal Fanfaren ertönten.

Die Stimmung am Marktplatz veränderte sich schlagartig. Das Gewusel und die eben noch lauten Stimmen verstummten, denn dieses Geräusch konnte nur eins bedeuten: die königliche Garde.

War das möglich?

Bauer Erik und er wechselten einen kurzen Blick. Ein königlicher Auftritt? Das konnte nicht sein.

»Was war das?«, fragte eines der Kinder, doch Rik bedeutete dem Jungen schnell, still zu sein.

Hufgetrappel ertönte aus der Ferne und kam immer näher. Über den Köpfen der Bürger erkannte er die im Wind wehenden Fahnen von Königin Juna – weiß und eisblau mit einem einfach gehaltenen Berg darauf, der den Hügel symbolisierte, auf dem der Palast thronte. Der Legende nach hatte König Høgh der Erste dort oben seine Wurzeln geschlagen, nachdem er seine Leute vor einem Drachen gerettet und eben jenem seinen wertvollsten Schatz abgenommen hatte. Die berühmten Eiskristalle der Königin.

Die Menschenmasse teilte sich und machte Platz für die königliche Garde. An der Spitze ritt ein Mann in dunkler Kleidung auf einem kohlrabenschwarzen Pferd. Gesammelt kamen die Reiter – es musste ein Dutzend sein – im Zentrum des Platzes zum Stehen. Wieder ertönte die Fanfare, obwohl die Aufmerksamkeit aller Marktbesucher bereits der Garde galt.

»Wir kommen im Namen von Königin Juna«, verkündete der Mann an der Spitze. Wie die meisten Einwohner von Ishøgh hatte er helles Haar, es reichte ihm bis zu den Schultern, in seinem Gesicht prangte ein voller Bart. Seine dunklen Augen wirkten streng, wie sie so über das versammelte Volk glitten. »Sobald die Turmuhr Mittag schlägt, folgt die Botschaft. Sämtliche Einwohner Ishøghs werden gebeten, sich hierfür pünktlich einzufinden.«

Die Fahnen wurden gesenkt, woraufhin Getuschel entstand. Alle stellten sich ein und dieselbe Frage: Was hatte das nur zu bedeuten?

Riks Blick wanderte hoch zum Turm. Es dauerte nicht mehr lang, bis die Glocke Mittag schlug.

»Hey.« Ohne hinzusehen, tastete Rik nach dem ältesten der Kinder, bei dem es sich wohl um Linus handeln musste. Er war der größte der drei. »Tu mir einen Gefallen. Lauf so schnell du kannst nach Hause und hol Alva. Sag ihr, ich möchte, dass sie alles stehen und liegen lässt und zu Bauer Eriks Stand kommt. Es ist wichtig.«

Alva

Ich rannte, so schnell ich nur konnte. Zwar wusste ich nicht, warum, aber ich tat es.

Riks Botschaft war kryptisch gewesen, hatte nicht viele Informationen beinhaltet. Nur, dass es wichtig wäre. Mehr hatte mir der Junge nicht sagen können. Er hatte irgendetwas von der königlichen Garde geredet, und das war für mich schon Grund genug gewesen, um loszulaufen und dabei sämtliche Pflichten und Konsequenzen auszublenden.

Es passierte nicht oft, dass die Garde unangekündigt das Volk aufsuchte. Ich war mir nicht sicher, was das zu bedeuten hatte. Aber mein Gefühl sagte mir nichts Gutes. Umso wichtiger war es, vor Ort zu sein und die Botschaft der Königin mit eigenen Ohren zu hören. Blieb nur zu hoffen, dass ich nicht zu spät kam.

Hastig bahnte ich mir den Weg durch die Straßen bis zum Marktplatz und versuchte dabei, Gesprächsfetzen aufzuschnappen. War es zu spät? Hatte ich es verpasst? Was wollten die Soldaten der Königin?

Bauer Eriks Stand hätte ich auch im Schlaf gefunden. Ich entdeckte ihn, Rik und zwei Kinder, die allesamt angespannt herumstanden, ohne einer Arbeit nachzugehen. Ein ungewohnter Anblick.

»Rik!«

Als er meine Stimme hörte, drehte er sich zu mir um, und ich rannte die letzten Meter auf ihn zu.

»Was ist denn los?«, fragte ich vollkommen außer Atem, als ich bei ihm ankam. Ich presste mir die Hand in die stechende Hüfte und versuchte, mir einen Überblick zu verschaffen. Es war, als hätten sich sämtliche Einwohner versammelt, dabei war nicht einmal die Hälfte der Hofmitarbeiter an ihren Ständen anwesend. Geschweige denn die Waisenkinder, die nicht einfach so ihre Arbeit liegenlassen und herkommen konnten. Zum Glück waren zumindest wir hier, um die Botschaft später zu verbreiten. Dennoch hatte ich den Marktplatz noch nie zuvor so voll erlebt. Nicht einmal an den Tagen vor Weihnachten, wo fleißig eingekauft wurde.

Eilig klopfte ich mir das Mehl von der Schürze, als ich die Garde der Königin entdeckte. Zwar würde ich in der Menschenmenge untergehen, nichtsdestotrotz schüchterte mich der strenge Blick ein wenig ein, mit dem der Hauptmann die Bewohner mustert.

Rik öffnete den Mund, um mir die Situation zu erklären, doch währenddessen fiel sein Blick auf mich und auf seinem Gesicht machte sich ein schelmisches Grinsen breit. Mit dem Daumen wischte er mir über die rechte Wange. »Du bist voller Mehl!«

Obwohl ihn die Tatsache zu amüsieren schien, trieb mir seine Bemerkung die Schamesröte ins Gesicht und ich spürte, wie meine Ohren zu glühen begannen. Auch das noch! Ich hatte die Backstube so eilig verlassen, dass ich mir nicht die Zeit genommen hatte, mich zu waschen.

Verstohlen wischte ich mir mit beiden Händen über Wangen und Nase und durch die dunklen Strähnen, die mein Gesicht einrahmten. Sie hatten sich bei dem Lauf hierher aus meiner Frisur gelöst. Saga würde mich dafür tadeln, doch im Moment war es mir egal.

»Offenbar gibt es eine Verkündung von Königin Juna«, erklärte Rik nun wieder ein wenig ernster, während er ebenfalls eine meiner Strähnen von Mehl befreite. Er musterte mich sorgfältig, ehe er mir zu nickte, als Zeichen, dass ich jetzt nicht mehr aussah, als hätte

ich in Backwaren gebadet. »Keine Ahnung, worum es geht. Aber das ganze Dorf wird zusammengetrommelt. Muss also was Wichtiges sein.«

Ich biss die Zähne zusammen. Früher, bevor ich in das Waisenhaus gekommen war, hatte ich Informationen aus dem Palast immer aus erster Quelle erfahren. Svea war stets auf dem neuesten Stand gewesen, was Klatsch und Tratsch betraf. Bei dem Gedanken an sie sah ich mich rasch um, entdeckte sie aber nicht. Vermutlich hatte sie es nicht nötig, anwesend zu sein, weil sie die Neuigkeiten bereits kannte. Für mich hingegen bedeutete das: Warten wie alle anderen.

Anspannung machte sich in mir breit, während ich die Menschen um mich herum musterte. Sie tuschelten leise und beobachteten die Garde eingehend, so als könnten sie sonst etwas verpassen. Die Fahnen der Königin wehten im Wind und lockten Schaulustige an. Immer mehr Menschen scharten sich um die Männer auf ihren eleganten Pferden.

»Denkst du, es ist etwas Schlimmes?«

Rik schnaubte amüsiert. »Was soll denn noch Schlimmes passieren? Seit Jahren sind wir durch die Eiseskälte hinter dem Nordwald von der Außenwelt abgeschottet. Was denkst du denn, was noch geschehen soll? Eine Heuschreckenplage? Die würden den Winter hier doch niemals überleben.«

Auch wenn er recht hatte, warf ich ihm einen vorwurfsvollen Blick zu. Er musste sich nicht gleich über meine Sorgen lustig machen. Womöglich waren sie gar nicht so unbegründet …

In diesem Moment ertönte ohrenbetäubend laut die Kirchturmglocke. Der plötzliche Ton ließ mich erschrocken zusammenfahren und mein Herz in den Magen sinken. Auch die Menschen um uns herum schien er in Aufruhr zu bringen. Ich spürte die Anspannung am Marktplatz steigen.

Wie von selbst tastete ich nach Riks Arm, als wir uns der königlichen Garde zuwandten und warteten, bis die Glocken endlich verstummten. Währenddessen stieg mein Puls vor Aufregung in unermessliche Höhen.

Der letzte Schlag verklang und Ruhe kehrte auf dem Hauptplatz ein. Niemand wagte es, ein Wort zu verlieren. Lediglich ein leises Husten flog durch die kalte Luft, das sich nicht zurückhalten und mich wehmütig an die kranken Kinder im Heim denken ließ.

»Hört die Nachricht der Königin«, verkündete der Mann auf dem vordersten Pferd. Sein Blick wanderte über das Volk, als wollte er sichergehen, dass jeder Anwesende an seinen Lippen hing. Der Stille nach zu urteilen, die auf dem sonst so belebten Dorfplatz herrschte, war es so. »Die Tage von Königin Juna neigen sich dem Ende zu. Da es keine direkten Nachfahren des Königshauses gibt, wird heute verkündet, dass die Suche nach einer würdigen Nachfolgerin beginnt.«

Ein Raunen ging durch die Menge und Rik und ich wechselten kurze Blicke. Die Königin lag also im Sterben.

Ein kalter Schauer der Ungewissheit lief über meinen Rücken. Zwar war Königin Juna diejenige gewesen, die aufgrund des anhaltenden Eissturmes jenseits der Wälder den Kontakt mit Dörfern von außerhalb verboten hatte, dennoch hatte ich viel Gutes über sie gehört. Seit Jahren hatte es unter ihrer Herrschaft keine Steuererhöhungen gegeben und die Leute, die im Palast arbeiteten, wurden reichlich entlohnt. Darum war es mein Ziel, eines Tages eine Arbeitsstelle dort zu erhalten – unter Königin Juna. Was, wenn ihre Nachfolgerin nicht so großzügig sein würde wie sie? Damit wäre mein Traum von einem Leben abseits der Armut Geschichte …

»Da es in Ishøgh gewiss zahlreiche würdige Anwärterinnen auf den Thron gibt, der Königin aber die nötige Zeit fehlt, um jede einzelne von ihnen persönlich kennenzulernen, soll eine Aufgabe entscheiden, wer der Königin vorstellig werden darf.« Er nahm einen Leinenbeutel von seinem Gürtel, den er aufzog und etwas daraus hervorholte. Es war ein kleiner, blau schimmernder Diamant von der Größe einer Bohne, den er in die Höhe hielt, damit jeder Einwohner ihn erblicken konnte. »Jeder von uns kennt die Legende der royalen Eiskristalle. Dem Schatz, der einst verscholl und der Überlieferung nach nur vom wahren Herrscher Ishøghs gefunden werden konnte. Nachdem unsere geliebte Königin Juna die Kristalle einst fand und damit zur rechtmäßigen Herrscherin ernannt wurde, sollen sie nun auch entscheiden, wer die Nachfolge antreten darf. Die drei Eiskristalle aus der Krone der Königin werden im gesamten Königreich versteckt. Jede Dame, egal welches Standes, die einen der Eiskristalle vorbringt, wird als Nachfolgerin in Erwägung gezogen und darf Königin Juna vorgestellt werden. Ihre Majestät selbst entscheidet dann, welche junge Frau würdig ist, ihre Nachfolgerin zu werden. Die Suche beginnt, wenn die Kirchturmglocke Mitternacht schlägt.«

Kaum jemand achtete noch darauf, wie der Soldat den Stein wieder wegpackte und die Garde den Rückzug zum Königshof antrat. Zu sehr war jeder in aufgebrachte Gespräche vertieft, während Rik und ich nur betreten schwiegen.

»So viel zu meinem Traum, unter Königin Juna im Palast zu arbeiten«, brachte ich nach einer Weile hervor, als die meisten Menschen sich bereits wieder in ihre Häuser verzogen oder auf den Rückweg machten. Handel würde heute wohl keiner mehr betrieben werden.

Eine Schwere legte sich um mein Herz, war ich fest entschlossen gewesen, der harten Arbeit auf dem Bauernhof zu entfliehen und es eines Tages hinter die Mauern des Palastes zu schaffen. Doch in diesem Moment fühlte es sich an, als läge dieser Traum in weiter Ferne. Wie in ganz Ishøgh waren Waisenkinder auch im Palast unerwünscht. Unter der Herrschaft der gütigen Königin Juna, die Erzählungen nach selbst nicht den besten Verhältnissen entstammte, hatte ich mir zumindest einen Funken Hoffnung ausgemalt. Aber so …

Ich spürte Riks Arm, der sich tröstlich um meine Schultern legte. »Noch ist nichts entschieden, Alva. Außerdem hast du es gehört: Königin Juna entscheidet selbst, wer ihre Nachfolgerin wird. Denkst du wirklich, dass sie ein Monster an die Macht kommen lässt? Nachdem sie sich jahrelang für ihr Volk aufgeopfert hat?«

»Menschen können sich verstellen«, gab ich zu bedenken. »Selbst die Königin ist nicht allwissend. Auch sie kann Fehler machen.«

Ohne den Arm von meiner Schulter zu nehmen, zog Rik mich mit sich – vermutlich in Richtung des Wagens, um die Waren wieder aufzuladen.

Ein letzter sehnsüchtiger Blick über die Schulter zeigte mir das Schloss der Königin in der Ferne, das mit jedem Schritt kleiner zu werden schien.

KAPITEL 6

Alva

Nachdem ich an diesem Abend stundenlang in meinem Bett gelegen, an die Decke gestarrt und über das Schicksal der Königin nachgegrübelt hatte, driftete ich langsam in einen halbwegs ruhigen Schlaf. Bilder von meiner Arbeit in der Küche und von dem betörenden Ausblick auf den Palast mischten sich in meinem Kopf zu einem undurchdringlichen Nebel, der mich nach und nach einhüllte und mit sich ins Land der Träume zog.

Zumindest, bis ich von einem plötzlichen Rütteln aufgeschreckt wurde. Ich fuhr hoch und stieß mir dabei beinahe den Kopf an einer Gestalt, die neben meinem Bett hockte. Ich hörte meinen Namen in geflüsterten Worten und spürte, wie jemand nach mir griff – behutsam, beruhigend.

»Rik?«, flüsterte ich in die Dunkelheit, unsicher, ob ich tatsächlich wach oder nun doch endlich eingeschlafen war. Das musste ein Traum sein.

»Ja, ich bin es.«

»Bist du vollkommen verrückt?«, flüsterte ich, als ich endlich den nahenden Schlaf von mir abschüttelte und meine Sinne klar wurde. Rasch ließ ich den Blick über die schlafenden Mädchen um mich wandern. Jungen war es strengstens verboten, diese Räume zu betreten, und Rik wusste das eigentlich, hatte er doch schon oft genug eigenhändig ein paar der Jungen hinauseskortiert, die den Mädchen nachts hatten Streiche spielen wollen. »Was machst du denn hier? Um diese Uhrzeit?«

»Ich konnte nicht schlafen.« Er setzte sich vor mein Bett und lehnte sich mit den Ellbogen auf die Strohmatratze. Langsam gewöhnten sich meine Augen an die Dunkelheit und ich erkannte seine Umrisse besser. »Ich habe die ganze Zeit darüber nachgedacht, was die Soldaten gesagt haben.«

Da war er nicht der Einzige. Noch lange nach der Ansprache hatte ich mir den Kopf zerbrochen, dass mein einziger Traum im Leben damit vorbei sein könnte. Auch beim Abendessen hatte es kaum ein anderes Gesprächsthema gegeben. Nachrichten verbreiteten sich eben schnell. Selbst wenn die meisten der Mädchen hier zu jung waren, um für die Auswahl überhaupt infrage zu kommen, träumten sie sich in ein Leben als Prinzessin am Hof. Was offen gestanden noch viel abwegiger war als mein Wunsch, eine Dienstmagd unter Königin Juna zu werden. Aber wer war ich, um die Träume der Kinder platzen zu lassen? Oder meine eigenen?

»Und zu welcher genialen Erleuchtung bist du gelangt?«, fragte ich, da er andernfalls nicht hier wäre. Irgendeine Idee hatte ihn gepackt.

Auch ohne Licht erkannte ich das Leuchten in seinen Augen, das einen genialen Plan ankündigte. »Dass du die neue Königin werden musst.«

»Was?!«

Meine Stimme war unbeabsichtigt lauter geworden, das merkte ich daran, dass ein paar der Mädchen sich in ihren Betten regten oder leise vor sich hin murmelten. Schnell hielt ich mir die Hand vor den Mund und wartete auf ein Zeichen, ob irgendjemand wach geworden war. Nichts. Keine Regung mehr.

»Das soll doch ein Witz sein«, wandte ich mich dann wieder mit weitaus leiserer Stimme an Rik, der nicht den Anschein erweckte, als würde er scherzen. Es war ihm tatsächlich ernst. Wie kam er nur auf solche Ideen? »Warum gerade ich? Ich gewinne hier schon keinen Preis für meine Beliebtheit. Außerdem weiß ich so gut wie nichts über das Leben am Hof oder die Aufgaben einer Königin. Wie sollte ich bitte ein ganzes Volk anführen? Weißt du überhaupt, was du da sagst?«

»Ich weiß es ganz genau«, beharrte Rik. Er griff nach meiner Hand und drückte sie. Obwohl es im Schlafraum durch die vielen Körper wohlig warm war, fühlte sich seine Haut überraschend kalt an. Ob es an der Aufregung der Idee lag, die ihn gepackt hatte? »Wir können das schaffen. Wir beide. Wir brauchen die anderen nicht.«

Die Zuversicht in seiner Stimme drang bis tief in meine Brust und ich ließ eine Sekunde lang zu, mir mich als Königin vorzustellen, ehe ich den Gedanken mit einem Kopfschütteln verwarf, weil er vollkommen absurd war. Das war der Schlaf, der aus Rick sprach. Morgen früh, bei klarem Verstand, würde er den Einfall garantiert ebenso aberwitzig finden wie ich.

»Mal abgesehen davon, dass Königin Juna bestimmt kein Waisenkind als Nachfolgerin haben möchte«, begann ich. »Wie sollen wir denn einen der Kristalle finden? Hast du gesehen, wie klein die sind? Und wie groß Ishøgh?«

Auch dieser Gedanke schien Rik nicht aus der Bahn zu werfen. Scheinbar hatte er sich selbst darüber bereits den Kopf zerbrochen. Natürlich. Er wäre nicht mit einer unausgereiften Idee zu mir gekommen. Nur mit einer wahnwitzigen. »Ich habe da einen Freund, der uns eventuell helfen könnte …«

Ich schnaubte. »Wenn dein Freund nicht der Soldat ist, der die Kristalle versteckt hat, bezweifle ich, dass er uns helfen kann. Und selbst wenn, dann gibt es immer noch zwei andere Kandidatinnen. Warum sollte sich Königin Juna ausgerechnet für mich entscheiden? Das ist doch verrückt.« Ich ließ mich zurück ins Bett fallen und wandte Rik den Rücken zu, als Zeichen, dass das

Thema für mich erledigt war. »Du solltest um diese Uhrzeit nicht über solche Dinge nachdenken.«

»Aber, Alva –«

»Gute Nacht, Rik«, setzte ich hinterher, um ihm zu zeigen, wie ernst es mir war. Gut möglich, dass die Idee in seinem Kopf um diese Zeit vielversprechend klang. Eine Königin der Armen und Vergessenen, die sich um die Bedürfnisse jener kümmerte, die bisher übersehen worden waren. Aber spätestens morgen würde er wieder zur Besinnung kommen.

Ich als Königin, dass ich nicht lachte. Was wusste ich schon vom Regieren? Ich schaffte es doch nicht einmal, mich Ida gegenüber zu behaupten. Wie sollte ich es dann vor einem ganzen Volk schaffen? Diese Idee, die Rik da anschleppte, verursachte in mir nichts als Bauchschmerzen. Dabei hatte ich ohnehin schon schlecht geschlafen. Jetzt würde ich garantiert die ganze Nacht wach liegen.

Vielen Dank auch, Rik.

»Na schön«, murmelte er und ich spürte, wie er sich vom Boden erhob. Der alte Holzboden knarrte, als Rik sich auf den Weg zurück in den Jungenschlafraum machte, und ich schloss erleichtert die Augen.

Wie kam er nur auf die Idee, mir einen solchen Floh ins Ohr zu setzen? Mich denken zu lassen, es wäre möglich, obwohl jede Vernunft dagegensprach?

Vermutlich war es der Wunsch, aus dem der Gedanke keimte. Rik sah sich der Ungewissheit gegenüber, ein

Herrscher aus unseren Reihen würde die Probleme der ärmeren Bevölkerung besser verstehen und handeln. Das Leben von Waisen verbessern und ihnen eine Zukunft schenken … Und ich sollte dieser Mensch, diese Königin, für Rik sein.

»Du glaubst doch selbst nicht, dass du in der Lage bist, auch nur einen einzigen der Kristalle zu finden, oder?«

Ich drehte mich und blinzelte in die Finsternis. Im Bett neben mir, vor dem Rik eben noch gesessen hatte, regte sich etwas.

Ida.

Sie setzte sich auf und blickte zu mir herüber. Auch ohne Licht sah ich den herablassenden Ausdruck auf ihrem Gesicht fast vor mir. Den trug sie immer, wenn sie mit mir sprach.

Als ob mir nicht schon selbst klar gewesen wäre, was für eine Schnapsidee das war, streute sie auch noch Salz in die Wunde.

»Das geht dich nichts an«, gab ich knapp zurück, war aber fast erleichtert, dass jemand meiner Meinung war. Dass ich gar nicht das Zeug dazu hatte und Rik sich irrte. Er umsonst Hoffnung in mich setzte und es keinen Sinn hatte, es überhaupt zu versuchen oder bloß darüber nachzudenken.

»Natürlich tut es das«, widersprach Ida unbeirrt. »Wenn ich schon neben der zukünftigen Herrscherin von Ishøgh schlafe, dann möchte ich das doch wenigstens wissen. *Eure Hoheit!*«

Ihr sarkastisches Lachen verletzte mich mehr, als ich zugeben wollte. Ich kannte Ida. Sie nutzte jede sich ihr bietende Möglichkeit, um sich über mich lustig zu machen. Warum sie mich nicht ausstehen konnte, wusste ich bis heute nicht. Aber eines wusste ich sehr wohl: Ihr Spott löste etwas in mir aus.

Normalerweise wäre in Momenten wie diesen Rik zur Stelle, um mir zu sagen, dass ich mir ihre Worte nicht zu Herzen nehmen durfte. Dass sie nichts bedeuteten. Aber heute hatten sie etwas zu bedeuten. Denn Rik würde schon bald nicht mehr da sein, um mich zu verteidigen. Wie so viele andere Waisen würde er schon bald das Heim verlassen und noch härter als zuvor um sein Überleben kämpfen müssen. Er war zu mir gekommen, weil er glaubte, dass ich daran etwas ändern konnte. Weil er an *mich* glaubte.

Auch wenn Idas Worte darauf abgezielt hatten, mich zu verletzen, erreichte sie damit das komplette Gegenteil. Sie lösten in mir ein Verlangen aus. Das Verlangen danach, dass sie sich irrte. Dass ich sehr wohl etwas verändern konnte. Zumindest musste ich es versuchen. Für die Waisen, für Rik, für mich.

Und ohne es zu ahnen, hatte ausgerechnet Ida es geschafft, mich umzustimmen.

Königin Juna

Es war spät, als es an den Türen ihrer Gemächer klopfte. Auch wenn sie es hier oben im Palast nicht vernommen hatte, mussten die Kirchenglocken längst Mitternacht geschlagen haben. Und damit hatte die Suche begonnen.

Königin Juna erhob sich von ihrem Tisch, auf dem sie das Diadem – nun ohne die wertvollen Kristalle darin – abgelegt hatte, und bewegte sich ein paar Schritte in Richtung Tür. Ihre Glieder schmerzten von den wenigen Bewegungen. Je früher die Anwärterinnen hier eintrudelten, desto besser.

»Herein.«

Die schweren Türen öffneten sich. Wie nicht anders erwartet, war es ihr Berater Nohr. Sie versuchte, aus seinem Gesicht zu lesen, mit welchen Nachrichten er so spät zu ihr kam.

»Wurde mein Auftrag durchgeführt?«, fragte sie ihn direkt, da es nur das war, was sie heute noch interessierte. Sie wollte seine Bestätigung, eher würde sie nicht zu Bett gehen.

Die Augen ihres Beraters wanderten über ihr übermüdetes Gesicht. Hätte sie sich nicht ohnehin bereits elend gefühlt, wäre es spätestens jetzt so weit. Nohr machte keinen Hehl daraus, wie sehr ihn ihr Anblick besorgte. Das verbesserte die Situation allerdings nicht.

Eher im Gegenteil. Es war seine Aufgabe, sie aufzubauen. Nicht, sie daran zu erinnern, wie schlecht es um sie stand.

»Die Botschaft wurde übermittelt. Die Kristalle sicher versteckt. Alles Weitere ist Schicksal.«

Königin Juna nickte. Sie konnte sich vorstellen, dass es nicht einfach für ihre Garde gewesen war, die Kristalle in Ishøgh zu verstecken – gut genug, um nicht von jedem Dahergelaufenen gefunden zu werden. Aber auch nicht unmöglich zu finden. Immerhin rann ihr die Zeit wie Sand durch die Finger.

Dass die Suche begonnen hatte, beruhigte sie. Alles nahm seinen Lauf, so wie es sein sollte. Nun musste sie nichts weiter tun, als sich zu erholen und zu hoffen, dass die Auserwählte schon bald durch die Türen des Palasts schreiten würde.

»Sonst noch etwas?«, hakte sie nach, als Nohr nichts mehr hinzufügte, aber auch keine Anstalten machte, sich von seiner Königin zu verabschieden.

Er zögerte einen Moment, offensichtlich unsicher, ob er seine Gedanken aussprechen sollte oder nicht. Seit Jahrzehnten war Nohr als ihr Berater an ihrer Seite. Wenn es jemandes Aufgabe war, ihr seine Meinung mitzuteilen, dann war er es. Und doch zögerte er, was Königin Juna bereits ahnen ließ, worum es sich handelte.

»Du machst dir Sorgen«, schlussfolgerte sie und nahm ihm damit offenbar die Worte aus dem Mund. Seine

dunklen Augen verrieten ihr, dass sie ins Schwarze getroffen hatte.

»Eure Hoheit«, setzte er an. »Wenn die Zeit nicht reicht ...«

Sie schloss die Augen mit einem tiefen Atemzug, was Nohr augenblicklich verstummen ließ. Es war nicht so, dass seine Sorge unbegründet war. Mit jedem Tag, jeder Stunde spürte die Königin, wie ihre Kräfte sie verließen. Aber sie konnte und wollte noch nicht aufgeben. Ihr Vertrauen in das Schicksal war nach wie vor unerschütterlich.

»Ich weiß, worauf du hinauswillst«, erklärte sie und öffnete ihre Augen wieder, die durch das sanfte Licht der Fackeln an den Wänden brannten. Erleichterung machte sich in Nohrs Zügen breit – verfrüht. »Aber ich halte an meinem Plan fest. Ich bin davon überzeugt, das Richtige zu tun. Die Kristalle haben mich damals zur Königin gemacht. Genauso werden sie auch die zukünftige Königin Ishøghs bestimmen. Daran habe ich keinerlei Zweifel. Und sollte ich mich irren – und auch nur dann –, bin ich damit einverstanden, auf die Thronfolge zurückzugreifen. Versprich mir, dass du meinen Wunsch respektierst.«

Nohr war alles andere als begeistert über die Ansprache seiner Königin, das sah sie seinem verklemmten Gesicht deutlich an. Er wusste, wie es um ihre Gesundheit stand und hatte Angst, die Zeit würde zu knapp werden oder noch schlimmer – nicht ausreichen. Es schien einfach, einen Thronfolger aufgrund seines Blutes auszuwählen. Doch er vergaß, welchen Stein er damit ins Rollen bringen würde. Nicht nur, dass es verantwortungslos wäre, einen ahnungslosen Menschen auf den Thron zu zerren und sein Leben auf den Kopf zu stellen. Welches Licht würde es auf sie selbst und ihre Glaubwürdigkeit werfen? Auf die Königin, die jede Krise bewältigt hatte, in der Ishøgh gesteckt hatte – und das ohne einen Mann an ihrer Seite. Was würde das aus ihrem Andenken machen?

»Versprichst du es mir?«, hakte sie diesmal noch etwas energischer nach, um Nohr wissen zu lassen, dass sie ihm einen Vertrauensbruch dieser Art niemals verzeihen würde.

Dieser gab sich geschlagen und nickte. »Natürlich, Eure Hoheit. Ihr habt mein Wort, so wie immer. Mein größtes Anliegen ist es, Ishøgh zu dienen. Und Ihr wisst genau, was das Beste für Euer Reich ist.«

Königin Juna versuchte sich ihre Erleichterung nicht anmerken zu lassen, als sie tief durchatmete und betete, dass Nohr recht behalten würde.

»Ich würde nun gern zu Bett gehen. Es ist bereits spät. Ich erwarte einen Bericht, sobald einer der Kristalle gefunden wurde.«

»Selbstverständlich, Eure Hoheit.« Mit einer tiefen Verbeugung machte Nohr kehrt und verschwand aus ihren Schlafräumen. Zurück blieb nichts als eine erdrückende

Stille und ein schmerzhaftes Ziehen in der Magengegend der Königin.

Mit der Hand versuchte sie, an ihrem Hals ihren Puls zu erfühlen, während sie sich von der Tür abwandte und in Richtung des hohen Fensters schlich, das sie am liebsten hatte. Jeder Schritt forderte ungemeine Anstrengung, die von Tag zu Tag mehr zu werden schien. Behutsam stützte sie sich am Fensterrahmen ab und blickte hinaus in die dunkle Nacht. Vereinzelte Fackeln erhellten Ishøgh, doch in den meisten Häusern hatte der Schlaf bereits Einzug gehalten.

Irgendwo, dachte sie. Irgendwo dort draußen war dieser Mensch, der so vieles mit ihr teilte und doch keine Ahnung davon hatte. Und so sollte es auch bleiben.

KAPITEL 7

Rik

Es war noch nicht einmal richtig hell, als Rik das Waisenhaus an diesem Morgen verließ. Zum einen, weil er nicht mehr hatte schlafen können, zum anderen, weil die Arbeit wartete.

Die Basteltage einmal in der Woche waren zwar schön und er brauchte sie, um den Kopf frei zu bekommen, doch dadurch blieb auch einiges auf der Strecke, das es aufzuholen galt. Da es schwierig war, in der tiefsten Nacht im Stall oder auf den Feldern zu arbeiten, nutzte er lieber die frühen Morgenstunden, in denen im Haus die Hölle los war. Dieses Gewusel war ihm ohnehin oft zu viel. Besonders aktuell, wo er nicht wusste, wie lange sein Aufenthalt dauern würde. Wie lang er ihn noch würde ertragen können.

Nachdem Rik gemeinsam mit Bauer Erik die Kühe gemolken und die Eier eingesammelt hatte, machte er sich wieder auf den Weg zurück ins Waisenhaus. Es war immer noch recht früh und das Frühstück musste gerade erst begonnen haben. Andernfalls würde es auf dem kleinen Platz zwischen Heim und Bauernhof bereits vor spielenden und rufenden Kindern wimmeln. Aber noch war es ruhig. Zumindest hier draußen.

Kaum war er durch den steinernen Bogen getreten, der den Bauernhof vom Gelände des Waisenhauses trennte, vernahm er eine Stimme, die seinen Namen rief. Verwirrt sah er sich um, hatte er so früh mit niemandem hier draußen gerechnet.

Es war Alva, die auf ihn zulief. Außer Atem kam sie bei ihm an und fasste nach seinem Arm, obwohl er längst stehengeblieben war und sich nicht von der Stelle bewegte.

»Was ist denn mit dir los?«, fragte er amüsiert. Sie wirkte aufgeregt. Was war so früh schon passiert, das sie ihm unbedingt erzählen musste?

»Wir machen es.« Alva hielt sich die scheinbar stechende Seite und verzog das Gesicht, ehe sie sich wieder fing und ihn aus ihren tiefblauen Augen ernst anblickte. »Ich bin dabei. Wir ziehen es durch, wir zwei. Gemeinsam.«

Einen Moment lang starrte er Alva nur perplex an, bis ihm bewusst wurde, was das zu bedeuten hatte. Ihm ging ein Licht auf.

»Wir drei«, korrigierte er, denn ohne Kaden würden

sie niemals einen der Kristalle finden. So viel war sicher. »Wir brauchen dabei Unterstützung.«

Alva nickte eifrig. Diese Euphorie hatte er nicht von ihr erwartet, hatte sie ihm doch gestern Nacht noch deutlich gemacht, was sie von seiner Idee hielt.

Er verübelte es ihr nicht. Sämtliche ihrer Argumente, die gegen seinen Plan sprachen, waren vollkommen plausibel. Es war unwahrscheinlich, unrealistisch. Wenn nicht gar unmöglich. Und doch mussten sie es einfach versuchen.

Die Umstände im Waisenhaus verschlechterten sich mit jedem Tag. Kinder wurden krank. Starben. Und die Essensvorräte vermehrten sich auch nicht von allein, während die Diener im Palast reichlich bezahlt wurden. Selbst wenn es Königin Juna egal zu sein schien, durfte das nicht ebenso auf ihre Nachfolgerin zutreffen. Was sie brauchten, war eine Herrscherin, die die Probleme der ärmeren Bevölkerung Ishøghs verstand. Nicht bloß die des Adels. Alva kannte beide Welten. Sie wäre in der Lage, einen Unterschied zu machen. Das Leben der Waisenkinder zu verbessern.

»Wann können wir mit deinem Freund reden?«, fragte sie. »Je früher wir loslegen, desto besser. Wir sollten keine Zeit verlieren.«

»Ganz ruhig.« Rik sah sich auf dem Platz vor dem Waisenhaus um. Das ungute Gefühl, dass ihre Worte an die falschen Ohren gelangen könnten, ließ ihn nicht los. »Wir können nicht einfach so verschwinden. Die Arbeit macht sich schließlich nicht von allein und du willst doch keinen Ärger mit Saga, oder? Wir suchen Kaden heute Nacht nach dem Abendessen auf.«

Die Nervosität in Alva war nicht zu übersehen, wie sie ungeduldig von einem Bein auf das andere stieg. Plötzlich schien es ihr nicht schnell genug gehen zu können, Kaden aufzusuchen. »In Ordnung, gut. Du hast recht. Ich darf nur nicht zu lange warten und womöglich zu spät kommen. Wer weiß, vielleicht hat schon jemand einen der Kristalle gefunden. Ich will zumindest eine faire Chance, wie jeder andere auch.«

»Die bekommst du«, versicherte Rik ihr. »Und dazu sollten wir unsere Suche erst einmal für uns behalten. Du weißt schon, keine Aufmerksamkeit erregen und so.«

Alva nickte zustimmend. Scheinbar war ihr dieser Gedanke ebenfalls bereits gekommen. Sie hatte nicht viele Freunde im Waisenhaus, dafür umso mehr Gegner, auch wenn sie diese nicht verdient hatte. Böswillige Menschen gab es wie Tannen im Nordwald. Niemand sollte vorerst erfahren, dass sie vorhatten, nach den Kristallen zu suchen. Sie würden Alva nur Steine in den Weg legen. Und das war das Letzte, was Rik wollte. Es würde so schon nicht leicht werden.

»Was hat dich überhaupt deine Meinung ändern lassen?«, hakte Rik nach, woraufhin Alva ertappt die Lippen aufeinanderpresste. »Gestern Nacht klang es noch so, als hieltest du mich für verrückt. Und jetzt?«

»Jetzt ...« Sie zögerte einen Moment und sah sich ebenfalls verstohlen um. Außer den beiden war niemand zu sehen. »Ist mir klar geworden, dass es um viel mehr geht als um mich. Es geht um Ishøgh, aber vor allem um das Waisenhaus. Es bekommt so schon nicht die Unterstützung, die die Kinder benötigen. Wer weiß, wie es unter einer neuen Königin aussieht? Ich hätte die Chance, etwas zu verändern. Die lasse ich mir nicht entgehen. Nicht aus Angst und ganz bestimmt nicht, weil irgendjemand meint, ich hätte nicht das Zeug dazu.«

Entschlossenheit flackerte in ihren Augen auf, die Rik vollkommen neu war. Was auch immer zwischen gestern Nacht und heute geschehen war – ihm sollte es recht sein. Die unerschrockene Alva gefiel ihm. Nicht, dass sie ihm nicht auch so gefallen hätte. Doch dieser Kampfgeist hatte etwas Ansteckendes. Etwas Motivierendes.

Er konnte das Lächeln nicht verhindern, das sich mit einem Mal auf seine Lippen schlich. Hatte er doch gewusst, dass Alva genau die Richtige für die Thronfolge war. Nicht etwa, weil er sich selbst dadurch einen Vorteil erhoffte. Viel mehr, weil sie tatsächlich etwas ändern könnte. Gestern Nacht hatte Alva das nicht gesehen oder es nicht sehen wollen, aber heute verfolgten die beiden ein und dasselbe Ziel.

Instinktiv griff Rik nach Alvas Hand, zog sie zu sich und platzierte einen Kuss darauf. Ihre Augen wurden groß und ihr Mund öffnete sich, doch er kam ihr zuvor.

»Zeit für das Frühstück, Eure Hoheit. Ich habe das Gefühl, Ihr werdet Eure Kräfte heute noch brauchen.«

Alva lachte auf und verpasste ihm einen spielerischen Stoß, ehe sie loslief. »Wer zuerst auf seinem Platz sitzt, bekommt die Ration des anderen!«, rief sie ihm über die Schulter hinweg zu.

Das würde Rik sich nicht zweimal sagen lassen.

Ida

Ida ließ den Kopf gegen das harte Holz der Hütte sinken und betrachtete nachdenklich den heller werdenden Himmel über Ishøgh.

Eure Hoheit, so so.

Sie war gerade dabei gewesen, die Fackeln rund um das Haus zu löschen, als sie Alva und Rik entdeckt hatte. Die beiden waren wie Pech und Schwefel, machten immer heimlich gemeinsame Sache. Dass dabei die Arbeit oft zu kurz kam und an den anderen hängen blieb, war ihnen scheinbar egal. Genauso egal wie Ida die Tatsache war, dass die beiden ungestört plaudern wollten.

Kein Wunder bei dem, was sie gehört hatte. Schon gestern Nacht hatte sie den Gedanken daran, dass Alva die Nachfolgerin von Königin Juna werden wollte, völlig lächerlich gefunden. *Alva.* Da könnte Bauer Erik genauso gut eine seiner Kühe in den Palast schicken.

Wie kam Rik nur auf so einen absurden Gedanken? Alva war schließlich nicht das einzige Waisenkind, das alt genug wäre, um nach den Kristallen zu suchen. *Sie* könnte danach suchen. *Sie* könnte Königin werden. Zumindest wäre sie eine bessere Herrscherin als Alva oder Bauer Eriks Kuh.

War dieser Gedanke wirklich so abwegig?

Was war an Alva so besonders?

Warum hatte er sie nicht einmal in Erwägung gezogen?

Einen Moment lang schloss Ida die Augen. Seit dieses Mädchen hier aufgekreuzt war, drehte sich alles nur um sie. Alva, die im Reichenviertel der Stadt aufgewachsen war. Alva, die mit ihren dunklen Haaren aus jeder Gruppe hervorstach. Alva, die sofort jeden um den Finger wickelte. Saga, Bauer Erik und sogar Rik. Für sie war alles einfach. Und jetzt wollte sie auch noch Königin werden. So weit kam es noch. Das würde Ida zu verhindern wissen. Und wäre die einzige Möglichkeit, selbst diesen Platz einzunehmen.

Ida schlug die Augen auf. Entschlossenheit füllte ihren Körper. Niemals würde sie zulassen, dass Alva einen der Kristalle in die Finger bekam.

Eilig lief sie um das Waisenhaus und schlich durch den Hintereingang. In der Küche herrschte reges Treiben, weil gerade der Haferbrei für das Frühstück vorbereitet wurde. Einige Mädchen hatten alle Hände voll zu tun, doch das war Ida im Moment egal. Sie hatte andere Probleme als Haferbrei und hungrige Kinder.

Zielstrebig lief sie auf die Brünette zu, die den Brei in Schüsseln aufteilte. Als hätte sie ihre Anwesenheit gespürt, hob Thea den Kopf. Ein müdes Lächeln breitete sich auf ihrem rundlichen Gesicht aus. »Da bist du ja endlich. Wo warst du denn so lange?«

»Du ahnst nicht, was ich eben gehört habe«, fiel Ida mit der Tür ins Haus. Sie sprach leise, damit keines der anderen Waisenkinder oder gar Saga sie hörte. Verschwörerisch drängte sie sich näher an ihre Freundin, die mit den Jahren schon mehr zu einer Schwester geworden war, und blickte sie eindringlich an. »Alva hat vor, an der Suche nach den Eiskristallen der Königin teilzunehmen. Ist das zu fassen?«

Einen Moment lang sahen sich die beiden stumm an, ehe sie in schallendes Gelächter ausbrachen.

»Das ist nicht dein Ernst!«, prustete Thea, doch Ida bedeutete ihr, leise zu sein. Immerhin sollte nicht gleich jeder von diesen Neuigkeiten erfahren. Sie verfolgte ihren eigenen Plan.

»Unfassbar, nicht wahr? Mal ganz davon abgesehen, dass sie ohnehin keine Chance hat, sollten wir dennoch sichergehen, dass aus diesem Vorhaben nichts wird.«

»Na klar«, stimmte Thea ihr amüsiert zu. »So weit kommt's noch, dass aus der Prinzessin eine Königin wird. Als würde sie nicht schon genug auf uns herabsehen.« Sie schnaubte und Ida gab ein zustimmendes Geräusch von sich.

»Ganz meine Rede. Aber weißt du, was sogar noch besser wäre, als Alva scheitern zu sehen?«

Kurz kräuselte sich Theas Stirn in Verwirrung, ehe ihr ein Licht aufzugehen schien. »Du … willst doch nicht –«

»Und wie ich will!«, fiel Ida ihr lauter als beabsichtigt ins Wort. Rasch sah sie sich in der Küche um, aber bei dem ganzen Trubel fielen die beiden kaum auf. Nichtsdestotrotz schnappte sie sich eine Kelle vom Haken und half Thea dabei, die Schüsseln zu füllen. Nur, um den Schein zu wahren. »Stell dir das mal vor. Wir beide im Palast der Königin. Wir könnten tun und lassen, was wir wollen. Kein Küchendienst mehr. Keine Arbeit im Stall. Keiner, der uns sagt, was wir dürfen oder nicht dürfen.«

Thea stöhnte vor Entzücken. »Ein Traum! Okay, wie gehen wir vor? Wann fangen wir an?«

Ida grinste. »Ich hab mir da schon was überlegt … Wir treffen uns nach dem Frühstück an unserem Platz. Dann erzähle ich dir von meinem Plan. Glaub mir, du wirst begeistert sein!«

KAPITEL 8

Alva

Mein Herz klopfte wie verrückt, als wir immer weiter in den finstersten Teil des verbotenen Nordwaldes eintauchten. Man nannte diesen Ort nicht umsonst so. In ihm lauerte nichts Gutes.

Viele Leute hatten versucht, durch ihn Ishøgh zu verlassen, waren jedoch nie zurückgekehrt. Der Wald, oder was auch immer darin hauste, hatte sie verschluckt und nicht mehr ausgespuckt.

In meinem Hals bildete sich ein Kloß, den ich verzweifelt versuchte, hinunterzuschlucken. Das alles waren Legenden – nichts weiter. Rik streunte regelmäßig durch die Wälder, wenn er auf der Jagd war. Bisher war er noch jedes Mal unversehrt und mit Wild über der Schulter zurückgekehrt. Es gab also keinen Grund für das flaue Gefühl in meinem Magen. Richtig?

Oder lag es gar nicht an dem Wald, dass mein Körper

verrückt spielte, sondern vielmehr an dem unbekannten Helfer, um den Rik ein solches Geheimnis machte? Ich hatte keine Ahnung, wen wir draußen im dichten Nordwald antreffen würden. Wusste nicht einmal, dass dort überhaupt jemand hauste. Seit wir uns kannten, hatte Rik diesen *Freund*, wenn man es so nennen konnte, mit keinem Wort erwähnt. Das waren zwei Jahre. Dafür musste es einen Grund geben, den ich besser nicht wissen wollte. Meine Gedanken rasten so schon in düstere Richtungen. Vor allem, als ich die alte, in Finsternis liegende Holzhütte erspähte, die sich zwischen den mächtigen Bäumen hervorhob. Aus einem der kleinen Fenster drang ein sanfter Schein. Ein Zeugnis davon, dass sie bewohnt war.

Wie von selbst tastete ich nach Riks Arm, um ihn nicht zu verlieren, als sich meine Schritte verlangsamten. Ich wusste nicht, was mir mehr Angst einjagte. Das unheilvolle Knacken der kahlen Äste um uns herum oder das Unbekannte direkt vor meiner Nase.

Anstatt sich meinem Tempo anzupassen, zerrte Rik mich schon fast mit sich. Vor der Holzhütte lagen ein paar in den Boden gepresste Steinplatten, die mit Moos überwachsen waren und keinen gepflegten Eindruck hinterließen. Das Gleiche galt für die Hütte selbst. Ein modriger Geruch lag in der Luft, das alte Holz knarrte gefährlich, als Rik zielstrebig mit seiner Faust gegen die Eingangstür hämmerte. Aus Angst, der Verschlag könnte allein dadurch in sich zusammenstürzen, wich ich einen zaghaften Schritt zurück. Jedoch ohne meinen besten Freund loszulassen.

»Ich bin es«, rief dieser hinterher. Der unerwartet laute Klang seiner Stimme im sonst totenstillen Wald ließ mich zusammenfahren. Einige Vögel über uns schreckten hoch und suchten flügelschlagend das Weite.

Ohne es zu wollen, sah ich mich hektisch um. Nicht, dass der Lärm noch etwas ganz anderes anlockte …

»Kaden«, setzte Rik nach, als wenige Sekunden ereignislos verstrichen waren. »Mach auf. Ich muss mit dir reden. Es ist wichtig.«

Mein Griff um seinen Oberarm festigte sich. Zerrte schon fast an ihm mit der stummen Bitte, nach Hause zu gehen und die ganze Sache einfach zu vergessen. Es war dumm gewesen. Ein kurzer Ausbruch von unbegründeter Hoffnung, etwas erreichen zu können, das schlichtweg unerreichbar war. Warum also Zeit damit verschwenden? Meine, Riks, *seine* …

Ich öffnete den Mund, um meiner Bitte mit Worten Nachdruck zu verleihen, doch in diesem Moment ließ uns ein Knarren im Holz einen Schritt zurückweichen. Licht drang aus dem Spalt und vertrieb die Dunkelheit um uns. Ich machte die Umrisse eines Mannes aus, ehe sich meine Augen an die veränderten Lichtverhältnisse gewöhnten und Details hervortraten. Groß gewachsen, etwa in Riks Höhe. Breitere Schultern, dunkles, kurzgeschnittenes Haar. Ein grimmiger Ausdruck im Gesicht, bei dem ich versucht war, mich hinter meinem Begleiter zu verstecken, um nicht davon getroffen zu werden.

»Was?« Ein kurzes Wort, das durch die eisige Nacht hallte und so viel mehr als nur das zum Ausdruck brachte. *Was willst du? Warum störst du mich? Lass mich in Ruhe.*

Ich schluckte, während Rik sich von der knappen Begrüßung nicht abschrecken ließ. Im Gegenteil – er drückte die Tür auf, sodass sein Freund einen Schritt zurück stolperte. Erst dabei bemerkte ich, dass dieser auf einen Stock gestützt war, als hätte er Probleme damit, aufrecht zu stehen. Und das, obwohl er kaum älter war als Rik und ich.

»Es ist auch schön, dich zu sehen, Kaden. Ob wir reinkommen und uns etwas aufwärmen wollen? Na klar, wie nett, dass du daran denkst.«

Mein gesamter Körper versteifte sich, als Rik sich mit einem Mal aus meinem Griff befreite, um seine Hand an meinen Rücken zu legen und mich vor sich in die kleine Hütte zu schieben. Währenddessen traf der finstere Blick des Fremden nun doch auf mich – und ließ mich nicht mehr los. Er beobachtete mich, während Rik mich wie einen störrischen Esel vor sich ins wohlig warme Innere manövrierte.

Wie von selbst wanderte mein Blick durch den Raum. An der rechten Wand stand ein einzelnes Holzbett, das mit Tierfellen bedeckt war. Gegenüber fand sich eine

Feuerstelle, in der die Glut noch glomm, und eine Kochnische. Links von uns befand sich eine provisorische Sitzecke, grob aus Holz zusammengehämmert. Darauf brannte eine Kerze, die den kleinen Raum erhellte.

Doch was meinen Blick augenblicklich fesselte, war das Schwert, das über der Bank an der Wand fixiert war. Es war ein Schwert der Garde. Vater hatte eines wie dieses besessen. Es stand ausschließlich den Soldaten der Königin zu. Wie kam es hierher?

Ich fuhr zusammen, als die Tür hinter uns mit einem Knall zuflog und die gesamte Behausung zum Erzittern brachte. Meine Aufmerksamkeit schnellte zum Besitzer der Hütte, der sich in Richtung Bett bewegte und dort seine Gehhilfe abstellte, als wollte er beweisen, dass er sie eigentlich gar nicht nötig hatte. Offensichtlich ging es auch so, obwohl ein leichtes Humpeln in seinem Gang bemerkbar war.

»Also, was wollt ihr?«, fragte er, ohne einen von uns beiden dabei direkt anzusehen. Seine Stimme klang kühl, was uns zu verstehen gab, dass wir seine Geduld besser nicht überstrapazieren sollten.

Wieder überkam mich der Drang, abzuhauen, aber es war Rik, der den Ton vorgab. Und er ließ sich von diesem abweisenden Verhalten nicht beeindrucken.

»Kaden, das ist meine Freundin Alva. Alva, Kaden.«

Wieder erntete ich einen dieser ungehaltenen Blicke aus Augen, die blauer waren als der Himmel an einem wolkenlosen Tag. Angestrengt kramte ich in meinem Gedächtnis, denn irgendetwas löste dieser Anblick in mir aus. Eine versteckte Erinnerung, die ich einfach nicht zu Tage fördern konnte. Dabei war ich mir sicher, ich würde mich an diese Augen erinnern, hätte ich sie schon einmal gesehen. Bewusst gesehen, so wie jetzt. Viele Einwohner des Dorfes besaßen helle Augen, aber seine waren ganz und gar einzigartig. Nicht nur, weil sie vor Verachtung strotzten. Sie waren so vertraut und doch so fremd.

»Nun, wo wir das geklärt haben, kommen wir zum Punkt.« Ungefragt ließ sich Rik auf die hölzerne Bank vor dem kleinen Tisch sinken, die garantiert nicht für Gäste gedacht war.

Er fing Kadens Blick auf und hielt ihn fest. Einen Moment lang schien es, als wären nur noch die beiden im Raum. Als wäre ich nichts weiter als ein Geist, unsichtbar und unhörbar. Ich wusste nicht, woran es lag oder was Rik anstellte, doch diese wenigen Sekunden zwischen den beiden veränderten alles. Die Anspannung in Kaden ließ nach, ebenso seine abwehrende Haltung. Er war bereit, Rik zuzuhören.

»Königin Juna ist auf der Suche nach einer Nachfolgerin. Infrage kommt jede Anwärterin, die die von ihr gestellte Aufgabe lösen kann. Alva muss eine davon sein. Und ich denke, dabei könntest du uns von großem Nutzen sein.«

Kaden gab ein Geräusch von sich, das halb amüsiert, halb ungläubig klang. »Warum sollte ich euch helfen? Und warum sollte ausgerechnet sie das Zeug zur Königin haben?«

Ohne mich dabei anzusehen, zeigte er in meine Richtung. Sein Blick blieb auf Rik fixiert und ich fragte mich, was die beiden verband. Was ihre Geschichte war.

»Soweit ich das beurteilen kann, ist mir hier draußen reichlich egal, wer auf dem Thron sitzt. Mein Leben wird sich dadurch kein Stück verändern.«

»Aber unseres«, fiel ich ihm ins Wort und zog damit ungewollt seinen eisigen Blick auf mich. Fast war ich bereit, den Mund zu halten und wortlos den Kopf zu senken, während Rik seinen Plan weiter ausführte, aber etwas in Kadens Augen veranlasste mich dazu, eben das nicht zu tun. Es war wie eine stumme Herausforderung, der ich nicht widerstehen konnte. »Erst diese Woche ist ein Kind aus dem Waisenhaus gestorben, weil es keine Hilfe bekommen hat. In der Stadt will niemand einen Waisen bei sich einstellen. Wir bekommen nicht einmal die Chance, zu arbeiten. Das muss sich ändern. Dringend.«

Kadens ausdruckslosem Gesichtsausdruck war nicht anzumerken, was in ihm vorging. Ob ihm die Waisenkinder egal waren oder auch die ganze Stadt. Denn schließlich war er nicht wirklich ein Teil davon. Er lebte außerhalb der Grenzen im verbotenen Wald. Fern der Herrschaft von Königin Juna.

»Kennen wir uns?«

Überrascht blinzelte ich ihn an. Begutachtete seine Züge ganz genau, doch nichts. Dennoch schienen wir sie beide zu spüren, diese merkwürdige Vertrautheit.

»Ich …«, setzte ich verunsichert an und wechselte einen kurzen Blick mit Rik, der nur mit den Schultern zuckte. »Keine Ahnung. Ich denke nicht. Ich wüsste nicht, woher?«

Unbeeindruckt winkte Kaden ab. »Und wie soll ich euch jetzt bei eurer weltbewegenden Mission helfen?«

Irrte ich mich oder klang seine Stimme mit einem Mal weniger feindlich? Ob es etwas mit seiner Frage auf sich hatte? Vermutlich reines Wunschdenken.

»Es geht darum, etwas zu finden«, nahm Rik den Faden wieder auf. Er hatte seine Arme auf den Knien abgestützt und wirkte angespannter als zuvor. »Darin bist du doch gut, nicht wahr?«

Irgendetwas an seinen Worten behagte Kaden nicht. Seine Miene verfinsterte sich. »Eine Schnitzeljagd werdet ihr ja wohl noch allein bewältigen können, nehme ich an.«

Zu meiner Überraschung war es nun Rik, der genervt schnaubte. »Na klar. Die Diamanten der Königin werden garantiert morgen zufällig im Hühnerstall liegen, wenn Alva die Eier holt.«

»Die Kristalle der Königin?« Mit einem Mal wirkte Kaden interessiert. Seine Brauen hoben sich, während ein Funkeln in seine Augen trat, das ich nicht so recht deuten konnte. »Darum geht es bei der Suche? Dann könnte ihr die Sache gleich vergessen.«

Rik und ich wechselten einen verwirrten Blick.

»Was soll das heißen?«, fragte er an meiner Stelle.

»Die Eiskristalle der Königin sind nicht irgendwelche hübschen Steine.« Kaden verschränkte die Arme vor der Brust, während er erst mich, dann Rik musterte, als wäre er empört über unseren Mangel an Wissen über das Königshaus. »Sagt bloß, ihr kennt die Legenden über König Høgh und den Schatz des Drachen nicht. Die Kristalle sind magisch. Verflucht, wenn man so will.«

Ein Knoten bildete sich in meinem Bauch. »Verflucht? Inwiefern?«

Kadens Blick wanderte zu mir. Seine eisblauen Augen betrachteten mich aufmerksam, schon fast einschüchternd. Es war, als könnte er direkt in mich hineinsehen. Herausfinden, wie viel Wahrheit ich vertrug, ehe ich einen Rückzieher machte. Um ehrlich zu sein, war ich mir selbst nicht so sicher. Nicht zum ersten Mal an diesem Tag zog ich in Erwägung, die Suche abzublasen und mich geschlagen zu geben, noch bevor ich überhaupt begonnen hatte. Wäre das nicht so viel einfacher, als eine erbärmliche Niederlage hinzunehmen?

»Man erzählt sich, dass die Kristalle aus dem Diadem der Königin gestohlen sind. Als König Høgh damals den Drachen erschlug, seinen Schatz stahl und das Königreich Ishøgh gründete, zog er den Fluch auf sich.«

»Warum hat er sie dann behalten?«, platzte es aus mir hervor, ehe ich mich selbst daran hindern konnte. Es klang nach einem Märchen, das man Kindern vor dem Einschlafen auftischte. Und doch kannte ich diese Seite der Geschichte über den ersten König des Landes nicht.

»Weil sie auch über unsagbare Kräfte verfügen«, erklärte Kaden mehr oder weniger geduldig. »Zusammen verleihen die Kristalle die Macht, über ein Königreich zu herrschen. Aber allein bescheren sie jedem ein Unglück, der damit in Berührung kommt, so sagt man. Es ist der Preis, den man zahlen muss. Erst vereint entfachen sie ihre Kräfte. Zumindest ist es das, was man sich erzählt. Deshalb ließ der König sie damals auch verstecken, nachdem einer davon gestohlen wurde und das Unglück Einzug im Palast hielt. Das Volk wusste, wer die drei Kristalle fand, würde zum nächsten wahren Herrscher. Den Rest kennt ihr ja. Juna fand die Kristalle, wurde zur Königin und jetzt ist es scheinbar an der Zeit, erneut die Kristalle entscheiden zu lassen. Dass sie damit einen Fluch über jeden einzelnen Kandidaten bringt, ist ihr scheinbar entfallen.«

Rik schnaubte. »Das sind alte Märchen. Die Kristalle sind weder verflucht noch magisch. Das ist nicht möglich.«

Ein Lächeln zeichnete sich auf Kadens Gesicht ab, das mir eine Gänsehaut verursachte. »Und doch bist du hier, weil du die Kristalle mit Hilfe meiner Visionen finden möchtest. Oder etwa nicht?«

»Visionen?«, entkam es mir, ohne dass ich die Worte davon abhalten konnte, meinen Mund zu verlassen. Mein ungläubiger Blick fand Rik, der unbeholfen mit den Schultern zuckte. Wann genau hatte er vorgehabt, diese Kleinigkeit zu erwähnen?

»Die Sache ist die«, wandte sich Rik wieder an seinen Freund, der seinen Worten aufmerksam lauschte. »Drei Kristalle, drei Kandidatinnen. Wie groß ist die Wahrscheinlichkeit, dass ein Waisenkind an einen davon gelangt und dann auch noch ausgewählt wird? Vermutlich gleich null. Sie wollen uns schon nicht als Arbeiter und garantiert nicht als Königin. Die einzige Chance, die wir haben, ist, alle drei Kristalle zu finden und Königin Juna gar keine andere Wahl zu geben, als Alva auszuwählen. Aber ohne dich schaffen wir das nicht. Verstehst du?«

Drei Kristalle. Nicht bloß einen, um in den Palast zu gelangen. Was Rik sagte, ergab Sinn. Aber wurde unser Vorhaben dadurch nicht unlösbar? Das Vertrauen in seinen Freund musste tief gehen, wenn Rik ihm diese Aufgabe zumutete. Und mir.

Während Riks Worte in der Hütte verhalten, wanderte Kadens Aufmerksamkeit zu mir. Ich fröstelte unter seinem strengen Blick, der ihm wohl verraten sollte, ob ich aus dem Holz war, aus dem Königinnen gemacht wurden. Ich fragte mich, was er sah, wenn er mich so betrachtete. Ein schmächtiges Mädchen ohne Eltern, ohne Zuhause, das davon träumte, eine Krone zu tragen. Aber konnte es mit ihrer Last umgehen?

Ich hatte keine Ahnung, was auf mich zukam, sollte ich es tatsächlich schaffen, einen, geschweige denn alle Kristalle zu finden und sie Königin Juna zu präsentieren. Würde sie mich überhaupt akzeptieren? Oder würde sie mich dorthin zurückschicken, wo ich hergekommen war? Aber auch wenn sie mich zu ihrer Nachfolgerin ernannte, wäre ich in der Lage, den Erwartungen gerecht zu werden? Schließlich wusste ich nicht, was es bedeutete, zu herrschen. Nur, dass etwas getan werden musste. Und wenn sonst niemand etwas gegen die Benachteiligung der Waisenkinder unternahm, dann musste ich es tun.

Kadens unerwartetes Nicken riss mich aus meinen Gedanken. Es war, als würde er mir stumm zustimmen, obwohl kein einziges Wort meinen Mund verlassen hatte. Spürte er am Ende meine Entschlossenheit, die ihn dazu brachte, einzulenken? Oder war es vielmehr Riks Plan, alle drei Kristalle zu finden, dem er zustimmte?

»Einverstanden«, verkündete er und mein Herz machte einen Satz bei dem Gedanken, diesem Ziel einen Schritt näher zu kommen. »Ich helfe euch unter einer Bedingung.« Er ließ sich und mir einen Herzschlag lang Zeit, ehe er weitersprach. »Wenn du Königin wirst, habe ich einen Wunsch bei dir frei. Und den musst du mir erfüllen, ohne Wenn und Aber.«

Die Freude in meinem Innern ebbte ein wenig ab und machte Platz für Unsicherheit. Ich wechselte einen unschlüssigen Blick mit Rik, immerhin kannte er Kaden besser als ich.

Mit einem kurzen Nicken gab er mir zu verstehen, dass ich mich auf diesen Handel einlassen sollte, doch ich war nicht überzeugt.

»Was für eine Art Wunsch soll das sein?«, wandte ich mich wieder an Kaden. »Ein reichliches Mahl? Ein Erstgeborenes? Ich will wissen, worauf ich mich einlasse.«

Ein grimmiges Lächeln umspielte seine Lippen, das nichts Gutes verheißen konnte. »Das ist das Risiko, Prinzessin. Nimm an oder lehne ab. Es ist ganz deine Entscheidung. Und es ist ein einmaliges Angebot. Keine Bedenkzeit.«

Ich presste fest die Lippen aufeinander und kämpfte das nervöse Prickeln in meinem Magen nieder, das nach einem Abbruch verlangte. Wie ich es hasste, unter Druck gesetzt zu werden. Aber was blieb mir übrig, als auf diesen zwielichtigen Deal einzugehen? Ich sah keine andere Chance, die Kristalle zu finden – noch dazu unter Zeitdruck. Hellseherische Fähigkeiten hin oder her. Sechs Augen sahen mehr als vier.

»Einverstanden«, gab ich schließlich nach. »Wenn du mir hilfst und mich Königin Juna zu ihrer Nachfolgerin ernennt – und nur dann –, bin ich dir etwas schuldig.«

»Einen Wunsch«, setzte Kaden nach. »Ohne Diskussion.«

Ich nickte. »Versprochen.«

Stille kehrte in die Hütte ein, die nur durch meinen rasenden Herzschlag durchbrochen wurde. Ich hatte mir doch nicht zu viel Zeit gelassen. So schnell konnte er seine Meinung nicht ändern. Am liebsten wollte mein unsicherer Blick zu Rik wandern, doch ich zwang mich, mich weiter auf Kaden zu konzentrieren.

»Na schön«, willigte dieser schlussendlich ein und hob die Hände. »Gebt mir eine Nacht Zeit. Vielleicht finde ich einen Hinweis auf einen der Kristalle. Aber nur, damit wir uns richtig verstehen: Ich fasse keinen davon an. Euer Unglück kann mir gestohlen bleiben.«

Erleichtert atmete ich auf. »Keine Sorge. Sollten wir einen finden, nehme ich das Risiko auf mich«, versicherte ich ihm.

KAPITEL 9

Kaden

Manchmal hatte Kaden das Gefühl, seine Träume würden sich über ihn lustig machen. Das mit den Visionen war eine verzwickte Sache. In manchen Nächten sah er Dinge voraus, von denen er im Nachhinein feststellte, dass er sie hätte verhindern können, wäre er nur aufmerksamer gewesen. Wie zum Beispiel damals, als er noch einige Hühner draußen hinter der Hütte gehalten hatte. Seine Visionen hatten ihn gewarnt, dass Wölfe Interesse an ihnen hatten. Aber er hatte nicht darauf gehört – bis es zu spät war. An wieder anderen Visionen hingegen, die ihm eine dunkle Zukunft prophezeiten, ließ sich nichts rütteln, egal, wie sehr er es versuchte. Es sollte einfach so passieren, davon war er mittlerweile überzeugt. Manchmal informierte ihn das Schicksal lediglich über eine Sache, wie um ihm zu zeigen, wie machtlos er trotz dieser *Gabe* doch in Wahrheit war. Es musste Spaß daran haben, mit ihm zu spielen. Anders konnte sich Kaden nicht erklären, warum all seine Versuche, diese eine Sache zu verhindern, so kläglich gescheitert waren. Warum er alles getan hatte, um den Ausgang zu verändern, und seine Vision wie zum Trotz dennoch eingetreten war.

Schicksal.

Und dann waren da die Visionen, die sich schlichtweg nicht zeigen wollten. Vor allem, wenn man sie brauchte.

Schon seit der ersten Vorahnung, die er bereits in Kindertagen gehabt hatte, wusste er, dass sie sich nicht wie ein Brot beim Bäcker bestellen ließen. Man konnte sie nicht erzwingen. Sie kamen zu ihm wie ungebetene Gäste. Ob er sie nun sehen wollte oder nicht.

Als er gestern seine Hilfe bei der Suche nach den Kristallen der Königin versprochen hatte, war er sich fast sicher gewesen, dass ihn seine Gabe mal wieder kurzerhand im Stich lassen würde. Wie sollte es anders sein? Das Positive daran: Er war davon überzeugt, dass noch niemand einen der drei Kristalle gefunden hatte, denn das Schicksal hätte ihn garantiert informiert, wenn sein Vorhaben von Anfang an zum Scheitern verurteilt war. So gesehen gab es vermutlich doch eine winzige Chance auf Erfolg. Mal davon abgesehen, dass es sowieso ein irrsinniges Unterfangen war, die Kristalle der Königin zu suchen. Nie im Leben würde man eine Waise zur nächsten Herrscherin über Ishøgh machen. Da konnte

Alva noch so entschlossen an die Sache rangehen. Selbst wenn sie diese Prüfung meisterte, würde sie am Ende scheitern. Weil es einfach so bestimmt war. Das würden ihm seine Visionen auch bald bestätigen, sollten sie sich mal wieder blicken lassen …

Begleitet von einem tiefen Stöhnen hievte Kaden sich mit Hilfe des Stocks, der immer neben dem Bett bereitstand, auf die Beine, kaum hatte es an der Tür geklopft. Die Schmerzen kamen und gingen wie seine Visionen. An manchen Tagen waren sie erträglich und er konnte laufen wie früher auch. An manch anderen aber schaffte er es kaum bis zur Tür. Verfluchtes Knie.

Obwohl er zugeben musste, dass er sich in letzter Zeit etwas hatte gehen lassen. Er sollte dringend mal wieder raus und auf die Jagd, um die steifen Gelenke munter zu machen.

Nicht nur, dass er nicht gern auf Hilfe angewiesen war – weder auf menschliche noch sonst welche –, er hasste auch die Blicke, die ihm diese Verletzung einbrachte. So als wäre er nur ein halber Mensch. Vom Höhenflug zur Belastung der Gesellschaft. Wenigstens fiel er draußen im Wald niemandem zur Last. Hier konnte er sich voll und ganz auf sich selbst und seine Visionen konzentrieren, die ihm Bilder zeigten, die ihm kaum egaler sein könnten. Ihm war es egal, was die Zukunft für ihn oder für irgendjemanden bereithielt, seit er alles verloren hatte, was ihm wichtig gewesen war.

Ein eisiger Windzug drang in die beengte Hütte, die einst den Jägern der Königin gehört hatte. Ein Trostpreis im Tausch gegen das Leben, das ihm eigentlich zugestanden hätte.

Sein Mund öffnete sich in einer halb genervten, halb ungeduldigen Begrüßung, doch die Worte blieben ihm in Hals stecken. Es war nicht Rik, der an seiner Türschwelle stand, wie er es erwartet hatte. Es war Alva. Allein.

Der Wind setzte ihr blasses langes Kleid und die losen Strähnen, die sich aus ihrem Zopf gelöst hatten, in Bewegung. Große, dunkle Augen blickten ihn verunsichert an, während ihr gesamter Körper vor Kälte wie erstarrt wirkte.

»Du?«

Sie zeigte sich kaum überrascht über die knappe Begrüßung, eher schien sie damit gerechnet zu haben. Dennoch offenbarte ihr Gesicht ihre Unsicherheit viel zu deutlich. Etwas, das sie sich dringend abgewöhnen musste, sollte sie tatsächlich Königin von Ishøgh werden wollen. Der Gedanke, dieses abgemagerte Mädchen auf dem Thron sitzen zu sehen, brachte ihn schon fast zum Schmunzeln.

Fast.

»Du musst mit mir vorliebnehmen. Rik ist leider am Hof eingespannt. Er übernimmt meine Schicht, damit ich mich davonschleichen konnte.«

Kaden nickte, während in seinem Kopf ein Bild von Rik auftauchte, der umringt von zahlreichen Kindern war, denen er seine Arbeit beibrachte. Vermutlich hatte sich daran in den letzten Jahren nichts geändert.

»Einverstanden.« Er stellte den Stock neben der Tür ab – es musste auch ohne gehen. Ein wenig Bewegung würde ihm guttun und die Schmerzen hoffentlich vertreiben. Alva schien jemand zu sein, der seine Gedanken nicht sonderlich gut für sich behalten konnte. So deutlich man die Unsicherheit in ihrem Gesicht sah, so würde man auch Mitleid darin lesen können. Und das war das Letzte, was er in ihren Augen finden wollte. »Die Nacht hat keine hilfreichen Informationen gebracht. Ich würde vorschlagen, wir sehen uns ein wenig in der Stadt um und hoffen, dass irgendwo eine Vision zuschlägt.«

Im wahrsten Sinne des Wortes.

Er bedeutete Alva mit der Hand, vorzugehen, während er aus seiner Hütte trat und die Tür hinter sich zuzog. Eine dünne Schicht Schnee hatte sich über Nacht auf die Gipfel der Bäume gelegt. Immer wieder fand eine verirrte Flocke ihren Weg bis zu ihnen herab. Der Waldboden jedoch wurde meist verschont, dafür sorgten die störrischen Tannen.

»Was hat es eigentlich mit deinem Bein auf sich?«

Alvas Frage kam wie aus dem Nichts, weshalb sie im ersten Moment lediglich einen abweisenden Blick erntete.

»Weißt du, was ich nie verstanden habe? Warum Menschen, sobald sie in Gesellschaft sind, das dringende Bedürfnis verspüren, die Stille zu füllen. Manchmal ist es besser, zu schweigen.«

Ihre dunklen Brauen hoben sich und ihre Augen wirkten dadurch noch größer. Dieses Gesicht war ihm auf eine merkwürdige Weise vertraut, jedoch fand er in seinem Gedächtnis keinen Hinweis darauf, weshalb sie ihm so bekannt vorkam. An ihrer gestrigen Reaktion auf seine Frage danach schlussfolgerte Kaden, dass es ihr ebenso ging.

»Wie taktlos von mir, mich für meine Mitmenschen zu interessieren«, meinte sie schnippisch.

Er ließ ihren Kommentar unbeantwortet. Es gab einen Unterschied zwischen Kennenlernen und Neugier, zumal dieses Thema das Letzte war, worüber er hier und jetzt mit ihr sprechen wollte.

Seine Schritte verlangsamten sich, als die Kälte mit einem Mal zunahm. Irgendetwas lag in der Luft, das er nicht zuordnen konnte. Sein prüfender Blick wanderte durch den Wald, auf der Suche nach etwas, das er übersehen hatte.

Alvas Stimme nahm er nur vage wahr, sie kam einige Schritte auf ihn zu, wodurch Kaden erst klar wurde, dass er stehen geblieben war.

»Kaden.«

Ihre Hand berührte seinen Arm im Versuch, ihn aus seinen Gedanken zu befreien, und da geschah es. Plötzlich war ihm klar, was er gespürt hatte – das Nahen einer Vision. Auf einen Schlag breitete sich der altbekannte stechende Schmerz in seinen Schläfen aus. Um ihn herum wurde alles schwarz, sämtliche Geräusche verstummten. Tief in der Dunkelheit flackerten Bilder auf. Flammen umtanzten die Häuser der Stadt, Ishøgh war umhüllt von Finsternis.

Normalerweise würde er in diesem Moment aus dem Schlaf hochschrecken. Die Ausschnitte, die seine Visionen ihm gewährten, waren meist nicht länger als wenige Sekunden. Nur dieses Mal war es anders. Anstatt zu verschwinden, änderten sich die Bilder in seinem Kopf. Er sah Alva, Rik und sich selbst. Ein Gefühl von tiefer Schwere machte sich in ihm breit. Was auch immer er da sah – es war nichts Gutes. Das Schicksal hielt keine Freude für sie bereit.

Die Szene machte Anstalten, sich noch einmal zu verändern, er erkannte die Umrisse der Kirche am Dorfplatz, doch mit einem Mal riss die Verbindung.

Kaden schnappte nach Luft, sog sie in seine Lungen, so als hätte er minutenlang den Atem angehalten. Die Schwärze vor seinen Augen wich dem von Nadeln und Ästen besetzten Waldboden. Es dauerte einen Moment, sich zu orientieren. Zu begreifen, was geschehen war. Das Gesehene zu verarbeiten.

»Kaden?«

Alvas Stimme klang wie ein Flüstern, das der Wind

über Meilen hinweg zu ihm trug. Nur langsam wurde ihm klar, dass sie ganz dicht an seinem Ohr gesprochen hatte. Die Taubheit in ihm nahm ab und er spürte ihre Wärme. Ihre Arme, die seinen Körper festhielten, der auf dem kalten Waldboden lag.

Nur langsam lichtete sich der Nebel in seinem Kopf.

»Was war das denn?«

»Das wollte ich dich auch gerade fragen.«

Sie ließ von ihm ab, sodass er von der Seitenlage auf den Rücken fiel und erst einmal erschöpft liegen blieb, während sein Blick kurz verschwamm und sich gleich darauf wieder schärfte. Über sich erkannte er Alvas Umrisse, die Zähne fest zusammengepresst, Sorgen in den ungewöhnlichen Augen.

»Du ... schienst Schmerzen zu haben«, setzte sie schon fast entschuldigend an. »Ich musste irgendetwas tun und ich wusste nicht ...«

Ihre Stimme klang kleinlaut. So als hätte sie Angst, jeden Moment mit Vorwürfen überschüttet zu werden, weil sie ihm zu nahe gekommen war. Weil sie ihn gehalten hatte, um den Schmerz zu lindern. Ob das der Grund war, warum er mehr als einen kurzen Einblick in die Vision ertragen hatte? Ob das Schicksal ihm mehr zeigen würde, könnte er es länger aushalten?

»So ist das mit den Visionen«, wehrte er rasch ab, um nicht genauer auf das, was eben geschehen war, einzugehen. Vorsichtig setzte er sich auf und wartete, bis der

Schwindel nachließ. Alva kniete neben ihm und betrachtete ihn unschlüssig. »Sie kommen oft aus dem Nichts.«

Sie biss sich auf die Lippe, so als brannten ihr zu viele Fragen auf der Zunge. »Was hast du gesehen?«

Kaden wandte den Blick von ihr ab und ließ ihn sich in der Ferne verlieren, um die Bilder von gerade eben noch einmal hervorzurufen. »Nichts Gutes, glaube ich. Ishøgh lag in Dunkelheit und Flammen. Ich habe den Eindruck, dass uns keine rosige Zukunft erwartet.«

»Meinetwegen?« Der Schmerz in Alvas Stimme zog seine Aufmerksamkeit wieder auf sich. Sie schluckte schwer. »Die Vision kam mit meiner Berührung. Sie muss mit mir zu tun haben, oder etwa nicht? Bedeutet das, dass meine Herrschaft das Land ins Unheil stürzen würde?«

Er widerstand dem plötzlichen Drang, ihr zu widersprechen. Zu versichern, dass die schrecklichen Dinge, die ihm prophezeit wurden, nichts mit ihr zu tun hatten. Denn es wäre eine Lüge. Und auch wenn sie sich dadurch kurzzeitig besser fühlen würde, es änderte nichts an dem, was er gesehen hatte. Zwar ließen seine Visionen oft Raum zur Interpretation, doch in diesem Fall waren die Zeichen ziemlich deutlich.

»Ich konnte auch die Kirche sehen«, meinte er schließlich, um das Thema zu wechseln. »Vielleicht sollten wir uns dort ein wenig umsehen.«

Einen Moment lang blinzelte Alva ihn lediglich an. Er erkannte, dass ihr noch so viel mehr Fragen auf der Seele brannten, aber auch, dass sie es nicht wagte, sie zu stellen. Der Schock der Vision saß ihr ebenso spürbar in den Knochen wie ihm.

Er war es nicht gewohnt, am Tag einer zu verfallen. Normalerweise suchten sie ihn im Schlaf heim. Nie mitten im Wald und nicht mit einer solchen Intensität. Auch wenn er es nie zugeben würde, war er Alva doch dankbar dafür, dass sie ihre Fragen für sich behielt und sich bereitwillig aufrappelte, während er einen Moment länger sitzen blieb.

»Ich denke, ich biete dir meine Hilfe besser nicht an«, meinte sie und verschränkte ihre Hände ineinander, um sie ihm nicht entgegenzuhalten. »Ich möchte nicht, dass sich das von eben wiederholt.«

Kaden lachte trocken auf. »Da sind wir schon zwei.«

Alva

Verstohlen blickte ich Kaden von der Seite an, während wir stumm unseren Weg zum Dorfplatz fortsetzten. Wir hatten die längere Strecke gewählt, um nicht am Hof und am Waisenhaus vorbeizukommen. Aus irgendeinem Grund wollte Kaden diesen Ort meiden. Mir sollte es recht sein. Ich musste jede erdenkliche Art von Aufmerksamkeit vermeiden – vor allem die von Ida. Und vermutlich sah man mir den Schreck, den Kaden mir verursacht hatte, immer noch allzu deutlich an.

Obwohl mittlerweile Minuten vergangen waren, klopfte mein Herz nach wie vor schneller. Jeder vorsichtige Blick, den ich riskierte, brachte die Erinnerung zurück. Die Panik in meinen Adern. Das Gefühl der Hilflosigkeit.

Ich wusste nicht, was Kaden durchmachte, wenn ihn diese Visionen heimsuchten. Aber ich wollte garantiert nicht in seiner Haut stecken. Ich hasste das Gefühl, das mich in diesem Moment gepackt hatte. Ich hatte nicht gewusst, was zu tun war, außer ihn festzuhalten und die Schmerzen irgendwie erträglicher zu machen.

Hingegen meiner Erwartung hatte Kaden nicht aufbrausend reagiert, als er wieder zu sich gekommen war. Er schien niemand zu sein, der gern andere an sich heranließ. Im Gegenteil. Er verhielt sich abweisend, wenn ich ihm private Fragen stellte, gab nur das Nötigste von sich preis. Und doch … hatte ich das Gefühl gehabt, meine Nähe würde ihm helfen.

Wieder wanderte mein Blick in seine Richtung, ohne dass ich es verhindern konnte. Kaden sah stur geradeaus, so als versuchte er, meine Anwesenheit zu ignorieren. Ob ihm das, was geschehen war, unangenehm war oder er einfach lieber allein wäre, wusste ich nicht. Nichts an ihm ließ erahnen, was er mir gegenüber dachte oder fühlte. Vermutlich, weil es da nichts gab. Wir waren Fremde, die viel zu früh einen viel zu intimen Moment miteinander geteilt hatten.

»Stell schon deine Fragen.«

Der plötzliche Klang seiner Stimme ließ mich zusammenfahren. Mein Blick schnellte wieder nach vorn, wo bereits der Kirchturm des Dorfplatzes in Sichtweite rückte. Bald hatten wir unser Ziel erreicht.

»Ich weiß nicht, was du meinst.«

Sein Augenrollen konnte ich schon fast spüren. »Dann eben nicht. Wie du willst.«

Verstohlen presste ich die Lippen aufeinander, hatte ich doch in Wahrheit unzählige Fragen. Was genau hatte er gesehen? Wie fühlte es sich an, Visionen zu erhalten? Konnte er es kontrollieren? Den Lauf der Dinge verändern? Oder war das, was er sah, in Stein gemeißelt? Dann waren da noch all die anderen Fragen. Woher kannten Rik und er sich? Und warum kam er mir so bekannt vor, obwohl wir uns vor gestern nie begegnet waren? Aufgrund seiner dunklen Haare lag die Vermutung nahe, dass wir beide im gleichen Teil der Stadt aufgewachsen waren. Waren wir uns dort über den Weg gelaufen, ohne es zu wissen? In einem anderen Leben?

Um des Friedens willen verzichtete ich auf all die Fragen, die mir auf der Seele brannten, da ich die Vermutung hegte, dass Kaden in Wahrheit kein Interesse daran hatte, auch nur eine davon zu beantworten. Es fühlte sich beinahe an wie ein Test, um meine Neugier zu prüfen. Ich würde ihm beweisen, dass ich mich beherrschen konnte.

Das Stimmengewühl des Dorfplatzes wurde immer deutlicher, je näher wir dem Zentrum kamen. Es war nicht lange her, dass ganz Ishøgh hier versammelt hatte, um die Neuigkeiten aus dem Palast zu hören. Dennoch fühlte es sich an wie eine Ewigkeit.

Ein Blick auf Kaden zeigte mir, dass er unbemerkt eine Kapuze über seinen Kopf gezogen hatte, ganz so, als wollte er nicht, dass ihn jemand erkannte.

»Du bist nicht gern unter Menschen, was?«

Der eisige Blick, den er mir aus den Schatten der Kapuze zuwarf, wirkte fast ein wenig warnend. Also doch ein Test.

»Schon gut.« Ich hob beschwichtigend die Hände. »Ich bin es auch nicht. Nicht mehr.«

»Was hat sich geändert?«

Ich hob vielsagend die Augenbrauen – noch im selben Moment wurde Kaden klar, dass er eben bei seinem eigenen Test versagt hatte. Er gab einen genervten Laut von sich, der einem Knurren glich, während ich nicht anders konnte, als zu schmunzeln.

Mein Blick wanderte an der aus massivem Stein gebauten Kirche hoch. Erinnerungen an diesen Ort fluteten mein Gedächtnis und das Lächeln gefror auf meinem Gesicht.

Meinem Vater war es stets unheimlich wichtig gewesen, die Kirche regelmäßig zu besuchen. Anständig, aufrichtig und hilfsbereit zu sein. Das waren die Glaubenssätze, nach denen er gelebt hatte. Und wohin hatte es ihn gebracht? Und mich?

Ich schluckte den Kloß in meinem Hals hinunter, als Kaden vor mir die schwere Holztür aufdrückte. Kurz sah ich mich vor der Kirche um, ehe ich ihm rasch in das dunkle Innere folgte. Ich atmete den altbekannten, eigenen Geruch ein und fragte mich, wann ich das letzte Mal hier gewesen war. Es musste Jahre her sein.

In zwei Reihen führten massive Holzbänke einen Gang entlang nach vorne. Vor dem Altar brannten Kerzen, jedoch war kein Mensch zu sehen. Zwischen den meterhohen Fenstern hing ein gigantisches Kreuz, das fast drohend auf alle Besucher herabblickte.

Einen Moment lang stand ich nur regungslos da, während sich die Reihen vor meinen Augen mit Menschen füllten. Ich sah meinen Vater, der mit einem zufriedenen Lächeln auf mich nieder schaute. Meine Hand hielt. Wir saßen immer ziemlich weit hinten, ich konnte kaum einen Blick auf den Geistigen werfen. Wobei meine Neugier mehr Königin Juna galt, die in der vordersten Reihe saß, gefolgt von ihren engsten Vertrauten, Beratern und Dienern. Danach das wichtigste Personal aus dem Palast. Hinten gab es Platz für die Familien der Soldaten. Mehr Menschen war es nicht gestattet, den gleichen Gottesdienst wie die Königin zu besuchen. Ich erinnerte mich an ihr strahlend weißes Haar, die gütigen Gesichtszüge, die schon damals vom Alter gezeichnet waren. Mir jetzt vorzustellen, dass ihr Leben sich dem Ende zuneigte und bald jemand anderes ihren Platz dort vorne einnahm, war wie ein merkwürdiger Traum.

»Alva.«

Ich hatte nicht bemerkt, dass ich mich in Bewegung gesetzt hatte, bis Kaden nach meinem Arm griff und mich zurückzog, mich aus meinen Erinnerungen riss.

»Du hast dort vorn nichts verloren. Wir sollten eigentlich gar nicht hier sein«, flüsterte er mir warnend zu.

Er hatte recht, nichtsdestotrotz wanderte mein sehnsüchtiger Blick zurück nach vorn. Der Schein der Kerzen ließ die goldenen Verzierungen über dem Altar verführerisch glänzen. Schon als Kind hatte ich diesen Anblick geliebt. Ich hatte es geliebt, mit meinem Vater herzukommen. Die Erinnerung daran raubte mir fast den Atem.

Ein Geräusch aus dem vorderen Bereich der Kirche ließ mich zusammenfahren. Mein Puls jagte in die Höhe, während Kaden mich packte und mit sich zog. Sein Weg führte uns zur rechten Seite des Innenraums, durch eine Tür, hinter der sich eine Wendeltreppe erstreckte.

»Ich glaube, hier dürfen wir noch viel weniger sein«, flüsterte ich ihm zu, während wir die Treppen hochliefen. Mein Herz schlug wie verrückt bei dem Gedanken, erwischt zu werden. Was wir hier taten, war ganz und gar nicht anständig und auch nicht ehrlich. Die Vorstellung, wie enttäuscht mein Vater wohl von mir sein müsste, ließ mich abrupt halt machen. Kraftlos sank ich auf der Treppe nieder und schnappte nach Atem.

»Was ist denn los?« Kaden kam ein paar Treppenstufen zu mir herunter und blieb knapp über mir stehen. Sein Blick wirkte ehrlich ratlos. »Sag nicht, du machst jetzt schon schlapp?«

Mein Mund öffnete sich, doch ich bekam keinen Satz hervor. Die Gedanken in meinem Kopf rasten. Was taten wir nur hier? Was für eine Königin brach unerlaubt in einen heiligen Ort ein?

Als ich nicht antwortete, ließ sich Kaden auf den Stufen nieder.

»Willst du darüber reden?«

Stumm schüttelte ich den Kopf, den Blick hielt ich stur von ihm abgewandt, aus Angst, meine Gefühle nicht unter Kontrolle halten zu können. Dieser Ort stellte etwas mit mir an, das ich nicht verstand. Er war so voller Erinnerungen. Voller guter Erinnerungen, die mich in der Seele schmerzten.

»Komm mit.«

Ich hob den Kopf und blickte auf Kadens Hand, die er mir auffordernd vor die Nase hielt. Unschlüssig betrachtete ich die schlanken Finger, deren Haut von harter Arbeit gezeichnet war, den abgenutzten Stoff seiner Kleidung, bis hin zu seinem Gesicht, das wieder diesen ernsten Ausdruck angenommen hatte.

»Wir sind aus einem Grund hier«, erklärte er, als er

mein Zögern bemerkte. »Ich kenne ihn genauso wenig wie du, aber ich habe diesen Ort in meiner Vision gesehen. Wir sollten also herausfinden, was es damit auf sich hat.«

Ich nickte – erst zögerlich, dann sicherer. Meine Hand legte sich in seine, die so viel größer war als meine, und er zog mich auf die Beine. Hinter Kaden lief ich die letzten Treppenstufen nach oben, bis wir zu einem Turmzimmer gelangten. Truhen und mit Tüchern bedeckte Möbel stapelten sich darin, ebenso wie Schriftstücke und Bücher. Eine Leiter führte noch ein weiteres Stockwerk höher – dort oben musste sich die Glocke befinden, deren Klang jeden Tag den Marktplatz erfüllte.

Mein Blick folgte Kaden, der auf das große Fenster zusteuerte, das den Raum mit Licht füllte. Ohne lange nachzudenken, bewegte ich mich auf ihn zu. Das Glas war verschmutzt, nichtsdestotrotz war der Ausblick, der sich uns bot, atemberaubend. Nie zuvor hatte ich Ishøgh von oben gesehen. Die aus Stroh gebundenen Dächer der Stadt reihten sich dicht an dicht. Auf manchen lag noch der Schnee der letzten Nacht, die meisten waren aber aus Angst vor einem Einsturz bereits geräumt worden. In den Straßen tummelten sich Menschen und in der Ferne ragte der Palast von Königin Juna in den Himmel. Einen Moment lang erlaubte ich mir, in dem Anblick und der Vorstellung zu versinken, durch die prunkvollen Hallen zu wandern.

Seit ich aus meinem Zuhause gerissen und mich im Waisenhaus wiedergefunden hatte, träumte ich davon, es dorthin zu schaffen. Als Dienerin. Das war das Einzige, wovon ich zu träumen gewagt hatte. Doch nun eröffnete sich mir diese Möglichkeit. Die Chance, nicht nur mein Leben zu verbessern, sondern auch das der Waisenkinder. Vor allem das der Kinder. Ich könnte so vieles ändern – womöglich sogar bessern. Immerhin wusste ich, wo die Probleme der Einwohner lagen. Ich hatte Einblicke, von denen Königin Juna vermutlich keine Ahnung hatte. Genau das könnte mir von großem Nutzen sein …

Als ich nach einer Weile zurück in die Realität fand und mich noch einmal im Turmzimmer umsah, bemerkte ich, dass nicht nur ich mich in der Aussicht verloren hatte. Auch Kadens Blick fixierte den Palast in der Ferne, wobei sich etwas in seinem Gesicht verändert hatte. Seine Züge wirkten nicht mehr starr und undurchschaubar. Es war, als würde auch er von Erinnerungen heimgesucht werden. Von Wünschen, die in weiter Ferne lagen.

Wieder einmal trugen mich meine Gedanken zu Kadens Bedingung, bei der Suche zu helfen. Dem Wunsch, den ich ihm erfüllen sollte, wäre ich erst Königin. Manchmal verlor ich mich so tief in meiner kleinen Welt, dass ich vergaß, dass nicht nur ich Träume hatte. Jeden Menschen trieb etwas an, bestimmt auch Kaden, selbst wenn er es mir gegenüber nicht zugeben würde.

Ich räusperte mich und wandte mich ab, um mich ein wenig umzusehen. Garantiert gab es einen Grund dafür, warum seine Vision uns hierher geführt hatte. Auch wenn er auf den ersten Blick nicht sichtbar war.

Langsam schlenderte ich durch das Zimmer, blickte unter die Tücher, die stapelweise Bücher und Schriftstücke verdeckten.

»Was denkst du, gibt es hier zu finden?«, wollte ich von Kaden wissen, als ich seinen Blick auf mir spürte. »Warum sind wir hier?«

»Ich habe keine Ahnung«, räumte er ein. »Aber die Energie der Vision hat nachgelassen. Ich bin mir sicher, dass uns dieser Ort nicht näher zu einem Kristall bringt. Das war wohl reine Zeitverschwendung.«

Ich ließ das Tuch, das ich in der Hand gehalten hatte, wieder sinken. »Ich weiß nicht. Vielleicht auch nicht. Vielleicht kennen wir den Grund nur noch nicht.«

Kaden blickte mich skeptisch an. »Es sind nur Visionen, Alva. Die können sich auch irren.«

KAPITEL 10

Alva

Nachdem wir uns zum Glück unbemerkt aus der Kirche geschlichen und uns unter die Leute gemischt hatten, machten wir uns unverrichteter Dinge auf den Weg – dieses Mal nicht über einen Umweg, sondern direkt in Richtung Waisenhaus. Keine Ahnung, ob Kaden das bewusst war, so sehr, wie er in Gedanken versunken schien. Aber ich hatte nicht vor, ihn darauf hinzuweisen.

Während Kaden den Ausflug als reine Zeitverschwendung abstempelte, war ich mir dessen nicht so sicher. Obwohl in diesem Haus Gottes keiner der drei Kristalle auf uns gewartet hatte, fühlte ich mich motivierter als zuvor. Ich wusste nun mit Sicherheit, wofür ich kämpfte – für die Waisenkinder und die Einwohner der Stadt, die bislang übersehen worden waren. Ungehört. Sollte ich tatsächlich Königin Junas Platz einnehmen, wüsste ich, wo ich ansetzen musste, um das Leben in Ishøgh besser zu machen.

Außerdem würde ich es nie offen zugeben, aber die wenigen Stunden hatten mir ein anderes Bild von Kaden gezeigt. Gezeigt, dass er trotz seiner rauen Schale auch ein menschliches Wesen war, und dass wir ihm bei der Suche nach den Kristallen vertrauen konnten. Dass diese Visionen, von denen Rik gesprochen hatte, tatsächlich echt waren. Auch wenn ich nicht verstand, wie das möglich war. Ich musste es nicht begreifen, solange sie uns behilflich waren.

Ob mittlerweile einer der Kristalle gefunden worden war? Zumindest war ich der festen Überzeugung, dass sie noch nicht alle aufgetaucht sein konnten. Bestimmt würde Königin Juna die Nachricht über ihre Garde verkünden lassen, woraufhin sie sich wie ein Lauffeuer in der Stadt verbreiten würde.

Noch blieb uns also Zeit.

Kaden sagte kein Wort, als wir auf das Waisenhaus zusteuerten, und auch ich hielt mich zurück.

Erleichterung machte sich in mir breit, als ich Rik entdeckte, der gerade in Richtung Bauernhof steuerte, in den Händen zwei volle Wassereimer. Als ich seinen Namen rief, blieb er stehen. Sein Blick wanderte zu uns und ich erkannte die Neugier darin deutlich. Wie von selbst setzten sich meine Beine in Bewegung und ich lief auf ihn zu – ungeachtet dessen, ob Kaden mir folgte oder nicht.

»Erzähl schon«, forderte er mich auf, wobei sein Blick

einen Moment lang an mir vorbeihuschte und vermutlich auf Kaden traf. »Gibt es schon was Neues?«

Ich sah mich auf dem Platz zwischen Waisenhaus und Hof um, auf dem es vor Arbeitern und Kindern nur so wuselte, und erinnerte mich an seine Worte. Die Suche nach den Kristallen sollte besser unser Geheimnis bleiben.

»Lieber nicht hier.«

Damit schien Rik einverstanden. Er bedeutete mir – uns, wie ich mit einem Schulterblick feststellte – mit einer Bewegung seines Kopfs, ihm zu folgen. Wir bahnten uns einen Weg durch die Menschen, bis hin zu Bauer Eriks Hütte. Einmal um die Ecke gebogen, war es bereits weitaus ruhiger.

»Also?«, setzte er erneut an und stellte die schweren Eimer auf dem Boden ab.

»Der Tag war Zeitverschwendung«, gab Kaden bitter zurück. Ein Blick auf ihn verriet mir, dass er sich scheinbar unruhig auf dem Gelände umsah, obwohl hier hinten kaum jemand vorbeikam. Ob er auch Angst hatte, belauscht zu werden? Befürchtete er, man könnte von seinen Visionen erfahren? Wusste überhaupt jemand außer uns davon?

Wieder türmten sich Fragen in mir auf, die ich gekonnt schluckte, um beim Thema zu bleiben.

»So würde ich das nicht sagen«, warf ich beschwichtigend ein und fing damit Riks Blick auf, der nun ein wenig verwirrt wirkte. »Kaden hatte eine Vision, die uns scheinbar keine rosige Zukunft vorhersagt. Aber wir wissen noch nichts über den Aufenthaltsort der Kristalle.«

Sorgen machten sich auf Riks Gesicht breit. Ich kannte die Art, wie sich seine Stirn in Falten legte und seine haselnussbraunen Augen dunkler wurden, als er sich an Kaden wandte. »Was hast du gesehen?«

»Feuer«, gab er knapp zurück. »Und eine Dunkelheit, die sich über Ishøgh legt. Irgendetwas Schlimmes wird passieren und wir drei haben unsere Finger im Spiel.«

Während sich mein Magen in scheinbar unzählige Knoten verkrampfte, lachte Rik überrascht auf.

»Wow. Noch düsterer geht es wohl nicht. Und was schlägst du jetzt vor? Sollen wir die Suche aufgeben? Ist das der Grund für den nahenden Weltuntergang?«

Zu meiner Überraschung schwieg Kaden, während er über Riks Worte nachdachte. »Visionen sind schwer zu deuten. Die Dunkelheit könnte einbrechen, weil wir uns in Dinge einmischen, die uns nichts angehen. Genauso gut aber auch, weil wir nichts tun.«

Ich konnte mein verzweifeltes Aufstöhnen nicht verhindern, auch wenn ich dafür einen finsteren Blick von Kaden erntete.

»Das sollte keine Kritik an deinen Fähigkeiten sein«, versicherte ich ihm rasch, da ich spürte, wie mir das Blut in die Wangen stieg und meine Ohren heiß wurden. Geistesgegenwärtig verschränkte ich die Arme vor der Brust, um mir nicht die Hände über meine glühenden

Ohren zu halten und Kadens Blick dadurch erst recht dorthin zu führen. »Ich weiß nur nicht, wie es weitergehen soll.«

»Das ist ganz einfach«, erwiderte Kaden zu meiner Überraschung. »Du entscheidest. Sollen wir weiter nach den Kristallen suchen? Traust du es dir zu, Königin Junas Nachfolgerin zu werden, auch wenn oder gerade weil etwas Schreckliches auf uns zusteuern könnte?«

Seine Worte überrumpelten mich. Mein Hilfe suchender Blick wanderte zu Rik, doch zum ersten Mal, seit ich ihn kannte, konnte ich in seinen Augen keine Antwort auf meine Fragen ablesen. Er würde diese Entscheidung nicht für mich treffen. Ebenso wenig wie Kaden.

Sollte eine Katastrophe auf Ishøgh zusteuern, brauchte das Land einen Herrscher. Aber was, wenn ausgerechnet ich diese Katastrophe war? Immerhin hatte Kadens Vision mit meiner Berührung begonnen.

Beide Szenarien waren möglich. Beide waren wahrscheinlich. Beide machten mir Angst.

Mein Blick wanderte an Rik und Kaden vorbei in Richtung Waisenhaus, von wo her ausgelassenes Lachen und Rufe ertönten – Stimmen, die zunehmend weniger wurden, je länger der Winter andauerte. Noch einmal rief ich mir meine Mission ins Gedächtnis. Die Gedanken, die mich vorhin im Kirchturm mit Kaden durchströmt hatten, und plötzlich verspürte ich wieder diese Zuversicht.

»Ja.« Ich wandte mich an Kaden, doch sein Gesicht zeigte keinerlei Reaktion. Davon ließ ich mich jedoch nicht beirren. Meine Entscheidung war gefallen. »Ich möchte weitermachen. Selbst wenn dieses Übel mit mir zu tun hat, bin ich jetzt zumindest vorgewarnt. Ob ich es überhaupt auf den Thron schaffe, sei dahingestellt. Aber ich möchte nicht aufgeben, ohne es überhaupt versucht zu haben.«

Ein Nicken war alles an Reaktion, was Kaden zuließ. »Dann soll es so sein.«

Aufregung machte sich in mir breit. Ich konnte kaum glauben, dass das alles wirklich passierte. Fast erwartete ich, jeden Moment wie üblich viel zu früh aus den Federn gerissen zu werden, um drüben im kalten Stall Hühnereier einzusammeln und das Frühstück vorzubereiten.

»In Ordnung. Und wo sollen wir jetzt weitersuchen?«, hakte ich nach. »Die Kristalle könnten überall sein, wenn sie nicht schon gefunden wurden.«

»Davon hätten wir bereits gehört«, versicherte Rik mir und bestätigte damit meine eigene Vermutung, wechselte aber einen fast fragenden Blick mit Kaden. So als hoffte er – wie ich – auf seine Bestätigung.

»Das denke ich auch. Zwar kann ich meine Visionen nicht beeinflussen, aber ich bin mir ziemlich sicher, dass sie mich darauf hingewiesen hätten, wäre unsere Arbeit Zeitverschwendung.«

»So wie der Besuch in der Kirche?«, warf ich ein, erntete dafür aber nichts als einen finsteren Blick von Kaden. Obwohl er selbst den Ausflug als vergeudete Zeit bezeichnet hatte, war er, was seine Fähigkeiten anging, leicht reizbar.

»Vielleicht sollten wir uns einfach ein wenig in der Umgebung umsehen«, schlug Kaden vor. »Die Wahrscheinlichkeit ist größer, dass ich so auf eine Spur des Kristalls stoße.«

»Gute Idee«, stimmte Rik zu. »Heute Abend? Nach dem Abendessen?«

Ein ungutes Gefühl machte sich in meinem Bauch breit. »Du willst nach Einbruch der Dunkelheit raus in den Wald? Wer weiß, was sich dort rumtreibt.«

»Typen wie Kaden?«

Dieses Mal war es Rik, der einen wütenden Blick kassierte, doch ihm schien es egal zu sein. Er lachte über seinen eigenen Witz.

Es war merkwürdig. Die beiden wirkten auf eine Art und Weise vertraut, die ich nicht ganz nachvollziehen konnte. Ich bezweifelte, dass Kaden irgendjemanden an sich heranließ. Und dann auch noch Rik, der das komplette Gegenteil von ihm war? Vielleicht gerade deshalb.

»Einverstanden«, meinte Kaden knapp. »Wir treffen uns hier bei Einbruch der Dunkelheit.«

Damit war das Gespräch für ihn beendet und er wandte uns den Rücken zu. Gerade wollte ich mich an

Rik wenden, mit der Frage, ob das wirklich eine so gute Idee war, als mich mit einem Mal etwas von oben traf. Von einer Sekunde zur anderen waren mein Kleid und mein Haar vollkommen durchnässt. Eiskaltes, braun verfärbtes Wasser tropfte von meinen Gliedmaßen, während ich erschrocken nach Luft schnappte. Unfähig, mich zu bewegen, versuchte mein Gehirn, zu verarbeiten, was eben geschehen war.

Das unerwartete Geräusch hatte auch Kaden dazu veranlasst, noch einmal stehenzubleiben. Er drehte sich um und ich wäre am liebsten im Erdboden verschwunden, als sich unsere Blicke trafen. Einen Moment lang betrachtete er mich, ehe er finster nach oben sah.

»Ida!« Riks Stimme bebte vor Wut. Ich folgte seinem Blick bis zu dem Fenster über mir. Erst als ich Idas Gesicht erkannte, drang ihr Lachen zu mir durch. Sie hielt einen Putzeimer in der Hand, aus dem die letzten Tropfen zu mir herabfielen.

»Wir haben Euch da unten nicht gesehen, Eure Hoheit! Wie läuft die Suche nach den Kristallen? Gebt ihr schon auf?«

Mir wurde heiß. Nicht vor Wut, vielmehr vor Scham. Gleichzeitig bebte mein Körper aber auch vor Kälte. Ich fühlte mich erbärmlich – in aller Öffentlichkeit von Kopf bis Fuß von altem Schmutzwasser durchtränkt. Tränen und Dreck brannten in meinen Augen.

Nur halbherzig nahm ich wahr, dass Rik ihr noch etwas zurief und loslief, doch ich war wie erstarrt. Konnte mich nicht von der Stelle bewegen. Hatte Angst vor den Blicken und der Demütigung.

Warum?

Warum hasste sie mich so sehr? Was hatte ich ihr jemals getan?

»Alles in Ordnung?«

Es kostete mich einiges an Überwindung, zu Kaden aufzusehen, der sich nicht von der Stelle bewegt hatte. Ein kurzes Kopfschütteln war alles, was ich zustande brachte, schon wandte ich den Blick wieder ab.

Nichts war in Ordnung. Meine Hände zitterten, als ich die Arme um meinen durchnässten Körper schlang. Zum Teil vor Kälte, zum Teil vor Aufregung.

Kaden machte einen Schritt auf mich zu, zog den Stoff seines Mantels weiter über seine Handfläche und ehe ich es verhindern konnte, wischte er mir damit mehr oder weniger vorsichtig über das Gesicht. Auch wenn diese Geste nur von kurzer Dauer war, so hatte sie doch etwas seltsam Tröstliches an sich. Anstatt zu gehen und mich allein mit meiner Scham zu lassen, entschied er sich, zu bleiben. Mir beizustehen.

»Du solltest dich rasch umziehen und aufwärmen«, meinte er dabei. Seine Stimme klang sanfter, als ich sie je zuvor vernommen hatte. »Nicht, dass du noch krank wirst. Die Kristalle suchen sich nicht von allein.«

Machte er sich etwa Sorgen? Oder ging es ihm allein um den Gefallen, den ich ihm schuldete, wäre ich erst Königin?

Ich nickte knapp, unfähig, auch nur ein Wort hervorzubringen. Hätte ich den Mund geöffnet, wäre ich garantiert in Tränen ausgebrochen. Und das wollte ich nicht. Nicht hier. Nicht vor Kaden.

Dessen Blick schnellte mit einem Mal in eine Richtung, als hätte er etwas gehört, von dem ich nichts bemerkt hatte. Wenig später vernahm ich Riks Stimme – und nicht nur seine, auch die von Saga.

»Glaub mir«, versicherte sie ihm. »Das wird Konsequenzen haben. So ein Verhalten können wir hier nicht –«

Sie unterbrach sich, während Kadens Blick, wenn möglich, noch finsterer wurde.

»Kaden.«

Nun konnte ich nicht mehr anders, als mich nach Saga umzusehen, die den Eindruck machte, als hätte sie einen Geist gesehen. Ihr Mund öffnete sich in dem Versuch, etwas zu sagen. Aber es war zu spät. Als ich mich umsah, war Kaden bereits losmarschiert.

Mir blieb keine Zeit, sein Verhalten zu hinterfragen. In diesem Moment kam Saga auch schon auf mich zu und wickelte eine alte Decke um meinen vor Wut und Verzweiflung bebenden Körper.

»Es tut mir so leid, was passiert ist, Alva«, sagte sie und tat so, als wäre dieser Moment zwischen ihr und Kaden gar nicht geschehen. Dabei hatte ich genau gemerkt, wie die Luft sich verändert hatte. »Glaub mir, das wird nicht wieder vorkommen.« Sie zögerte einen

Moment, ehe sie sich verstohlen auf dem Platz vor dem Haus umsah. Dann lehnte sie sich näher zu mir und winkte Rik herbei. »Sagt mal, stimmt es, was man sich erzählt? Seid ihr auf der Suche nach den Kristallen der Königin?«

Rik und ich wechselten einen Blick. So viel zum Thema, wir behielten die Sache für uns. Aber was hatten wir erwartet? Immerhin hatte Ida in der Nacht unser Gespräch verfolgt. Sie war schlau und hatte vermutlich eins und eins zusammengezählt, als ich heute nicht bei der Arbeit in der Küche erschienen war.

»Bisher nicht sonderlich erfolgreich, aber ja«, antwortete Rik ein wenig widerwillig an meiner Stelle, als spürte er, dass ich aktuell kein Wort hervor bekam.

Saga nickte eifrig, was mich überraschte. »Ihr müsst es schaffen. Ihr seid der einzige Lichtblick, den das Heim hat. Mit einem meiner Kinder auf dem Thron würden sich die Lebensumstände für die Kleinen garantiert bessern.«

Das ist der Plan, wollte ich sagen, fühlte mich aber nach wie vor wie betäubt. Mein Herz raste und ich fror. Normalerweise spendete mein Körper mir verlässlich Hitze, wenn mir eine Situation unangenehm war, doch davon konnte wohl keine Rede sein. Ich fühlte mich hundeelend und wie ein lebendiger Eiszapfen.

»Ich sorge dafür, dass ihr beide von eurer Arbeit entbunden werdet. So lange wie nötig. Ich kläre das mit den anderen, falls jemand nach euch sucht.«

Ehe ich auch nur ein Danke hervorbringen konnte, war Saga bereits verschwunden. Es tat gut, dass sie an uns glaube, und doch …

Ich spürte Riks Hand an meinem Arm. Es war, als würde er eine Mauer niederreißen. Kraftlos ließ ich mich gegen seine Brust fallen, während er die Arme um mich schlang. Meine Tränen strömten unaufhaltsam. Mein Körper bebte.

»Warum tut sie das?«, brachte ich bebend hervor. Ich musste nicht erst erklären, dass ich Ida meinte. Wie immer verstand Rik mich auch so.

Er drückte mich eng an sich. »Ich weiß es nicht, Alva. Ich weiß es wirklich nicht.«

KAPITEL 11

Kaden

Die leisen Stimmen von Alva und Rik verklangen in der eisigen Winterluft hinter ihm, während er mit einer Fackel voran in den immer dunkler werdenden Wald schritt. Zwar hatte die Dämmerung erst begonnen, doch die Schatten der Bäume verschluckten die letzten Lichtstrahlen der Sonne und tauchten die Umgebung in eine immer dichtere Finsternis.

In der Regel schlugen die Visionen nachts zu, außerdem gab es keine Zeit zu verlieren, um einen – geschweige denn alle drei – Kristalle zu finden, um Alvas Chancen zu erhöhen, auserwählt zu werden. Da zählte jede Minute, auch wenn es bedeutete, in der Finsternis durch den verbotenen Wald zu wandern.

Kaden kannte diesen Ort so gut wie keinen anderen. Es war ihm schier unmöglich, sich hier zu verlaufen, selbst nachts. Rik wusste das und folgte ihm blind, während Alva offensichtlich ihre Zweifel hatte. Er spürte förmlich ihre Nervosität und die skeptischen Blicke, die sie ihm hinter seinem Rücken zuwarf.

Was sollte schon passieren? Menschen trieben sich an diesem Ort nicht herum, es bestand also nicht die Gefahr, überfallen zu werden. Die Tiere im Wald waren scheu, auch sie stellten keine wirkliche Bedrohung dar. Und selbst wenn, war Rik mit seinem Bogen und Kaden neben einem Wurfmesser mit seinem Schwert ausgestattet, dem er mehr vertraute als allem und jedem in Ishøgh.

Man konnte kaum sicherer sein.

Eine eisige Windböe fuhr durch die dichten Bäume und brachte einige weiße Flocken mit sich. Die Kälte versteifte seine Gelenke und verursachte bei jedem Schritt ein schmerzhaftes Ziehen in seinem Bein. Dennoch hatte er auf eine Gehhilfe verzichtet und ließ sich nach außen hin nichts anmerken. Darin war er gut. Darin war er trainiert.

Mit den beiden hinter sich hatte Kaden seit ihrer Zusammenkunft bei dem Waisenhaus vor einigen Minuten kein Wort gewechselt. Zu seinem Glück hatte es Alva nach dem Vorfall mit dem Putzwasser ein wenig die Sprache verschlagen. Oder aber es lag an Rik, dass sie sich mit ihren Fragen an ihn zurückhielt.

Im Augenblick hatte er noch weniger Lust, diese zu beantworten, als gewöhnlich. Die Begegnung mit Saga lag Kaden in den Knochen. Fast drei Jahre war es her, dass er das Waisenhaus verlassen hatte – noch bevor seine Zeit gekommen war. Nur widerwillig hatte sie ihn damals ziehen lassen, war er doch einer der Ältesten vor Ort gewesen und dank Rik an seiner Seite für jede Aufgabe zu haben, die Saga für sie bereitgehalten hatte.

Als Kaden dann jedoch Monate später vor dem Nichts stand, hatte sie ihn nicht einmal mehr ins Haus gelassen. Er war auf sich selbst gestellt gewesen, lange vor seinem achtzehnten Geburtstag.

An harte Arbeit auf dem Hof oder bei Handwerkern in der Stadt war damals nicht zu denken gewesen. Von einem Tag auf den anderen hatte er alles verloren. Der einzige Zufluchtsort war dieser Wald gewesen, der ihn aufgenommen hatte und seither vor allem und jeden schützte.

Zumindest, bis Rik an seine Tür geklopft hatte. Nun steckte er mitten in einer Mission, von der es gut sein konnte, dass sie ihr aller Ende bedeutete.

Und wenn schon. Was sollte ihm noch widerfahren? Mehr hatte er nicht zu verlieren, und wenn Alva und Rik mit dem Risiko des Fluchs der Eiskristalle leben konnten, dann konnte er das erst recht.

Kaden hielt einen Moment inne und lauschte in die vorherrschende Stille. Das leise Pfeifen des Windes klang wie eine Melodie. Wie Musik, die ihn zu sich rief.

»Hier entlang«, sagte er laut genug, damit seine Begleiter ihn hörten, und setzte sich wieder in Bewegung.

Wenn er in den letzten Jahren eines gelernt hatte, dann, auf den Ruf des Waldes zu hören. Irgendetwas schien ihn fast magisch anzuziehen, und es war keine Vision, die sich ankündigte. Es war etwas anderes. Etwas, das die Luft zum Vibrieren brachte.

»Hast du was?«, hörte er Rik hinter sich fragen, gab ihm jedoch keine Antwort. Stattdessen hob er seine Fackel höher, als in wenigen Metern Entfernung etwas aufragte. Eine Art Hügel oder eine Höhle.

Der Anblick schien einen Funken in seinem Gedächtnis zu entzünden.

»Ich war hier schon einmal. Nicht persönlich, aber ich habe diesen Ort in einer Vision gesehen.« Kaden drehte sich zu Alva und Rik, deren Fackeln beinahe gespenstische Schatten auf ihre Gesichter warfen. Er erkannte die Unsicherheit in Alvas Augen, der die Idee, nachts durch den Wald zu streifen, von Anfang an nicht gefallen hatte. »Ich weiß nicht, was es ist. Aber irgendetwas liegt hier in der Luft.« Mit ausgestrecktem Arm zeigte Kaden auf die Höhle. »Wir sollten uns da drin mal umsehen.«

Alva

Ich schluckte.

»Da rein?«, versicherte ich mich. Mein Blick wanderte zu dem mit Schnee bedeckten Gebilde. Eine schmale

Öffnung führte in eine Art Höhle. So schmal, dass die Hoffnung blieb, es handelte sich nicht um die Unterkunft eines Bären. Für einen Kaninchenbau war sie allerdings zu groß. Was immer uns da drin erwarten würde, es verursachte mir jetzt schon einen eiskalten Schauer. Dagegen konnten auch die Waffen meiner Begleiter nichts ändern.

Ein Blick in Kadens von Flammen erhelltes, ernstes Gesicht verriet mir, dass es kein Vorschlag war, wie ich zuerst angenommen hatte. Es war viel mehr eine Aufforderung. Ein Befehl.

Wenn du die Kristalle finden willst, dann beweg deinen Allerwertesten da rein.

Fragend, bettelnd, wandte ich mich an Rik, der die Höhle ebenfalls skeptisch beäugte. Während Kaden fest entschlossen war und ich am liebsten die Flucht ergriffen hätte, war es bei Rik immer die Vernunft, die entschied. Allerdings wirkte auch die in diesem Fall unentschlossen. Er schien abzuwägen, ob das, was Kaden forderte, ein Selbstmordkommando oder doch unsere beste Chance war, die Kristalle zu finden.

»Ich gehe vor«, kam es schließlich von ihm. »Alva, bleib dicht hinter mir und Kaden bildet den Schluss.«

Wie sehr hatte ich auf eine andere Entscheidung gehofft. Doch wenn Rik bereit war, dieses Risiko einzugehen, dann vertraute ich darauf, dass es das Richtige war. Ich kannte niemanden, der so besonnen handelte wie er. Wenn ich jemandem da hinein folgte, dann Rik.

Dieser bewegte sich mit der Fackel in der Hand nur langsam vorwärts, so als wäre er selbst nicht sicher, ob er sich nicht doch umentscheiden sollte. Er tat es nicht. Stattdessen schritt er stetig voran, duckte sich ein wenig, um durch den Eingang zu passen. Das Licht unserer drei Fackeln erhellte die felsige Wand der Höhle. Mit jedem Schritt hinab ins Innere wurde es, wenn möglich, noch kälter.

Womöglich lag das nur an der Angst, die Herzschlag für Herzschlag von mir Besitz ergriff.

Rik war nur eine Armlänge vor mir und in meinem Rücken spürte ich deutlich Kadens Anwesenheit. Ein Prickeln in meinem Nacken, immer dann, wenn mich sein Blick streifte.

Der steile Weg endete und wir fanden uns in einer geräumigen Höhle wieder, deren Decke einige Meter über uns lag. Während Rik sich mit laut hallenden Schritten durch den Raum bewegte und ihn mit seiner Fackel erkundete, blieb ich in der Mitte stehen und fühlte mich vor Angst wie erstarrt. Unruhig sah ich mich in alle Richtungen nach Bären oder Wölfen um, doch nichts. Wir waren allein hier. Keine Spur von Feinden, Tieren oder einem Kristall. Auch führte kein weiterer Weg tiefer in die Höhle hinein. Wir waren am Ende angelangt.

Ob das hier eine erneute Sackgasse war wie die Kirche? Reine Zeitverschwendung?

Unwillens, diese Vermutung auszusprechen, sah ich mich nach Kaden um, der an den Rand der Höhle getreten war. Er wirkte vollkommen versunken in seinen Gedanken, als er die Hand nach der vereisten Felswand ausstreckte. Noch ehe er sie berührte, durchzuckte mich eine böse Vorahnung, die sich nur bestätigte, als er zusammenfuhr und seine Fackel mit einem Mal zu Boden fiel.

In meinen Gedanken sah ich ihn wieder vor mir am Waldboden liegen, gegen einen Schmerz ankämpfend, der nicht sichtbar war. Der aus seinem Innersten stammte und den niemand lindern konnte. Ich machte mich gefasst, ihm während dieser Phase zur Seite zu stehen. Ihn festzuhalten, so gut ich konnte, doch das war gar nicht notwendig.

Als Rik einen Schritt in seine Richtung machte und damit das Licht von Kadens erloschener Fackel ersetzte, entspannten sich seine Schultern bereits wieder und ich atmete erleichtert durch. Es schien ihm so weit gut zu gehen.

»Alles in Ordnung?«, fragte Rik in den Raum hinein. Er hatte Kadens plötzliche Veränderung wohl ebenfalls bemerkt. Ob er auch schon mal dabei gewesen war? Bei einer Vision?

Kaden reagierte nicht auf seine Frage, stattdessen wanderte seine Hand gleich wieder zur Felswand, als könnte er von diesem Schmerz gar nicht genug bekommen. Doch anstatt erneut zusammenzuzucken, ließ er sie am Stein entlangwandern. Es war, als folgte er einer unsichtbaren Spur, die vom Höhleneingang weg in die Finsternis führte. Nach wenigen Metern ging er in die Knie.

»Hier«, sagte er knapp. Seine Stimme klang rau, so wie sie nach der letzten Vision geklungen hatte. Auch wenn diese hier viel kürzer gewesen war, hatte ich keine Zweifel an ihrer Intensität.

Ich schluckte den Drang hinunter, Riks Frage zu wiederholen und mich nach Kadens Befinden zu erkundigen, und folgte stattdessen meinem besten Freund, der zu Kaden aufschloss. Mit dem Licht unserer beiden Fackeln wurde ein Loch in der Felswand sichtbar, das nun tatsächlich einem Kaninchenbau ähnelte.

»Ich spüre es ganz deutlich.«

»Was spürst du?«, fragte ich, ehe ich mich davon abhalten konnte.

»Magie.« Kaden hob den Blick und sah mich aus seinen eisblauen Augen durchdringend an. Weder er noch ich waren sicher, ob das eben eine Frage oder eine Antwort gewesen war. »Es ist schwer zu beschreiben.«

Rik hockte sich neben Kaden und inspizierte die Öffnung. Er beugte sich hinunter und lugte auf die andere Seite. »Ich kann kaum was erkennen, dazu ist es zu dunkel.«

Und er würde niemals da durchpassen. Das erkannte ich auch so. Und Kaden mit seinen breiten Schultern erst recht nicht. Blieb nur noch …

Ehe ich meinen Gedanken beenden konnte, traf mich wieder Kadens Blick. »Es sind deine Kristalle.«

Seine Worte zogen Riks Aufmerksamkeit auf sich. Dass er kurz alarmiert die Brauen hob, war kein gutes Zeichen. Das war seine Vernunft, die endlich aus ihrem Tiefschlaf erwachte.

Doch nun war es zu spät.

Irgendetwas hatte bei Kaden eine Vision ausgelöst. Das bedeutete, dass hier etwas war. Vielleicht einer der drei Eiskristalle. Meine Eintrittskarte in den Palast von Königin Juna. Der erste Schritt zu meiner Chance, etwas zu bewirken.

»Na schön.«

Ein mulmiges Gefühl breitete sich in meinem Magen aus, ein Ziehen, das mich von meinem Vorhaben abbringen wollte, als ich mich ebenfalls dem Spalt im Stein näherte und Rik sowie Kaden mir Platz machten. Es würde eng werden, aber ich konnte es schaffen. Vorsichtig warf ich, wie Rik zuvor, einen prüfenden Blick durch das Loch, erkannte jedoch nichts als Finsternis.

Alles könnte mich hierhinter erwarten. Ein labyrinthartiger Tunnel. Ein tiefer Abgrund. Oder auch gar nichts. Eine weitere Felswand, die mich einschloss. Ein Gefühl der Enge überkam mich, gefolgt von Panik.

Mein besorgter Blick wanderte zu meinem besten Freund. »Und du bist dir sicher, dass das eine gute Idee ist?«

Er hob die Schultern. Ich wusste, was das bedeutete. Nichtsdestotrotz gab es kein Zurück. Ich wollte das hier. Niemand hatte behauptet, es würde einfach werden, die Kristalle zu finden. Das hier war ein Test der Königin und ich war bereit, mich ihm zu stellen.

Vorsichtig stützte ich mich mit den Händen am eiskalten Boden ab, bemüht, die Fackel, die ich auf der anderen Seite zweifelsfrei benötigen würde, so weit wie möglich von meinem Körper entfernt zu halten. Auf Ellbogen und Knien robbte ich vorwärts, in der Hoffnung, dass der Weg nicht zu lang wäre. Tatsächlich war es nur eine dünne Felswand, die die erste Höhle von einer zweiten trennte. Trotz der schlechten Lichtverhältnisse kam mir diese weitaus größer vor. Jede meine Bewegungen verhallte in ihren Weiten.

Mühsam rappelte ich mich wieder auf und klopfte mir den Staub von den Händen und dem Kleid. Mein schwerer Atem hallte in der leeren Höhle wider.

»Was siehst du?«, drang Riks gedämpfte Stimme zu mir vor.

Ich umfasste meinen Körper fest mit meinem freien Arm und hob die Fackel an, während ich mich zu orientieren versuchte. Obwohl es stockfinster war, gab es irgendwo einen weiteren Eingang in die Höhle, denn der Boden war von einer dünnen Schicht Schnee überzogen. Die Flocken mussten durch irgendwelche Ritzen gelangt sein.

Vorsichtig machte ich ein paar Schritte vorwärts. Meine Vermutung bestätigte sich – diese Höhle war tatsächlich größer als die, in der wir eben gelandet waren. Aber das machte nichts. Ich sah mein Ziel klar vor Augen.

»Ich glaube, ich hab was«, rief ich über meine Schulter, ehe ich mich tiefer in die Höhle vorwagte. In einiger Ferne erkannte ich einen länglichen hohen Stein, auf dem etwas im Licht meiner Fackel zu funkeln schien.

»Sei vorsichtig«, hörte ich Riks Stimme, doch seine Worte drangen kaum noch zu mir durch. Zu sehr lag meine Konzentration auf dem kleinen bläulichen Stein, der dort perfekt eingebettet lag.

Mit jedem Schritt beschleunigte sich mein Herzschlag weiter. Ich war mir nicht mehr sicher, ob das hier wirklich geschah oder ich lediglich träumte. Es musste ein Traum sein.

Behutsam streckte ich die Hand aus und nahm den Kristall aus der Vertiefung. Einen Moment lang hielt ich den Atem an, als ich an Kadens Warnung dachte: Die Edelsteine sollten Unglück bringen.

Beinah erwartete ich, dass der Boden zu beben beginnen und die Decke über mir einstürzen würde. Aber nichts dergleichen geschah. Ich hielt den ersten der drei Eiskristalle fest in der Hand und spürte, wie Erleichterung meinen Körper flutete.

Ich drehte ihn und musterte ihn genau. So etwas hatte ich nie zuvor in meinem Leben gesehen. Der Stein war beinahe durchsichtig und schimmerte selbst im warmen Schein des Feuers in einem Blau, das sich mit nichts vergleichen ließ. Das Licht brach sich in jedem einzelnen Schliff. Oben war er flach, während er nach unten hin spitz zulief.

»Alva«, hörte ich wieder Riks besorgte Stimme und fuhr erschrocken zusammen. So fest ich konnte, presste ich den Kristall an meine Brust, um ihn nicht fallen zu lassen.

»Ich hab ihn!« Erst als ich sprach, wurde mir klar, wie trocken meine Kehle war. Meine Stimme klang kratzig und hallte von den kalten Höhlenwänden hundertfach wider.

Stille kehrte ein und ich schloss erleichtert die Augen. Ida hatte sich geirrt. Ich hatte sehr wohl das Zeug dazu, die königlichen Eiskristalle zu finden. Das war die Nummer eins, fehlten also nur noch zwei. Und dann hatte Königin Juna gar keine andere Wahl mehr, als mich zu ihrer Nachfolgerin, zur neuen Herrscherin über Ishøgh zu machen.

»Bist du dir sicher?«, drang da Kadens skeptische Stimme zu mir vor und ich verdrehte die Augen. Sein Vertrauen in mich musste ich mir wohl erst noch erarbeiten.

»Am besten, ihr seht selbst.«

Ich machte kehrt, um beschwingt zurück zum Höhlenausgang zu laufen. Doch mit einem Mal spürte ich, wie der Boden unter meinen Füßen nachgab. Und ehe ich es begriff, stürzte ich.

KAPITEL 12

Rik

Ein Schrei erfüllte die Höhle, der sein Blut in den Adern gefrieren ließ. Rik wechselte einen Blick mit seinem Begleiter, der seinerseits ebenfalls blass wirkte – was er ganz und gar nicht von Kaden gewohnt war, der normalerweise Nerven aus Eis besaß.

Es dauerte einen Moment, bis sein Herz seine Arbeit wieder aufnahm. Schnell drückte Rik Kaden seine Fackel in die Hand und ließ sich vor dem Loch in der Wand zu Boden fallen. Erneut versuchte er, hindurch zu spähen. Allerdings erkannte er nichts als Dunkelheit. Alvas Fackel war erloschen.

»Alva!«, rief er, obwohl die Angst ihm die Kehle zuschnürte. »Alva, kannst du mich hören? Was ist passiert?«

Sekunden verstrichen. Er vernahm ein angestrengtes Stöhnen, ehe ihre gepresste Stimme erklang. »Ich bin gefallen.« Die Worte kamen nur stockend hervor. »Oder eingestürzt. Ich weiß es nicht. Ich kann mich nicht bewegen. Ich stecke fest, Rik. Ich komme hier nicht raus!«

»Bleib ganz ruhig!«, meinte er, während Panik in seinem Körper hochkroch. Er richtete sich auf und suchte nach Kaden, dessen Gesichtsausdruck mehr als tausend Worte sagte: *Der Fluch der Kristalle eben.* Doch das war keine große Hilfe.

Was um alles in der Welt sollte er nur tun? Weder Kaden noch er selbst passten durch die schmale Öffnung. Es war unmöglich, zu Alva zu gelangen, um ihr zu helfen.

Was hatte er sich nur gedacht, sie da allein reinzulassen? Er hatte doch die Alarmglocken in seinen Ohren deutlich gehört. Trotzdem hatte er keine Anstalten gemacht, sie von diesem Vorhaben abzubringen. Nur weil die Aussicht, einen der Kristalle in der Hand zu halten, zum Greifen nah schien. Weil die Aussicht, Alva könnte als Königin etwas bewirken und verhindern, dass noch mehr Kinder starben, ihn blind machte.

Ein Schluchzen tönte durch den Spalt, das sein Herz in tausend Stücke zu brechen drohte. Und auch in Kadens Gesicht veränderte sich. Seine sonst so harten Züge wurden weicher, beinahe hilflos.

»Es wird alles gut, Alva«, wandte sich Rik wieder dem Spalt in der Felswand zu. Seine Hände tasteten den Rand des Eingangs sowie den Boden nach lockeren Steinbrocken ab. »Ich komme zu dir, hörst du? Wir holen dich da raus, dir wird nichts passieren. Siehst du irgendetwas, das uns weiterhelfen könnte? Gibt es einen zweiten Eingang? Irgendetwas?«

»Es ist stockdunkel, ich sehe rein gar nichts«, kam ihre gepresste Antwort, gefolgt von einem Schluchzen. »Ich will hier nicht sterben.«

Rik schloss die Augen und lehnte seine Stirn an die kalte Felswand. Er versuchte, die Verzweiflung in ihrer Stimme zu ignorieren, was unmöglich war.

Was hatte er sich nur dabei gedacht, sie dazu anzustiften? Sie hatte nicht nach den Kristallen suchen wollen, aber er hatte sie gedrängt.

»Das wirst du nicht. Ich verspreche es.«

»Geh zur Seite.«

Er schreckte hoch, als er mit einem Mal Kadens Hand an seiner Schulter spürte. Er hatte sein Schwert gezogen und hielt ihm seine Fackel entgegen, die Rik abwesend an sich nahm – ohne dabei die Waffe aus den Augen zu lassen. Das war nicht irgendein Schwert und Rik wusste das. Es war Kadens wertvollster Besitz. Eine Erinnerung an eine Zeit, die er nie zurückbekommen würde.

»Was soll das werden?«, fragte er alarmiert. Hingegen Kadens Aufforderung drehte sich Rik einem Instinkt folgend so, dass sein Körper den Zugang zur Nachbarshöhle verdeckte. »Du kannst mit einem Schwert vieles kurz und klein schlagen, aber keine Felswand.«

»Du hast keine Ahnung, was dieses Schwert kann oder nicht kann.«

Rik schüttelte den Kopf, unfähig, sich von der Stelle zu bewegen. Obwohl Alvas Befreiung seine oberste Priorität war, wusste er, wie viel Kaden diese Waffe bedeutete. Er würde nicht zulassen, dass er es ruinierte, solange nicht alle Möglichkeiten abgewogen waren. Es gab immer einen Ausweg. »Nein, aber ich weiß, dass dein geliebtes Schwert Schrott ist, wenn du damit auf Stein einschlägst. Es gibt bestimmt noch einen weiteren Eingang zu dieser Höhle. Irgendwie haben die Soldaten den Kristall ja auch da rein gebracht.«

Kaden schnaubte. »Vergiss die Soldaten. Das sind die verfluchten Kristalle einer magischen Königin. Du denkst wirklich, die Soldaten haben sie versteckt? Dann würden sie irgendwo unter den Hühnereiern liegen. Das ist eine Aufgabe von Königin Juna. Es geht darum, die neue Herrscherin von Ishøgh zu bestimmen. Glaubst du, es wäre so einfach? Alva ist da drin eingestürzt. Willst du dir wirklich die Zeit nehmen und hier herumirren, während der Boden unter ihr jeden Moment endgültig nachgeben könnte? Keiner weiß, wie viele Meter unter ihr liegen.«

»Ich kann euch hören«, tönte Alvas erstickte Stimme. »Und das ist nicht gerade hilfreich!«

Riks Blick wanderte von dem Spalt hinter seinem Rücken zu Kaden. Die Unsicherheit in seinem Gesicht war spurlos Entschlossenheit gewichen. Er war einst Teil der königlichen Garde gewesen und damit Königin

Juna näher als jedes andere Waisenkind des Landes. Wenn jemand wusste, was er tat, dann er.

Mit einem tiefen Atemzug rückte Rik ein Stück zur Seite, um Kaden Platz zu machen. »Na dann los.«

Alva

Mit aller Kraft versuchte ich, mich aus dem Loch hochzuhieven, doch es hatte keinen Sinn. Der Fels umschloss meinen Oberschenkel so fest, dass mein Bein taub wurde. Der Schmerz pochte fortwährend durch meinen Körper und machte es mir schwer, auch nur einen klaren Gedanken zu fassen. Alles, was mir durch den Kopf ging, war: *Lass den Kristall bloß nicht los!*

Ob das der Fluch war? Oder nur die Aufgabe der Königin, um es den Anwärterinnen so schwer wie möglich zu machen? Wenn es so war, dann versagte ich auf voller Linie. Wäre ich allein losgezogen, um den Kristall zu finden, würde ich in dieser Höhle erfrieren. Und auch jetzt war ich unsicher, ob ich es lebendig hier rausschaffen würde.

Mein tränenverschleierter Blick wanderte durch die Dunkelheit, doch ich erkannte nichts. Bei meinem Sturz hatte ich dummerweise die Fackel fallen lassen, während ich den Kristall noch fester umklammerte. Ich war umgeben von Finsternis und den hämmernden Geräuschen, die Riks und Kadens Rettungsversuche verursachten.

Angespannt hielt ich den Atem an, bemüht, nicht endgültig in Tränen auszubrechen. Gegen das ständige Schluchzen, das meinen Körper beben ließ, konnte ich jedoch nichts tun. Das war die Angst in mir, die ich einfach nicht zurückdrängen konnte, gepaart mit den Schmerzen.

Wo war ich da nur reingeraten? Warum hatte ich mich nicht von Kadens Vision abschrecken lassen? War es das wirklich wert?

»Alva!«

Ich schnappte nach Luft, als ich Riks Stimme mit einem Mal viel klarer vernahm als zuvor. Es gelang mir lediglich, Schemen auszumachen, meine Vorstellungskraft erledigte den Rest. Er musste sich durch die schmale Öffnung schieben, die in die Höhle führte – wie auch immer es ihm gelang, da hindurchzupassen. An den nahenden Schritten erkannte ich, dass er auf mich zu eilte.

»Sei vorsichtig!«, warnte ich ihn, als mein Puls in die Höhe schoss. »Nicht, dass du auch noch einbrichst!«

»Wenn ich euch beide hier rauszerren muss, wird euch das kosten.«

Kaden.

Er hielt die letzte verbliebene Fackel in der Hand. Ich sah gerade noch, wie er sein Schwert zurück in die Scheide steckte, ehe er sich auf uns zu bewegte. Währenddessen kam Rik bei mir an. Er umklammerte mich und ich ihn, so erleichtert war ich, ihn zu sehen. Meine

Stirn schmerzte von dem Versuch, nicht in Tränen auszubrechen.

»Wir holen dich da raus«, flüsterte Rik und gab mir dabei einen Kuss auf die Stirn, der mir Trost spendete und Zuversicht schenkte.

»Rik, du hältst sie fest und versuchst, sie hochzuziehen«, erteilte Kaden seine Befehle, während er ein Messer von seinem Gürtel zückte. »Ich versuche in der Zwischenzeit, das Gestein ein wenig zu lockern.«

Er griff nach dem Saum meines Kleides, doch ich schlug ihm rasch auf die Hand. »Finger weg! Ich stecke wirklich tief in diesem Loch und du hast nichts unter meinem Rock zu suchen.«

Ein Grinsen breitete sich auf Kadens Gesicht aus. »Hat da jemand vergessen, sich Unterwäsche anzuziehen?«

Empört schnappte ich nach Luft, doch ehe ich etwas erwidern konnte, griff Rik ein.

»Wir tauschen«, schlug er neutral wie immer vor. »Kaden, du ziehst sie raus und ich versuche, die Öffnung zu weiten.«

Er hielt Kaden fordernd seine Hand entgegen, doch dieser zögerte, ihm das Messer zu überreichen. Der Ausdruck auf seinem Gesicht war zweifelnd, so als würde er Rik diese Aufgabe nicht zutrauen, doch schließlich atmete er tief durch und platzierte das Werkzeug auf seiner Handfläche, die Fackel drückte er ihm in die andere.

»Von mir aus. Aber mich trifft keine Schuld, wenn er abrutscht und dir ins Bein sticht.«

Ich schluckte diesen Gedanken hinunter. »Dieses Risiko gehe ich ein.«

Die beiden tauschten die Plätze und mein Puls stieg scheinbar bis ins Unermessliche an. Diesmal war es Rik, der nach dem Stoff griff und ihn achtsam zur Seite schob. Ein Zischen entkam ihm, das mir ganz und gar nicht gefiel. Zwar spürte ich den Schmerz nur zu deutlich, hatte aber noch keine Gelegenheit gehabt, nachzusehen, wie schlimm es wirklich war. Ob ich das überhaupt wollte, war eine andere Sache. Mein Magen rebellierte schon jetzt, ich wusste nicht, wie viel ich noch ertrug.

»Tu mir einen Gefallen«, meinte Kaden an Rik gerichtet, dem seine Reaktion wohl ebenfalls nicht entgangen war. »Werd nicht ohnmächtig. Ich will nicht länger hierbleiben als notwendig.«

Mehr als einen verärgerten Blick von uns beiden erntete er für diese Bemerkung nicht.

Während Rik damit begann, einhändig den Stein zu bearbeiten, legte Kaden seine Hände an meine Hüfte.

»Leg deine Arme um meinen Hals«, wies er mich an. »Halte dich so gut fest, wie du kannst.«

Ich tat, wie mir geheißen. Ich schlang meine Arme um ihn wie in einer Umarmung, während Kaden mich hielt, damit ich nicht noch tiefer rutschte, wenn Rik das Loch vergrößerte. Sein herber, wilder Duft umfing mich. Eine

Mischung aus Tannen, Kälte und Rauch, die eine Geschichte zu erzählen schien.

Ich versuchte, die Schmerzen runterzuschlucken, die sich einfach nicht legen wollten, doch ich konnte nicht verhindern, dass das Bild vor meinen Augen immer dunkler wurde und die Geräusche weiter in den Hintergrund rückten. Einzig und allein Kadens Geruch war es, der mich noch umgab.

Erschöpft legte ich meinen Kopf auf seiner Schulter ab und schloss die Augen. Ich atmete seinen Duft nach Wald und Wildnis ein, und ohne es zu wollen, führten mich meine Gedanken zurück zu jenem Moment. Als Kaden mit seiner Vision zu kämpfen gehabt hatte, hatte ich ihn ebenso fest gehalten wie er mich jetzt, wodurch sich die Berührung schon fast vertraut anfühlte. Oder zumindest nicht fremd oder unangenehm.

Auch wenn es verrückt war, vertraute ich ihm. Wahrscheinlich, weil ich kaum eine andere Wahl hatte.

Ich hörte, dass die beiden miteinander sprachen, konnte das Gesagte jedoch nicht zuordnen oder gar verarbeiten. Sie fühlten sich meilenweit entfernt an. Lediglich Kadens Worte hallten durch meinen Kopf, als er mir zuflüsterte: *Halte dich so gut fest, wie du kannst.*

Und das tat ich.

KAPITEL 13

Alva

»Alva.«

Mein eigener Name klang merkwürdig verzerrt und verworren in meinem Kopf. Irgendwie falsch. So als würde er nicht so wirklich zu mir gehören, sondern zu einer anderen Person, die ich nicht greifen konnte.

In mir drehte sich alles. Ich hatte das ständige Gefühl, zu fallen. Zu schweben, aber auch zu fallen. Dazu die verzerrte Stimme in meinen Ohren, die mein Befinden nicht gerade besser machten. Ganz im Gegenteil.

»Alva.«

Ich riss die Augen auf und schnappte nach Luft, als hätte ich sie Minuten lang angehalten. Über mir entdeckte ich Riks vertrautes Gesicht. Obwohl ein warmes Licht tiefe Schatten darauf warf, erkannte ich die undurchdringbare Besorgnis in seinen Augen. Es dauerte einen Moment, bis ich die Stimme in meinem Kopf ihm zuordnen konnte. Und einen weiteren, bis ich mich orientiert hatte.

»Was?«, entkam es mir. Meine Stimme klang nicht wie meine Stimme. Zumindest in meinem Kopf. Meine Kehle fühlte sich rau an, meine Augen und Wangen merkwürdig geschwollen. So viele Teile eines Rätsels, die ich einfach nicht zusammenfügen konnte. »Was ist los?«

»Bist du in Ordnung?« Riks eiskalte Hand legte sich an mein Gesicht. Ich genoss die vertraute Berührung und nickte in seine Handfläche hinein. Zwar war mir noch etwas schwindelig, aber mir ging es gut.

Nur schleppend kehrten die Erinnerungen zurück – die Höhle, der Kristall, mein Sturz …

… Kaden.

Vorsichtig versuchte ich mich aufzusetzen, um mich nach ihm umzusehen, als ein stechender Schmerz durch mein Bein zuckte – gemeinsam mit einem Schwindel, der kurzzeitig vergessen ließ, wo oben und unten ist. Ich schluckte einen Fluch hinunter, der mir bereits auf der Zunge lag. Doch meine Erziehung war besser, als dass die Worte über meine Lippen kämen. Sogar in diesem Zustand.

»Ich sagte doch, die Kristalle bringen nur Unheil.« Ich vernahm seine Stimme nicht weit von mir, aber außerhalb des sanften Scheins der letzten verbliebenen Fackel. Das Verlangen danach, ihn zu sehen, seine Präsenz in mich aufzunehmen, keimte in mir auf, doch ich kämpfte es nieder und konzentrierte mich stattdessen auf den Inhalt seiner Worte.

Unheil.

Das hatte er. Er hatte ein Unglück prophezeit und mir war eines widerfahren.

Und ich hatte es überlebt. Die Prüfung bestanden.

Ich ließ den Blick auf meine Hand sinken, die immer noch zu einer festen Faust geschlossen war. Meine Finger fühlten sich vollkommen steif an, als ich sie zu lockern versuchte. Fast so, als wären sie in dieser Höhle zu Eis gefroren. Es gelang mir nur mit Mühe.

»Du hast es geschafft«, flüsterte Rik staunend nah an meinem Ohr. Ich sah ihn nicht an, zu sehr war ich von dem Anblick des Kristalles gebannt, dessen Abdruck sich fest in meine Haut geprägt hatte, so verzweifelt hatte ich ihn umklammert gehalten, um ihn nicht wieder zu verlieren.

Ich glaubte es selbst kaum, obwohl ich ihn gerade schon zum zweiten Mal erblickte. Noch immer fühlte es sich an wie ein Traum. Ein unwirklicher, völlig absurder Traum, von dem ich jeden Moment aufwachen könnte.

Schritte näherten sich und ich blickte hoch zu Kaden, der sich scheinbar von der Echtheit des Kristalls überzeugen wollte. Als ob mein Beinahesturz ins Ungewisse dafür nicht Beweis genug war. Er nahm ihn mir ab, drehte ihn im Licht der Fackel zwischen seinen Fingern, während ich ihn mit angehaltenem Atem beobachtete.

Fast schon erwartete ich, dass er jeden Moment verkünden würde, es handle sich um eine Fälschung. Der kalte Ausdruck auf seinem Gesicht ließ nicht darauf schließen, was in seinem Kopf vor sich ging.

»Den solltet ihr besser niemandem zeigen«, war alles, was er dazu sagte, ehe er mir den Kristall wieder überreichte. Obwohl ich Kaden als wortkargen Einzelgänger kennengelernt hatte, überraschte mich seine nüchterne Reaktion. Immerhin war dieser Edelstein nicht nur ein Schritt für mich in Richtung Palast. Sondern auch er war seiner Bedingung – seinem Wunsch – näher gekommen. Doch diese Erkenntnis schien ihn nicht mit Freude zu füllen. Im Gegenteil, sein Tonfall hatte etwas Bitteres an sich. »Sonst ist er schneller wieder weg, als ihr bis drei zählen könnt.«

Trotz seiner harten Worte musste ich zugeben, dass er recht hatte. Ida hatte schon auf die Idee, ich könnte mich auf die Suche nach den Kristallen begeben, allergisch reagiert. Nicht auszudenken, wenn sich herumsprach, dass ich einen mit mir herumtrug …

»Wir sollten uns auf den Rückweg machen«, schlug Rik vor, um die undurchdringliche Stille, die auf Kadens Worte gefolgt war, zu durchbrechen. »Das Abendessen ist längst vorbei und ich bin mir sicher, die Kinder schlafen schon alle.«

»Ihr könnt in meiner Hütte übernachten.«

Überrascht blickte ich zu Kaden auf. Ein solches Angebot hatte ich von jedem erwartet, nur nicht von ihm. Er selbst wirkte ebenfalls verwirrt, so als wären ihm die Worte bloß rausgerutscht. Aber er nahm sie nicht zurück, sondern setzte hinterher: »Sie ist zwar nicht groß, aber immerhin warm. Und der Weg ist nicht so weit wie bis zum Waisenhaus.«

»Einverstanden.«

Ehe ich auch nur ein Wort hervor bekam, hatte Rik mir die Entscheidung abgenommen.

»So können wir uns erst einmal ausruhen und überlegen, wo wir den Kristall am besten verstecken, ohne dass ihn jemand findet.« Er trat einen Schritt auf mich zu und streckte mir hilfebietend seine Hand entgegen. »Kannst du aufstehen?«

Um ehrlich zu sein, war ich mir da nicht sicher. Mir war noch ein wenig schwummrig, dennoch ergriff ich Riks Arm und ließ mich auf die Beine ziehen. Zwar durchschoss mich ein heftiger Schmerz, aber ich konnte stehen. Und mit seiner Hilfe sogar gehen.

Er murmelte etwas davon, sich mein Bein genauer anschauen zu müssen, wenn wir aus dieser Höhle raus waren, doch darüber wollte ich noch nicht nachdenken. Mir war seine Reaktion vorhin nicht entgangen und gemeinsam mit dem Schrecken steckte sie mir in den Knochen. Das war bloß der erste Kristall und damit auch das erste Unglück. Ich wollte mir gar nicht ausmalen, was noch auf mich zukommen würde. Lieber konzentrierte ich mich auf den nächsten Schritt. Und auf den übernächsten. Bloß nicht zu weit in die Zukunft sehen.

Der Weg aus der Höhle und zurück zu Kadens Hütte war beschwerlich, was vor allem daran lag, dass ich Riks Angebot, mich zu tragen, immer wieder ausschlug. Ich war vielleicht entkräftet, aber ich hatte meinen Stolz.

Dieses Mal lag Kadens Hütte in vollkommener Dunkelheit, als wir uns ihr näherten. Nur die Fackel in seiner Hand warf einen sanften Schein, als er die Tür öffnete und wir hinter ihm eintraten. Es war kälter als das letzte Mal, was daran lag, dass kein Feuer im Zentrum der Hütte knisterte.

Kaden entzündete ein paar Kerzen, die auf seinem Tisch standen, und brachte dadurch zumindest etwas Licht in die Dunkelheit.

»Ich hole Holz«, gab er knapp von sich, ehe er wieder aus der Tür verschwand und Rik und ich plötzlich allein im Halbdunkel waren.

Einen Moment lang herrschte Schweigen. Müdigkeit hatte Besitz von mir ergriffen. Es fiel mir schwer, noch gerade zu stehen und die Augen offen zu halten.

»Möchtest du über das reden, was heute geschehen ist?«

Ich war so erschöpft, brachte kaum ein Schulterzucken zustande. »Morgen?«

Ein nachsichtiges Lächeln umspielte Riks Lippen, als er verstand, wie es mir ging. Mit dem Kopf deutete er in

Richtung Bett. »Ich bin mir sicher, Kaden hat nichts dagegen. Er kann uns nicht einladen und seine zukünftige Königin auf dem Boden schlafen lassen.«

Um ehrlich zu sein, hatte ich ein ungutes Gefühl dabei, mich ungefragt in sein Bett zu legen. Ich wollte warten, bis er mit dem Feuerholz zurück war, um ihn nach seiner Erlaubnis zu fragen. Doch die Müdigkeit wog zentnerschwer. Sie zog mich nieder, drückte meine Augen zu, und ehe ich es wusste, fand ich mich auf dem mit Tierfellen belegten Bett wieder, mit geschlossenen Lidern, dem Kristall der Königin fest in der Hand und Kadens Duft in meiner Nase.

Kaden

Kaum hatte Kaden die Tür hinter sich geschlossen, konnte er endlich durchatmen.

Es fühlte sich fast so an, als hätte er auf dem gesamten Nachhauseweg die Luft angehalten. Oder besser gesagt, seit Alvas Sturz.

Ein seltsames Gefühl der Angst hatte sich in ihm festgesetzt. *Angst.* In ihm. Das war doch vollkommen absurd. Soldaten kannten keine Furcht. Das war das Erste, das er im Laufe seiner viel zu kurzen Ausbildung gelernt hatte. Aber auf der anderen Seite war er auch kein Soldat mehr …

Wie in Trance zog er das Schwert von seinem Rücken. Bisher hatte er es nicht gewagt, den Schaden zu begutachten. Auch nun sträubte sich alles in ihm dagegen, als er es im Licht der Fackel drehte. Natürlich war es vollkommen ruiniert. Wie sollte es anders sein? Stein und Metall waren nun mal keine Freunde. Er hatte gewusst, dass es so sein würde. Rik hatte es ihm prophezeit und Kaden hatte die Konsequenzen in Kauf genommen. Welche Wahl hatte er auch gehabt? Hätte er Alva in dieser Höhle erfrieren lassen sollen? Garantiert nicht.

Schwerter wie diese waren geschaffen, um Leben zu retten, nicht, um sie zu nehmen. Zumindest war es das, was sein Vater stets gepredigt hatte.

Irgendwann wirst du es verstehen.

Heute hatte er es verstanden. Auch wenn dabei sein wertvollster Besitz zu Bruch gegangen war.

Als Teil der Garde hatte sein Vater Kaden schon früh den Umgang mit dem Schwert gelehrt. Sowohl im Kampf als auch außerhalb. Er war der festen Überzeugung gewesen, als Soldat der Königin Gutes zu bewirken. Immerhin lebte das Land in Frieden. Es gab keine Kämpfe zu bestreiten. Keine Kriege zu gewinnen.

Zumindest war es das, was die Einwohner Ishøghs glaubten. Die unsichtbare Gefahr, die außerhalb der Stadtmauern lauerte, war unbekannt. Ungreifbar. Und doch real.

Kaden erinnerte sich bis ins kleinste Detail an den Tag, als die Garde losgeritten war, um die Grenzen zu kontrollieren. Ein ungutes Gefühl hatte ihn den ganzen Tag über begleitet, doch hatten es seine Visionen nicht für nötig gehalten, ihn auf das vorzubereiten, was geschehen würde. Hatten ihm keine Chance gegeben, etwas am Lauf des Schicksals zu ändern.

Der letzte Blick auf den Rücken seines Vaters hatte sich in sein Gedächtnis gebrannt, als er mit einer Handvoll weiterer Soldaten der königlichen Garde davon geritten war.

Keiner von ihnen war zurückgekehrt und Kaden hatte sich schon bald darauf mit einigen Kindern der anderen Soldaten im Waisenhaus der Stadt wiedergefunden, wo er Rik begegnet war. Er hatte keine Ahnung gehabt, was da draußen geschehen war, aber er hatte einen Entschluss gefasst: eines Tages Teil der königlichen Garde zu werden. Den Platz seines Vaters einzunehmen und herauszufinden, was zur Hölle mit ihm geschehen war.

Alles, was von diesem Traum nun übrig blieb, war ein zerstörtes Stück Metall, das zu nichts mehr zu gebrauchen war.

Mit Schwung rammte er es in die gefrorene Erde, wo es leicht schwingend stecken blieb. Er hatte sein Schwert immer mit größtem Respekt behandelt, es gepflegt und in Ehren gehalten. Aber wozu noch? Es war ramponiert und ausgemustert, genauso wie sein Besitzer.

Wie betäubt marschierte Kaden um die Hütte herum, um das Feuerholz zu holen, das geschützt in einem hölzernen Verschlag gestapelt lag. Der Vorrat neigte sich langsam dem Ende zu. In Gedanken mahnte er sich selbst, bald wieder neues Holz zu hacken. Aber nicht mehr heute. Fürs Erste würden die wenigen Scheite reichen, um Wärme in seine vier Wände zu bekommen, die sie alle drei bitternötig hatten.

Als er zurück ins Innere kam, saß Rik am Tisch, von Alva war auf den ersten Blick keine Spur.

»Sie schläft«, informierte Rik ihn im Flüsterton, um seine Freundin nicht zu wecken, ehe Kaden nachfragen konnte.

Ein kurzer Blick in Richtung Bett bestätigte seine Worte. Der Ausflug in die Höhle hatte sie viel Kraft gekostet. Kein Wunder. Niemand hatte behauptet, es würde einfach werden, die Kristalle zu finden. Wenn es das wäre, würden die Anwärterinnen bereits Schlange stehen. Königin Juna musste sichergehen, dass es nur die Besten bis zu ihr in den Palast schafften. Und ganz offensichtlich war Alva eine davon.

»Alles in Ordnung?«, fragte Rik ihn mit unterdrückter Stimme, als Kaden sich auf den leise knarrenden Holzboden kniete, um Feuer zu machen. Seine Finger fühlten sich vor Kälte steif an. Müdigkeit hin oder her, es wunderte ihn, wie Alva bei dieser Eiseskälte schlafen konnte.

»Warum sollte es das nicht sein?«

Rik gab ein leises Schnauben von sich, das mehr sagte

als tausend Worte. »Du weißt, warum. Was ist mit deinem Schwert?«

Einen Moment lang verharrte Kaden in seiner Bewegung. Rik hatte diesen wunden Punkt bewusst getroffen. Er wusste, wie viel es ihm bedeutet hatte.

Was wollte er nun von ihm hören? Dass sein Herz mit dem Schwert zerbrochen war? So weit kam es noch.

»Es ist Vergangenheit«, gab er knapp zurück. »Egal. Ich hätte es nicht einmal mehr haben sollen. Die Schwerter sind der Garde vorbehalten.«

»Aber du –«

Funken sprühten und entzündeten das Feuerholz. Die Flammen erhellten den Raum augenblicklich und spendeten zumindest etwas Wärme. Bis sich sein gesamtes Zuhause aufgewärmt hatte, würde es aber noch ein wenig dauern.

»Ich will nicht darüber reden«, stellte er klar, obwohl Rik längst verstummt war. »Um ehrlich zu sein, würde ich jetzt gern ein wenig schlafen. Und ich denke, das solltest du auch.«

KAPITEL 14

Alva

Als ich am nächsten Morgen wach wurde, hatte ich so tief geschlafen wie lange nicht mehr. Durch meine Zeit im Waisenhaus hatte ich fast vergessen, wie es sich anfühlte, erholt von einem ausgiebigen Schlaf aufzuwachen.

Durchschlafen war im Heim so gut wie unmöglich. Die erste Zeit über hatte ich mich durchgehend ins Reich der Träume geweint und war mehrmals nachts wach geworden, wenn andere Kinder zu weinen begonnen hatten oder schreiend aus Albträumen erwacht waren. Mittlerweile hatte ich mich zwar größtenteils an die diversen Geräusche im Saal gewöhnt, was aber nicht bedeutete, dass dieser Schlaf erholsam war. Zumal die mit Stroh gefüllten Betten nicht gerade rückenfreundlich waren.

Kadens hingegen, bedeckt mit Tierfellen, fühlte sich an wie der Himmel. Ich wusste nicht, ob es an der Erschöpfung der gestrigen Nacht lag, aber ich hatte so tief geschlafen, dass mir nicht einmal aufgefallen war, dass Rik und Kaden sich bereits aus der Hütte geschlichen hatten.

Ich öffnete die Faust und betrachtete den Kristall noch einmal, um sicherzugehen, dass ich mir die Ereignisse der gestrigen Nacht nicht eingebildet hatte. Aber tatsächlich. Da war er, der erste von drei Eiskristallen.

Ich blinzelte in die mittlerweile lichtgeflutete Hütte hinein. Durch die verschmutzten Fenster drangen Sonnenstrahlen. In der Feuerstelle glimmten die letzten Holzblöcke vor sich hin. Ich hatte absolut keine Ahnung, wie spät es war. Zuhause wurde man früh morgens von einer Glocke geweckt, die den Arbeitstag einläutete. Aber hier? Nichts. Pure Stille.

Obwohl, das stimmte nicht ganz. Die Ruhe wurde von einem regelmäßigen Schlagen gestört, das ich im ersten Moment nicht so richtig zuordnen konnte.

Ich beschloss, der Sache auf den Grund zu gehen, und rückte bis an den Bettrand vor. Wenn möglich spürte ich den Schmerz in meinem Bein heute noch deutlicher als gestern. Ich hob mein Kleid an und begutachtete die Haut an meinem Oberschenkel, die sich grässlich verfärbt hatte. Sie wies Schürfwunden auf und machte mir erneut klar, was für ein verdammtes Glück ich gehabt hatte. Hätte ich mich allein auf die Suche gemacht, hätte ich diese Höhle nicht lebend verlassen. Wenn ich sie denn überhaupt gefunden hätte. Immerhin war es Kaden gewesen, der den ersten Kristall aufgespürt hatte. Wofür ich ihm noch nicht einmal gedankt hatte.

Jede andere Anwärterin auf den Thron wäre jetzt vermutlich bereits auf dem Weg zum Königspalast, um Königin Juna vorstellig zu werden. Aber nicht ich. Ein Kristall war nicht genug. Ich brauchte mehr, um eine reelle Chance zu haben.

Mit fest zusammengebissenen Zähnen erhob ich mich von dem Bett. Mein Blick streifte den Stock, der daneben an der Wand lehnte und den Kaden bei unserer ersten Begegnung als Stütze verwendet hatte. Doch wie er war auch ich zu stolz, um ihn jetzt zu verwenden. Es musste auch so gehen. Immerhin hatte ich gestern Nacht den gesamten Weg von der Höhle hierher zurückgelegt. Dann würde ich es ebenfalls zum Waisenhaus schaffen, um Rik zu finden.

Mehr schlecht als recht humpelte ich in Richtung Tür. Schneeflocken tanzten durch die Luft, als ich hinaus ins Freie trat. Das regelmäßige Schlagen wurde deutlicher, echote durch den weiten Wald und schien von hinter der Hütte zu kommen. Ich folgte dem Geräusch und entdeckte Kaden, der auf einem abgeschlagenen Baumstumpf Holz klein hackte.

»Guten Morgen.«

Meine Stimme, obwohl sie kaum mehr als ein kratziges Flüstern war, ließ ihn einen Moment lang innehalten, ehe er nach dem nächsten Stück Holz griff und es auf dem Stumpf platzierte, ohne sich zu mir umzudrehen.

»Gut geschlafen?«

Diese Frage aus Kadens Mund zu hören, ließ mich schmunzeln. Ich hatte ursprünglich nicht den Eindruck, als würde er sich groß um das Wohlbefinden anderer kümmern. Das hatte sich gestern Nacht geändert.

»Besser als ihr beide, vermutlich«, gab ich ein wenig kleinlaut zurück und versuchte mich an einem nervösen Lächeln. Ich wusste nicht, was es war, das mich an Kadens Anwesenheit stets so unsicher werden ließ. So als wäre jeder Schritt ein Fehltritt. Als bewegte ich mich auf viel zu dünnem Eis. »Ich wollte dich eigentlich um Erlaubnis bitten, ehe ich mich in deinem Bett breitmache. Aber die Müdigkeit –«

Kaden holte mit seiner Axt aus und schlug auf das Holz ein, das sich anstandslos in der Mitte zerteilte und zu Boden fiel. Die Kraft, die in seinen Bewegungen steckte, ließ mich schlucken. Besser, ich hielt meinen Mund, bevor ich ihm so sehr auf die Nerven ging, dass demnächst anstelle des Holzes mein Kopf unter seine Axt geriet.

»In Ordnung«, meinte ich dann, als Kaden nichts mehr erwiderte. Hilflos knetete ich meine Finger, die hier draußen viel zu schnell wieder eisig kalt wurden. Schon jetzt vermisste ich die Wärme der Hütte, wusste aber, dass ich dorthin nicht zurückkonnte. Mein Ziel lag auf der anderen Seite des Waldes. »Ich … Ich denke, ich mache mich auf den Weg und suche Rik.«

Wieder kam keine Antwort, was ich als Zustimmung verstand.

Ich hatte Kaden bereits den Rücken zugewandt, als seine Stimme mich zurückhielt.

»Warte.«

Mit Schwung schleuderte er die Axt auf den Baumstumpf, in dem sie fest stecken blieb, ehe er auf mich zukam. Er fasste in seine Tasche und zog einen kleinen, ledernen Beutel hervor.

»Damit du den Kristall nicht ständig in der Hand behalten musst. Es wäre doch eine Schande, wenn du ihn verlierst.«

Kurz musterte ich den braunen Beutel, den er mir entgegenhielt, dann sein Gesicht. Er wirkte müde, offensichtlich hatte Kaden keine so erholsame Nacht hinter sich. Unter seinen eisblauen Augen fanden sich tiefe Ringe, die die außergewöhnliche Farbe nur noch betonten. Der Ausdruck auf seinem Gesicht wirkte wie immer ernst, doch langsam begann ich, hinter seine Fassade zu blicken. Er war nicht so kalt, wie er vorgab zu sein.

»Danke.« Meine Mundwinkel hoben sich schwerfällig, ehe ich zögernd meine Hand ausstreckte. Wenn möglich strahlte seine Haut sogar noch kälter als meine eigene. Ich zog den Beutel auseinander und platzierte den Kristall darin. Er bot gerade genug Platz für drei Stück davon. So als wäre er für nichts anderes gemacht. »Dann lass ich dich mal in Ruhe arbeiten.«

Kaden erwiderte nichts und machte sich stattdessen wieder daran, Holz zu spalten. Und ich setzte mich in Bewegung in Richtung Waisenhaus. Vor der Hütte blieb ich jedoch abrupt stehen. Direkt neben dem Eingang steckte etwas im frisch gefallenen Schnee, das mir vorhin nicht aufgefallen war. Kurz sah ich mich nach Kaden um, dessen stetiges Hacken die Luft erfüllte. Als ich mir sicher war, dass er nicht jeden Moment um die Ecke biegen würde, bewegte ich mich auf das Schwert zu, das mir nur allzu bekannt vorkam. Ich hatte mich bei dem ersten Besuch bei Kaden also nicht geirrt. Er besaß ein Schwert der königlichen Garde. Oder hatte eines besessen, wenn ich mir die ruinierte Scheide so besah. Aber warum? Wie bekam ein Waisenkind so etwas in die Finger? Ob sein Vater ebenfalls im Dienst der Königin gefallen war und er es danach behalten hatte? Nein. Das war nicht möglich. Mir war es verwehrt worden, das Schwert meines Vaters aufzubewahren, um es in Ehren zu halten. Warum sollte man es Kaden dann gestatten?

Hatte er es am Ende gestohlen?

Mein Blick wanderte zurück in die Richtung, aus der ich gekommen war. Meine Fußspuren waren im frisch gefallenen Schnee sichtbar. Es juckte mich in den Fingern, umzudrehen und Kaden zur Rede zu stellen.

Trotzdem hielt mich etwas davon ab. Ich wusste nicht, was es war. Doch dieses Gefühl in mir war stark genug, um die Sache erst einmal auf sich beruhen zu lassen und meinen Weg zum Heim fortzusetzen. Womöglich hatte ja Rik ein paar Antworten auf meine Fragen. Immerhin schienen sich die beiden ziemlich gut zu kennen. Das schloss ich aus ihrem vertrauten Umgang und der Tatsache, dass Kaden Rik nicht für jedes Wort mit einem finsteren Blick strafte, so wie er es bei mir tat. Oder es getan hatte, bis gestern.

Ich hatte das Gelände des Heims schneller erreicht, als mir lieb war. Kurz überlegte ich, mich erst unbemerkt ins Haus zu schleichen und frisch zu machen, aber die Gefahr, dabei entdeckt und mit Fragen gelöchert zu werden, war zu groß. Also entschied ich mich, zuallererst Rik zu suchen. Die Sache mit Kaden brannte mir auf der Seele und ich erhoffte mir von ihm zumindest ein paar Antworten.

Doch es war nicht Rik, dem ich zuerst begegnete. Noch auf dem Weg in Richtung Hof stolperte ich im wahrsten Sinne des Wortes in Ida. Sie war aus dem Nichts gekommen und hatte mich wohl genauso wenig gesehen, wie ich sie.

Ida reagierte jedoch schnell und stieß mich von sich, wodurch ich einige ungelenke Schritte zurück stolperte und nur mit Mühe mein Gleichgewicht behielt. Fest biss ich dabei die Zähne aufeinander, um vor Schmerz nicht

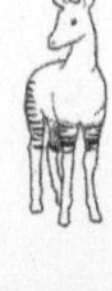

aufzustöhnen. Vielleicht sollte Rik doch besser mein Bein begutachten. Er hatte Erfahrung mit allen möglichen Verletzungen, mit denen die Kinder zu ihm kamen. Saga hatte ihm viel beigebracht, was das Heilen und Verarzten betraf.

»Pass doch auf, wo du hinläufst«, schnauzte Ida mich an, was mich kaum überraschte. Ich kannte ihre Art schließlich. Und ausnahmsweise war mein Kopf so in andere Gedanken verwickelt, dass mich ihr bissiger Ton nicht tief verletzte. Er prallte einfach an mir ab.

»Ich hab dich nicht gesehen«, gab ich gereizt zurück. Unter normalen Umständen hätte ich in dieser Situation den Kopf eingezogen, mich entschuldigt und schnell das Weite gesucht. Aber der Schmerz und die Anspannung in mir, gepaart mit dem Kristall in meiner Hand, zehrten an meinen Nerven. Was nicht hieß, dass mir mein Herzschlag nicht in den Ohren dröhnte. Ich war es gewohnt, Konfrontationen aus dem Weg zu gehen und sie nicht auch noch anzustacheln. Ida die Stirn zu bieten, war Neuland für mich. Und ich wusste nicht, ob es die beste Idee war.

Ihr Blick flog zu dem kleinen Lederbeutel in meiner Hand und ihre beiden Augenbrauen hoben sich. »Was ist das?«

Wenn möglich, legte mein Herz noch einen Zahn zu. Mein Griff festigte sich ungewollt. »Geht dich nichts an.«

»Zeig mir, was du da hast«, forderte Ida barsch und streckte anklagend ihren Arm in meine Richtung aus.

Ich wich einen Schritt zurück und ließ den Beutel schützend in meiner Faust verschwinden. »Ich sagte, das geht dich überhaupt nichts an, Ida.«

Sie gab ein Knurren von sich, das nichts Gutes verhieß. Mit kräftigen Schritten kam sie auf mich zu und ehe ich begriff, was geschah, lagen wir auch schon auf dem vom Schnee aufgeweichten Boden und kämpften darum, wer die Oberhand behielt. Mit meinem verletzten Bein fiel es mir schwer, mich gegen sie durchzusetzen, aber mein Wille war stärker. Ich würde den Beutel nicht loslassen. Um nichts in der Welt.

Doch ich hatte meine Rechnung ohne Ida gemacht. Ihr Ellbogen traf mich mit solcher Wucht in die Rippen, dass mir kurz der Atem wegblieb. Sie nutzt meine Überraschung, um den Beutel aus meiner Hand zu zerren.

Während ich geschlagen einen Moment im Dreck liegen blieb, setzte sie sich auf und öffnete Kadens Geschenk. Mein Magen schlang sich in tausend Knoten, als der Eiskristall der Königin aus dem Lederbeutel purzelte und auf Idas flacher Hand landete. Ich hatte das Gefühl, als würde die Welt aufhören, sich zu drehen. Die Zeit schien stehen zu bleiben.

Idas Gesichtszüge wirkten wie eingefroren und auch ich war unfähig, mich zu rühren. Hatte Angst, sie mit einer falschen Bewegung zu provozieren und alles zu verlieren.

Ihr Mund öffnete sich, als ihr nur langsam klar wurde,

was sie da in den Händen hielt. Einen Kristall von Königin Juna. Meinen Kristall.

Ein Flüstern breitete sich auf dem Platz aus, das mich aus meiner Starre riss. Mir war nicht klar gewesen, dass wir umringt von Waisenkindern waren. Unser Kampf hatte für Aufsehen gesorgt.

Ich nahm eine Bewegung wahr und Sekunden später traten Saga und Rik aus der Menge. Ich wagte kaum, ihn anzusehen, zu sehr schämte ich mich, mich wieder einmal von Ida besiegt haben zu lassen.

»Was ist denn hier los?«, brach Sagas sonst so kräftige Stimme die Stille. Doch angesichts des Edelsteins in Idas Hand wirkte sie beinah kleinlaut.

»Der Kristall gehört Alva«, verkündete Rik mit umso festerer Stimme, um jeglichen Zweifel aus dem Weg zu räumen. Er wandte sich an Saga. »Sie hat ihn gefunden und den Preis dafür bezahlt. Wenn Ida ihn behält, ist sie eine Diebin und sollte hier nicht länger willkommen sein.«

Seine Worte ließen Ida aufhorchen. Ihr Blick, voller Unsicherheit und Verwirrung, wanderte über die Anwesenden. Ich spürte förmlich ihren Konflikt. Sie wollte den Kristall um jeden Preis behalten. Aber sie wollte auch nicht ihr Zuhause verlieren. Nicht einmal für die Chance, in den Palast einzuziehen.

»Da draußen sind noch mehr«, hörte ich mich selbst sagen. Wie Ida setzte ich mich im Schlamm auf und hielt ihr auffordernd meine Hand entgegen. »Es ist einer von dreien. Finde deinen eigenen und Königin Juna wird entscheiden, wer von uns beiden es verdient hat, ihre Nachfolgerin zu werden.«

Ich war mir nicht sicher, was ich in Idas Augen las. Sie war überfordert mit der Situation. Von der Tatsache, dass ich einen der Kristalle gefunden hatte und dass sie, sollte sie ihn behalten, womöglich ihr Zuhause verlor. Offensichtlich hin- und hergerissen, rappelte Ida sich auf. In der nächsten Sekunde wurde ihr Gesicht wieder von Wut überschattet. Wütend warf sie mir den Kristall entgegen, sodass er vor mir im Dreck landete, ehe ich ihn auffangen konnte.

»Behalte ihn, Alva! Ich vertraue auf Königin Junas Wort. Sie wird erkennen, dass ein hübscher Stein aus einem armen Waisenkind keine Königin macht.«

Ohne einen der Anwesenden anzusehen, wandte Ida mir den Rücken zu und stapfte davon. Ein paar ihrer Freundinnen lösten sich aus der Menschenansammlung und folgten ihr rasch.

»Genug jetzt.« Saga klatschte in die Hände, ihrer Stimme nun wieder klarer. Sie bedeutete den Kindern, zu verschwinden. »Zurück an die Arbeit. Es gibt hier nichts mehr zu sehen. Na los!«

Nur widerwillig schien sich die Traube um uns herum aufzulösen, und Rik trat vor mich.

»Ist alles in Ordnung?«, fragte er und ich nickte, während ich den Kristall aufhob, ihn an meinem Kleid sauber wischte und nach dem Beutel griff, den Ida hatte fallen lassen.

»Mir geht es gut. Viel mehr Sorge macht mir die Tatsache, dass nun jeder weiß, wo es einen der Eiskristalle zu finden gibt.«

Mit beiden Armen zog Rik mich auf die Beine und musterte mich mit einer Besorgnis im Gesicht, die mir wieder klarmachte, wie ich aussah. Nach meinem Gerangel mit Ida im Schlamm war ich von oben bis unten verdreckt.

»Jeder weiß, dass dieser Kristall dir gehört«, versuchte Rik mich zu beruhigen und wischte mir dabei behutsam etwas Matsch aus dem Gesicht. »Sollte Ida oder sonst jemand versuchen, ihn zu stehlen, dann müssen sie mit den Konsequenzen rechnen.«

»Als würde ihr das etwas ausmachen«, murmelte ich und wandte den Blick von Rik ab. »Ich hatte keine Chance gegen sie. Dabei habe ich mein Bestes gegeben.«

Dass Ida mich nicht nur mit Worten niedermachen konnte, sondern mir auch körperlich überlegen war, nagte an mir. Alles, was mich vorhin stark gemacht hatte, war verloren. Stattdessen fühlte ich mich im Moment einfach nur leer.

»Dann müssen wir dich eben noch stärker machen.«

Als wäre das so leicht. Gerade so verkniff ich mir ein Schnauben.

»Ich meine es ernst«, widersprach er. »Na los, mach

dich sauber. Danach sorgen wir dafür, dass dir niemand mehr das Wasser reichen kann.«

Ida

Ihre Beine trugen sie so schnell wie schon lange nicht mehr. Zwar hörte Ida die besorgten Rufe ihrer Freundinnen in ihrem Rücken, die ihr folgten, aber sie reagierte nicht darauf. Im Gegenteil, sie legte noch einen Zahn zu. Gerade hatte sie absolut keine Lust auf Gesellschaft.

Als sie um die Ecke von Bauer Eriks Haus bog, nutzte sie den Moment, um unbemerkt zu fliehen. Anstatt weiter in Richtung Stall zu laufen, wo ihre Freundinnen sie vermuten würden, schlug Ida einen Haken. Ihre Beine trugen sie rasch über den Hof und zurück in Richtung Waisenhaus. Doch ehe sie das Gelände durch den steinernen Torbogen verließ, flüchtete sie sich in ihren geheimen Lieblingsort.

Nahe der Scheune befand sich ein Holzverschlag, den Rik einmal in der Woche nutzte, um den Kleinen den Umgang mit Werkzeug und Holz beizubringen. Dieser Ort lag abgelegen, um die Arbeiter nicht bei ihren täglichen Aufgaben zu stören und den Kindern keine Chance zu geben, sich ablenken zu lassen. Zu ihrem Glück fand heute kein Unterricht statt, und so zog sie sich unbemerkt in den Holzverschlag zurück.

Um nicht entdeckt zu werden, verkroch sie sich in die hinterste Ecke und schlang die Arme um ihre Beine. Ihr Körper zitterte, was wohl an dem kalten Schlamm lag, der ihre Kleidung und ihr Haar bedeckte.

Sie hatte bereits geahnt, was sich in diesem Beutel befand, nur deshalb hatte sie so unerbittlich darum gekämpft. Doch den Kristall dann tatsächlich mit eigenen Augen zu sehen und zu realisieren, dass Alva – *Alva!* – ihn gefunden hatte, hatte ihr den Boden unter den Füßen weggezogen. Zudem die Blicke der Waisenkinder und ihrer Freunde und Riks harte Worte …

Gedankenverloren wischte sich Ida mit dem Ärmel über das Gesicht und die brennenden Augen. Dass sie mit dieser Geste noch mehr Dreck auf ihrer Haut verteilte, war ihr im Moment vollkommen gleichgültig.

In ihren Schläfen pulsierte es. Immer wieder spielte ihr Kopf die vergangene Situation ab und die Verzweiflung tief in ihrer Brust stieg an.

Warum ausgerechnet Alva?

Als reichte es nicht, dass sie im feinsten Viertel der Stadt aufgewachsen und ein privilegiertes Leben geführt hatte. Jetzt musste sie auch noch Königin werden! Und natürlich waren alle auf ihrer Seite.

Wenn Ida ihn behält, ist sie eine Diebin und sollte hier nicht länger willkommen sein.

Riks Stimme hallte durch ihren Kopf und verursachten einen Schmerz in ihrer Brust, den Ida nicht begreifen konnte. Er war so allgegenwärtig. So intensiv, als würde er nie wieder vergehen.

Ein Knarren ertönte und Idas Kopf schnellte in die Höhe. Innerlich machte sie sich bereit, ein paar Gemeinheiten in bissigem Ton loszulassen, um den ungewünschten Besuch zu vertreiben, doch es war Thea, die schleichend auf sie zukam.

Ida atmete erleichtert durch und schluckte ihren Abwehrmechanismus hinunter. »Die anderen?«

Es überraschte sie selbst, wie zittrig ihre Stimme klang. Das musste an der Kälte in ihren Knochen liegen.

»Hab sie abgehängt.« Thea zwinkerte ihr zu und ließ sich vor Ida auf den Boden sinken. Sie strich sich eine Strähne zurück, die sich aus ihrem dunkelblonden geflochtenen Zopf gelöst hatte. Ihr Haar war dunkler als das der meisten, jedoch nicht so sehr wie das von Alva.

Der Gedanke an sie löste eine Mischung aus Verzweiflung und unbändiger Wut in ihr aus. Als wäre es nicht genug, dass Ida ihretwegen eine Woche lang statt in der Küche im Stall beim Ausmisten helfen musste. Als Strafe dafür, dass sie *aus Versehen* nicht aus dem Fenster sah, bevor sie ihren Putzeimer leerte. Jetzt war sie auch noch auf dem besten Weg, Königin zu werden. Als verhielte sie sich nicht ohnehin, als wäre sie etwas Besseres. Bald würde ganz Ishøgh nach ihrer Pfeife tanzen. Vielleicht wäre es dann an der Zeit, das Land zu verlassen. Auch wenn niemand wusste, was hinter der Nordgrenze lauerte …

»Woher wusstest du, wo ich mich verstecke?«, fragte Ida, um sich von diesen Gedanken abzulenken.

Thea lachte glockenhell auf. »Ich bitte dich.« Sie sah sich in dem Verschlag um. »Wo solltest du denn sonst sein? Ich kenne dich doch, Ida …«

Sie wandte den Blick von ihrer Freundin ab. Genaugenommen waren die beiden mehr so etwas wie Schwestern. Sie waren vor den Türen des Waisenhauses ausgesetzt worden, bevor sie denken konnten. So wie die meisten der Kinder hier waren sie schlichtweg unerwünscht gewesen. Eine Belastung während des nicht enden wollenden Winters.

»Was war das vorhin?«, hakte Thea nach und legte dabei ihre warme Hand auf Idas Knie.

Mehr als ein Kopfschütteln brachte sie im ersten Moment jedoch nicht zustande. Wahrscheinlich, weil sie es selbst kaum verstehen konnte. Immer wieder liefen die Bilder der letzten Minuten an Ida vorbei, während sie nach einer Erklärung suchte.

»Es ist einfach so unfair«, flüsterte sie und wusste nicht einmal selbst genau, worauf sie das bezog. Auf alles. Einfach alles.

»Ida …« Thea verstummte und nahm sich einen Moment Zeit, um ihre nächsten Worte sorgfältig zu wählen. »Du weißt, ich kann mich genauso wenig mit Prinzessin Alva anfreunden wie du. Aber … Ist es wirklich sie, die dir so zu schaffen macht?«

Wenn Ida ihn behält, ist sie eine Diebin und sollte hier nicht länger willkommen sein.

Ihr Kopf fuhr herum und sie warf ihrer Freundin einen schneidenden Blick zu. Worauf immer sie hinauswollte, sie irrte sich. Und zwar gewaltig. »Natürlich. Alva darf nicht Königin werden. Sie hat doch überhaupt keine Ahnung davon! Ishøgh würde im Chaos enden!«

Zwar sah sie Thea an, dass sie von etwas anderem gesprochen hatte, doch mit einem tiefen Seufzen gab sie sich geschlagen. »Und was willst du tun? Wie willst du es verhindern? Es gibt nur noch zwei Kristalle – wenn wir Glück haben. Und bisher waren wir bei unserer Suche nicht sonderlich erfolgreich.«

Ida schüttelte den Kopf. »Neuer Plan: Wir müssen die Kristalle nicht finden. Nur verhindern, dass Alva damit zum Palast gelangt.«

Der Ausdruck in Theas Gesicht wirkte alarmiert. »Was hast du vor?«

Doch Ida winkte bloß ab. »Lass das meine Sorge sein.«

KAPITEL 15

Alva

Ich fühlte mich zu dem allerersten Mal zurückversetzt, als Rik mich hinein in den tiefen Wald führte, den ich gerade erst hinter mir gelassen hatte. Dabei verspürte ich die gleiche Aufregung und Ungewissheit wie vor ein paar Tagen.

Waren es wirklich erst ein paar Tage? Es fühlte sich an wie eine Ewigkeit, seit wir Kaden im Wald aufgesucht und die Jagd nach den Kristallen begonnen hatten. Dabei war die Ankündigung der Königin keine Woche her. Nichtsdestotrotz drängte die Zeit. Wir wussten nicht, ob da draußen immer noch beide Eiskristalle versteckt waren oder ob uns bereits jemand zuvorgekommen war. Es blieb nur die Hoffnung, dass entweder die Garde oder Kadens Visionen uns darüber informieren würden, sollte die Suche zwecklos sein.

»Du denkst, das ist eine gute Idee?«, versicherte ich

mich, während die Anspannung in meinem Inneren zunahm. Wir hatten kaum das Waisenhaus hinter uns gelassen und ich wollte am liebsten schon wieder umdrehen.

Nach dem Kampf mit Ida hatte ich mich gesäubert und umgezogen. Der Beutel mit dem Kristall hing nun sicher an einem Gürtel um meine Hüfte befestigt, damit ich ihn stets bei mir hatte, ihn aber nicht verlieren konnte.

Rik nickte entschlossen neben mir. »Vollkommen sicher. Wenn dir jemand beibringen kann, wie man sich verteidigt, dann Kaden.«

»Warum kannst du das nicht machen?«, wollte ich wissen und rang dabei mit meinen Händen. Die Vorstellung, mit Kaden zu *kämpfen,* auch wenn es nicht echt war, versetzte mich in Angst und Schrecken. Mit einem mulmigen Gefühl im Bauch dachte ich daran, wie er das Holz kleingeschlagen hatte. Ich hatte gesehen, wie viel Kraft in seinen Bewegungen steckte. Dieser wollte ich mich nicht unbedingt entgegenstellen.

»Ich kann dir beibringen, wie du jemandem einen Pfeil in die Brust jagst, mehr aber auch nicht«, gab Rik zu bedenken und ich war kurz davor, mich damit zufriedenzugeben. »Aber mal abgesehen davon, dass eine Königin nicht gegen ihr eigenes Gesetz verstoßen und jemanden umbringen darf, bist du nicht immer bewaffnet. Kaden kann dir zeigen, wie du auch ohne Waffen zurechtkommst. Zumindest gegen jemanden wie Ida.«

Wie aufs Stichwort versagten meine Beine ihren Dienst. Ich blieb wie angewurzelt an Ort und Stelle stehen, während Rik noch ein paar Schritte weiterlief, ehe er stehen blieb und sich mit einem fragenden Ausdruck auf dem Gesicht zu mir umdrehte.

»Erzähl es mir«, forderte ich.

Seine Stirn legte sich in Falten, weshalb ich nachlegte: »Was es mit Kaden auf sich hat, meine ich. Ich habe das Schwert gesehen. Er besitzt ein Schwert der Garde. Warum? Gehörte es seinem Vater? War er ein Soldat der Königin? Warum durfte er es behalten und ich nicht? Das ist nicht fair!«

Ohne es zu wollen, kamen all die aufgestauten Gedanken ans Tageslicht, die sich in den letzten Stunden in mir angesammelt hatten. All die Wut, die mir erst jetzt richtig bewusst wurde, als ich meine eigene Stimme hörte, die durch den Wald hallte. Ich wollte Rik gar nicht anschreien, das hatte er nicht verdient, aber meine Frustration war kaum zu bändigen. Mir war nach seinem Tod nichts von meinem Vater geblieben. Kein einziges Andenken. Warum sollte jemand anderes ein Stück Erinnerung behalten dürfen?

»Das Schwert gehört ihm, Alva.«

Mein Mund öffnete sich, bereit zu protestieren, doch dann sickerten Riks ruhige Worte zu mir durch und ich verstummte. Ließ sie mir noch einmal durch den Kopf gehen. Konnte es wahr sein?

»Ihm?« Ungläubig schüttelte ich den Kopf. Zu absurd schien mir der Gedanke. »Nein, nur Soldaten der Garde erhalten diese Schwerter.«

Riks Brauen hoben sich, als wollte er sagen: *Denk noch mal nach.*

Und das tat ich. Ich zermarterte mir den Kopf, und doch kam ich zu keiner Lösung. Denn … »Waisen können keine Soldaten der Königin werden. Es gibt Regeln.«

»Regeln sind dazu da, um gebrochen zu werden«, fiel Rik mir ins Wort. Hatte er anfangs noch ruhig gesprochen, verlor er nun langsam die Geduld mit mir. Seine Stimme hatte eine Schärfe angenommen, die ich nicht von ihm gewohnt war. Auch Rik bemerkte das, denn er räusperte sich, ehe er mit neutraler Stimme fortfuhr. »Besonders, wenn jemand so gut ist wie Kaden.« Er stoppte und verzog das Gesicht, als würde ihm etwas wehtun. »Oder war.«

Einen Moment lang herrschte Stille zwischen uns. Nur das entfernte Rufen der Heimkinder, das Pfeifen des Windes und das Knacken der trockenen Äste waren zu hören. Doch das alles blendete ich aus, um dieses Rätsel endlich zu begreifen.

Kaden war ein Waisenkind. Und er war ein Teil der Garde gewesen, jetzt aber nicht mehr. Sofort kam mir sein schwerfälliger Gang in den Sinn. Ein offensichtlicher Ausscheidungsgrund, denn ein verletzter Soldat war kein richtiger Soldat. Das hatte mein Vater einst gesagt.

»Was ist passiert?«

Riks Miene war undurchschaubar. »Das solltest du ihn selbst fragen.«

Ich schnaubte. »Du weißt, dass er mir nie antworten würde.«

»Also verstehst du auch, warum ich dir nicht hinter seinem Rücken davon erzählen kann.«

So sehr es mir missfiel, ich verstand es tatsächlich. Ich verstand, dass diese Sache persönlich war und Kaden garantiert nicht wollte, dass die Geschichte breitgetreten wurde. Und als der Freund, der Rik für ihn war, schwieg er. Auch wenn ich Kaden und mich nicht unbedingt als Freunde bezeichnen würde, respektierte ich das. Ich selbst würde ebenso wenig wollen, dass meine Vergangenheit in die Welt hinausgetragen wurde.

Womöglich hatten Kaden und ich ja mehr gemein als gedacht. Zumindest würde es erklären, warum er mir bei unserer ersten Begegnung so bekannt vorgekommen war. Gut möglich, dass ich ihm begegnet war, ohne es zu wissen. Bei Versammlungen der Garde oder den Gottesdiensten der Königin in der Kirche …

»Weißt du was?«, setzte ich an, als mein Kopf vor Informationen langsam zu schmerzen begann. »Ich sollte allein zu ihm gehen. Schließlich bin ich diejenige, die ihn um Hilfe bitten will.«

Zu meiner Überraschung zögerte Rik keine Sekunde. »Wenn du das möchtest. Ich sehe mich in der Zwischenzeit ein wenig am Hof um und finde heraus, wie schnell sich die Neuigkeiten über den Kristall verbreiten.«

Ich nickte und mit einem nervösen Flattern in meinem Bauch trennten sich unsere Wege.

Als ich mich Kadens Hütte näherte, war kein Schlagen mehr zu vernehmen. Er musste seine Feuerholzvorräte mittlerweile aufgefüllt haben. Das Schwert steckte immer noch achtlos neben dem Eingang in der Erde, was mein Herz schmerzen ließ. Es war die Erinnerung, die mich heimsuchte. Die Bewunderung, die ich als Kind für diese Waffe empfunden hatte. Den Stolz, den ich verspürt hatte, wenn ich der Garde bei Übungen zugesehen hatte.

Doch in meinem Kopf sah ich nun nicht mehr nur meinen Vater in seiner Uniform, mein Gehirn zauberte Kaden in die Reihen der Garde.

Ein Waisenkind, das zum Soldaten der Königin wurde. Es klang fast wie ein Märchen. Zu schön, um tatsächlich wahr zu sein.

Was war geschehen?

Ehe ich mich davon abhalten konnte, klopfte ich auch schon an die Tür. Sekunden vergingen, in denen mein Blick immer wieder von der Hütte zum Schwert wanderte. Ich konnte nicht anders, als ihn mir vorzustellen. In der Uniform der Garde, dem Schwert in der Hand. Gezielte, geübte Bewegungen, synchron zu denen der übrigen Soldaten …

Erschrocken fuhr ich zusammen, als sich die Tür mit einem Mal öffnete. Instinktiv suchte mein Blick nach dem Gehstock, fand ihn jedoch nicht. Stattdessen traf ich auf Kadens eisblaue Augen, die wieder diesen »*Was willst du denn?*«-Ausdruck angenommen hatten. Es war so deutlich, dass er kein Wort sagen musste.

Unbeholfen räusperte ich mich. »Ich könnte deine Hilfe gebrauchen.«

Rik

Kaum war er am Hof angekommen, da wurde Rik bereits von einem Schwarm aufgeregter Kinder umrundet – fünf an der Zahl. Aufgebracht redeten sie durcheinander, sodass er nicht ein Wort verstehen konnte.

»Langsam«, forderte er sie auf und sah sich zwischen ihnen um. Alle fünf Jungs waren etwa in einem Alter und reichten ihm ungefähr bis zum Ellbogen. Ihre Kleider waren zerschlissen, die Haare standen wirr von den Köpfen ab. Schmutz klebte in ihren Gesichtern. Er stammte vom Spielen und den Raufereien und war nichts im Vergleich dazu, wie Alva vorhin nach ihrem Streit mit Ida ausgesehen hatte. Doch der aufgeregte Ausdruck in den Augen der Kinder ließ seine Alarmglocken läuten. »Was ist denn passiert?«

»Wir haben das von Alva gehört«, ergriff ein Junge

das Wort. Linus war schon immer eine Art Anführer für die Kinder in seinem Alter gewesen. Kein Wunder, dass er nun die Führung übernahm.

Rik ließ seinen Blick über die Umgebung schweifen. Zwar waren einige Leute unterwegs, doch jeder war vertieft in seine eigene Arbeit. Niemand war hier, der das Gespräch belauschen könnte.

Die Neuigkeiten verbreiteten sich sogar noch schneller als gedacht. Ob das so gut war, wagte er zu bezweifeln. Alvas Sorgen um den Kristall waren nicht unbegründet. Umso wichtiger war es, dass Kaden sie trainierte, damit sie sich für den Fall der Fälle verteidigen konnte. Denn auch wenn sie bei ihnen sicher war, bis in den Mädchenschlafraum konnte weder er noch Kaden ihr folgen.

»Und weiter?«, wandte er sich wieder an Linus. Aus dieser kurzen Information konnte er nicht heraushören, wie die Kinder dazu standen. Ob sie auf ihrer Seite waren wie Saga oder doch eher verpestet von der Missgunst, die Ida am Hof verbreitete.

»Wir müssen dir etwas zeigen.«

Zustimmend nickten die anderen Jungs. Sie zogen an seinen Ärmeln, als hätten sie es unfassbar eilig. Zwar hatte Rik Alva versprochen, sich ein wenig umzuhören, aber wenn die Neuigkeit bereits bei den Kindern angelangt war, war ohnehin Hopfen und Malz verloren. Keine Chance, die Ausbreitung noch einzudämmen. Und Rik konnte sich gut vorstellen, wem sie eben dies zu verdanken hatten.

Wenn auch ein wenig widerwillig ließ er sich mitziehen – in Richtung Osten, wo das Armenviertel der Stadt lag, in dem die meisten Waisen landeten, wenn sie keine Kinder mehr waren.

Rik hasste die Vorstellung, dass seine Schützlinge kaum Perspektiven hatten. Genau darum war es so wichtig, Alva auf ihrer Mission zu unterstützen. Sie wäre in der Lage, etwas zu verändern.

Ehe sie jedoch das Viertel erreichten, bogen die Kinder in das letzte und östlichste Stück des Nordwaldes ein. Was Rik stutzig machte.

»Ihr dürft doch nicht allein in den Wald«, tadelte er sie. »Man nennt es nicht umsonst den *verbotenen* Wald.«

»Du gehst da doch auch hin!«, rechtfertigte Linus sich und seine Freunde. »Und du hast uns gezeigt, wie man mit Pfeil und Bogen umgeht.«

Da konnte Rik nicht widersprechen. In dem Versuch, sie zu lehren, sich zu verteidigen und zu jagen, hatte er ihnen offensichtlich Flausen in den Kopf gesetzt. Dieser Übermut könnte draußen im Wald schnell tödlich enden, wenn sie nicht aufpassten. Er würde wohl oder übel noch einmal ein ernstes Wort mit den Kindern reden müssen. Aber nicht jetzt. Jetzt war er zu gespannt, was die fünf vorhatten, ihm zu zeigen.

»Dort oben!« Linus zeigte an einem Baum hoch, dessen Äste so aufgeteilt waren, dass er gut zum Klettern geeignet war. Was die Kinder natürlich ausprobiert hatten.

Ihm wurde übel bei dem Gedanken, dass eines von ihnen abrutschte, sich das Genick brach und es wieder einen Körper unter der Erde zu vergraben gab.

Doch anstatt sich in Rage zu reden, wie er es bestimmt getan hätte, hätte er jetzt mit einem Vortrag begonnen, beschloss er, bei der Sache zu bleiben. Immerhin hatten ihn die Kinder gewiss nicht umsonst hierher gebracht und durch ihre Geständnisse die ein oder andere Standpauke riskiert.

»Was ist dort oben?«, fragte Rik, der in den kahlen Zweigen eine Art Vogelnest ausmachen konnte, das längst verlassen schien.

Linus neben ihm machte sich bereit, hochzuklettern, doch Rik zog ihn von dem Baum weg.

»Wehe euch, ich verschwende hier meine Zeit«, murmelte er, ehe er sich selbst an den Ästen hochhievte. Das Nest hatte er schnell erreicht, wie erwartet war es einige Jahre alt und wurde nicht mehr genutzt. Kaputte Eierschalen lagen darin. Und …

»Ist es das, was wir denken?«

Rik fuhr zusammen. Er hatte nicht bemerkt, dass Linus ihm von der anderen Seite des Baumes gefolgt war und nun ebenfalls neugierig in das Nest lugte.

»Keiner von euch hat das angefasst, oder?«

Er schaute nach unten und begutachtete jedes der Kinder einzeln. Diese schüttelten rasch die Köpfe. Sein Blick wanderte zu Linus.

»Nein«, versicherte Linus ihm schnell. »Wir kennen die Legenden um die Kristalle. Sie sind verflucht. Darum haben wir ja auch dich gerufen.« Der Junge grinste ihn breit an. Endlich machten sich die zahlreichen Stunden bezahlt, die Rik damit verbracht hatte, den Kindern die Geschichten von Ishøgh zu erzählen. »Also ist es einer?«

»Er sieht genauso aus wie der, den Alva gefunden hat…« Rik zögerte bei dem Gedanken an Alva und ihren Sturz. Er hatte keine Lust, durch den Fluch vom Baum zu fallen. Aber welche Wahl würde ihm bleiben? Er konnte den Kristall nicht hier liegen lassen, um sie zu holen. Bis dahin könnte er längst weg sein.

Statt nach dem Edelstein griff Rik nach dem Nest, um es vom Baum zu nehmen. Die alten Äste knackten unter seinen Fingern und lösten sich mit jeder Berührung weiter auf. Es war zu alt. Viel zu morsch, um es aufzuheben.

»Was machen wir jetzt?«, fragte Linus genau das, was auch Rik sich fragte. Sollte er es tatsächlich riskieren?

»Kletter runter«, forderte er den Jungen auf. Und als dieser zögerte, setzte er nach: »Na los, runter mit dir.«

Rik wartete, bis Linus am Waldboden angekommen war und gemeinsam mit den anderen vier Kindern zu ihm hochblickte. Dann atmete er tief durch und streckte die Hand nach dem Kristall aus. Im ersten Moment erwartete er schon fast ein Erdbeben, das ihn vom Baum schüttelte. Einen Blitz, der aus heiterem Himmel einschlug. Den Angriff eines wilden Tieres oder sonst irgendetwas Furchtbares. Doch die Sekunden verstrichen und es geschah …

Rein gar nichts.

War das, was Alva widerfahren war, am Ende nur Zufall gewesen? Existierte der Fluch der Kristalle gar nicht?

Vorsichtig machte sich Rik auf den Weg Richtung Boden. Erst als er wieder fest auf beiden Beinen stand, wurde ihm klar, dass seine Knie ein wenig weich geworden waren.

Genauso angespannt wie die Kinder lauschte er in die Stille des Waldes.

Nichts. Gar nichts.

Rik drehte den Kristall in seiner Hand. Das Sonnenlicht brach sich in der eisgleichen Oberfläche. Kein Zweifel, er war echt. Der Fluch? Eher weniger.

»Wisst ihr, was das bedeutet?«

Zahlreiche ahnungslose Kindergesichter sahen zu ihm hoch. Er wagte es kaum, seine nächsten Worte auszusprechen. Doch je mehr Zeit verging, desto sicherer wurde er sich. Mit zwei von drei Kristallen hatte Alva den Sieg im Rennen um die Krone so gut wie in der Tasche.

»Es bedeutet, Ishøgh hat seine Königin gefunden. Königin Alva. Und das hat sie alles nur euch zu verdanken.«

Stolz strahlten die fünf Jungs ihn bis über beide Ohren an und begannen zu jubeln. Die Angst vor dem Fluch war schneller von ihnen abgefallen als von Rik. Er hatte den Gedanken daran weiter im Hinterkopf. War noch nicht bereit, in den Jubel mit einzustimmen.

»Und was machen wir jetzt?«, wollte Linus von ihm wissen.

Rik dachte kurz nach. »Ich denke, das verlangt nach einem Fest.«

KAPITEL 16

Alva

»Du machst das schon sehr gut.«

Mein kaum zu kontrollierender Atem und der Schweiß auf meiner Stirn machten es mir schwer, Kadens Worten Glauben zu schenken. Mittlerweile hielt die Dämmerung Einzug und er hatte auf einem kleinen Platz hinter seiner Hütte ein Feuer gemacht, welches die nahende Dunkelheit vertrieb.

Wir trainierten seit Stunden und ich hatte das Gefühl, nicht den geringsten Fortschritt zu machen. Zumindest, was den Nahkampf anging.

Als wir vorhin mit Stöcken anstelle von Schwertern geübt hatten, hatte ich mich nicht schlecht geschlagen. Kein Wunder, der Schwertkampf lag mir ja auch im Blut. Als Kind hatte mir mein Vater die Grundlagen beigebracht. Aber das hatte ich Kaden nicht verraten. Ich hatte mich erst auf den Unterricht konzentrieren wollen, ehe ich ihn auf die Garde ansprach. Und um ehrlich zu sein, waren all meine Gedanken bei dem schweißtreibenden Training ohnehin vollkommen verstummt. Erst jetzt, wo sich in uns beiden Müdigkeit ausbreitete, keimten all die Fragen wieder in mir auf.

Was war geschehen? Warum hatte er die Garde verlassen müssen? Hatte er meinen Vater gekannt?

»Genug für heute?«

Da ich zwischen meinen schweren Atemzügen kein Wort hervorbrachte, nickte ich lediglich und trat ein paar Schritte von Kaden zurück. Ich presste meine Hände in die schmerzenden Seiten. Obwohl ich mich gerade erst frisch gewaschen hatte, waren meine Kleider und meine Haut schon wieder voller Dreck, so oft hatte mich Kaden während der Übungskämpfe zu Fall gebracht.

Zunächst hatte es sich merkwürdig angefühlt, ihm so nah zu sein. Es war mir schwergefallen, sämtliche Berührungsängste abzuschütteln, ihn an mich heranzulassen und meine Scheu vor ihm zu verlieren. Doch im Laufe des Trainings hatte ich gelernt, wie wichtig es war, keine Angst zu haben, auf sein Gegenüber zuzugehen. Den ersten Schritt zu machen. Ihn zu überraschen.

Vor allem aber hatte ich mich selbst überrascht. Besonders, als es mir das erste Mal gelungen war, Kaden zu Fall zu bringen.

Ich hatte ihm erzählt, was mit Ida vorgefallen war und dass sich so etwas keinesfalls wiederholen durfte. Darum hatte er mir ein paar Griffe gezeigt, wie ich sie das nächste Mal abschütteln konnte. Ein paarmal waren mir diese Taktiken im Kampf sogar gegen Kaden gelungen. Das gab mir ein Gefühl der Sicherheit. Wenn es mir gelang, einen Kerl wie ihn zu Fall zu bringen, dann garantiert auch Ida. Vorausgesetzt, er hatte mich nicht bloß gewinnen lassen. Was ich mir nicht vorstellen konnte. Dazu hatte Kaden eindeutig zu viel Stolz.

»Möchtest du was zu trinken?«

Es erleichterte mich ein wenig, dass er ebenfalls außer Atem war. Wenn auch nicht so stark wie ich. Ich nickte, woraufhin er sich auf den Weg in die Hütte machte. Ich hingegen bewegte mich auf das Feuer zu und setzte mich auf einen umgelegten Baumstamm. Mir war nicht kalt, vielmehr fühlte ich mich überhitzt vom Training, aber ich mochte die Ruhe und das warme Licht, das die Flammen ausstrahlten. Mein Blick verlor sich schnell in ihrem Tanz.

Früher hatten wir oft abends an der Feuerstelle gesessen und mein Vater hatte mir Geschichten von seinen Einsätzen und der Garde an sich erzählt. Ich hatte es geliebt, seiner Stimme zu lauschen. Mittlerweile erinnerte ich mich kaum an den Klang. Zwei Jahre war es her, dass er bei einem Einsatz ums Leben gekommen war, und da meine Mutter bereits bei meiner Geburt verstarb, hatte es niemanden gegeben, der sich um mich kümmerte. Bis auf Svea, doch die hatte diese Art von Verantwortung nicht übernehmen wollen. Zunächst war mir der Einzug ins Waisenhaus wie ein Weltuntergang vorgekommen. Allein schon die überfüllten Schlafräume und das ständige Geschrei waren der pure Albtraum für mich gewesen. Aber wie es nun einmal war, hatte ich mich auch daran gewöhnt. Mich mit diesem Leben abgefunden. Und plötzlich taten sich vollkommen neue Möglichkeiten auf …

Ich sah hoch, als ein Schatten neben mir auftauchte. Kaden reichte mir einen Holzbecher, danach breitete er eine Decke aus und übergab sie mir.

»Damit du dich nicht erkältest.«

»Danke.« Unsicher, ob ich noch etwas hinzufügen sollte, legte ich mir die Decke um die Schultern und beobachtete Kaden, wie er sich zu mir setzte. Sein Blick ebenfalls auf die Flammen vor uns geheftet.

Ich erinnerte mich an unseren Ausflug in die Kirche. Als mir zum ersten Mal klar geworden war, dass ich nicht die Einzige mit einem Ziel vor Augen war. Mit Wünschen und Träumen. Seit jenem Moment hatte ich das Gefühl, Jahre wären vergangen, obwohl es in Wahrheit nur Tage waren. Dennoch war seither so viel passiert. So als wäre die Zeit für uns drei schneller vorbeigezogen als für andere.

»Ich weiß es übrigens.«

Bevor ich mich davon abhalten konnte, hatte ich die Worte auch schon ausgesprochen. Kadens Blick wanderte zu mir. Verwirrung lag in seinen Augen, die durch den

Schein der Flammen eine schier undefinierbare Farbe angenommen hatten.

»Das Schwert.« Vorsichtig zeigte ich in Richtung der Hütte. »Rik hat mir erzählt, dass du ein Soldat der Garde warst. Was ist passiert?«

Er wandte den Blick von mir ab. Seine Miene undurchschaubar. »Und hat er dir auch gesagt, dass ich nicht gern darüber rede?«

Indirekt.

»Mein Vater war auch ein Soldat«, erklärte ich und die Worte schienen seine Aufmerksamkeit zu wecken. »Er ist vor zwei Jahren gestorben, danach wurde ich ins Waisenhaus gebracht. Ich habe es niemandem erzählt, weil ich so schon anders behandelt wurde als die anderen Kinder. Rik meint, es liegt daran, dass die meisten nichts anderes als das Heim und einander kennen. Was ist mit dir? Du … warst doch auch dort, oder?«

Stille kehrte ein, in der nichts als das Knacken des Holzes in den Flammen zu hören war. Ich hatte versucht, meine Stimme so sanft und vorsichtig wie möglich klingen zu lassen. Nicht, dass Kaden das Gefühl bekam, ich wollte ihn mit meinen Fragen löchern. Was ich irgendwie auch tat. Aber ich wusste, dass ich behutsam vorgehen musste.

»Ich kam mit fünf Jahren ins Heim«, begann er schließlich zu erzählen. »Nachdem mein Vater von einem Einsatz hinter der Nordgrenze nicht zurückkehrte.«

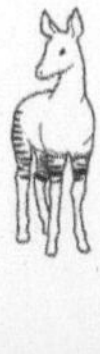

Also war sein Vater ebenfalls bei der Garde gewesen. Das erklärte seinen starken Wunsch, Soldat zu werden.

»Ich wollte immer herausfinden, was dort draußen passiert ist. Also habe ich trainiert. Und trainiert. Bis ich gut genug war, Teil der königlichen Garde zu werden.« Er sagte das vollkommen teilnahmslos, aber ich hatte Riks Worte im Kopf. Es war keinem Waisenkind gestattet, Soldat der Königin zu werden. Doch wenn man so gut war, konnte es sich die Garde nicht leisten, einen abzulehnen. »Ich habe nie erfahren, was mit ihm geschah. Es gab einen Unfall beim Training. Ein verletzter Soldat ist nun mal kein richtiger Soldat.«

Die Worte meines Vaters dröhnten schemenhaft durch meine Erinnerung.

»Ein … Unfall.«

Kaden hob den Kopf. Offensichtlich war ihm der Unglaube in meiner Stimme nicht entgangen. So wie er es formulierte, klang es nach einem unglücklichen Zufall. Aber in seinen Augen lag so viel mehr.

»Die Soldaten und die Waisenkinder sind sich in einer Sache ziemlich ähnlich«, erklärte Kaden mit rauer Stimme. »Es fällt ihnen nicht leicht, Außenseiter zu akzeptieren.«

»Verstehe.« Mein Blick wanderte zu seinem rechten Bein, mit dem er offenbar noch heute Probleme hatte, und ich fragte mich, wie dieser *Unfall* ausgesehen hatte. Wer daran schuld war und ob man diesen jemand zumindest zur Verantwortung gezogen hatte. Aber ich stellte diese Fragen nicht. Kaden hatte bereits genug von sich preisgegeben, ich wollte ihn nicht weiter drängen. Schließlich merkte ich doch, wie wichtig ihm die Sache gewesen war. Aber sein Traum war geplatzt wie eine Seifenblase.

Ob meiner das auch würde?

Gedankenversunken beobachtete ich die Flammen, zu denen sich vereinzelte wild tanzende Schneeflocken gesellten. Hatte es heute Vormittag aufgehört zu schneien, schien es nun wieder zu beginnen. Ich mochte den Anblick, auch wenn der zunehmende Schneefall diesem Moment zwischen Kaden und mir früher oder später ein Ende setzen würde. Und dafür war ich nicht bereit.

»Ich denke, es ist nun kein Geheimnis mehr, welchen Wunsch ich an dich als zukünftige Königin von Ishøgh habe.«

Ich lauschte auf. Zuvor hatte sich Kaden vehement dagegen gewehrt, seine Pläne preiszugeben. Bedeutete der plötzliche Sinneswandel, dass die Krone in greifbare Nähe rückte? »Und das wäre?«

»Ich will wieder ein Teil der Garde sein.« Sein Blick verlor sich in den Flammen, die wild tanzende Schatten auf sein Gesicht warfen. »Unter Königin Juna ist es mir nicht erlaubt, weiter als Soldat zu dienen. Die Verletzung sei ein zu großes Risiko, sollte es eines Tages zu einem Krieg kommen.«

»Und damit hat sie vermutlich recht«, fiel ich ihm ins Wort. Auf seinen finsteren Blick hin fügte ich hinzu: »Noch bin ich nicht die Königin. Noch darf ich dir widersprechen.«

Ich war mir nicht sicher, ob ich mich irrte, als ich ein verhaltenes Grinsen auf seinem Gesicht ausmachte. Und, als mein Herz als Reaktion darauf schneller schlug.

»Königin Juna hat nicht unrecht. Eine Verletzung könnte in einem Krieg deinen Tod bedeuten. Warum willst du dieses Risko eingehen?«

Der Ausdruck auf seinem Gesicht veränderte sich. Sein Blick wurde leer, während er in das knisternde Feuer blickte, so als würde er darin nach einer Antwort auf meine Frage suchen. »Ich muss die Wahrheit erfahren. Ich muss wissen, was dort draußen hinter der Grenze lauert.«

Zögerlich streckte ich die Hand aus und legte sie auf Kadens Knie, doch auch dadurch ließ er sich nicht aus seinen Gedanken wecken.

»Ich bin zwar noch nicht Königin«, setzte ich vorsichtig an, unsicher, ob ich den Satz überhaupt zu Ende bringen wollte. Genaugenommen wollte ich es nicht, denn allein die Vorstellung, Kaden würde in einen Krieg ziehen, schnürte mir die Kehle zu – verletzt oder unverletzt. Nichtsdestotrotz hatte ich ihm ein Versprechen gegeben. »Aber du hast mein Wort, dass ich dir deinen Wunsch erfüllen werde. Ob er mir nun gefällt oder nicht.«

Kadens Blick wanderte in meine Richtung. Seine Augen nahmen meine gefangen – keine Möglichkeit, ihnen auszuweichen. Irgendetwas hatte sich darin verändert, war es nun die Müdigkeit nach dem Training oder die Erinnerung an seinen Vater und die Garde.

Ich hatte heute gelernt, dass Kaden und mich so viel mehr verband, als uns bisher bewusst war. Wir beide waren nahe dem Palast aufgewachsen, waren Außenseiter gewesen und hatten das verloren, was uns am wichtigsten war. Es war, als würde ich Kaden mit einem Mal aus ganz anderen Augen sehen, und ich fragte mich, ob das Gleiche auch für ihn galt.

Mein Herzschlag beschleunigte sich, je länger er mich mit diesem intensiven Blick musterte, während immer mehr Schneeflocken um uns herumwirbelten. Er sah mich an. Fast so, als würde er mich gerade zum allerersten Mal wirklich sehen. Als Alva, nicht jemanden, der sich in sein Leben drängte und versuchte, in seiner Vergangenheit herumzustochern. Sondern als Mensch, der Ähnliches durchgemacht hatte. Der wusste, wie es sich anfühlte …

Mein Mund öffnete sich. Ich wollte etwas sagen, doch meine Kehle war vollkommen ausgetrocknet. Von dem Getränk in meiner Hand hatte ich noch keinen Schluck genommen. Und auch jetzt wagte ich es nicht. Ich wagte es nicht, den Blick von Kaden abzuwenden. Oder ich wollte es nicht. Was das betraf, war ich mir nicht so sicher.

»Ich …« Als das erste Wort meinen Mund verließ, wünschte ich, ich könnte es zurücknehmen. Es zerstörte die Stille. Die Eintracht. Den Moment.

Kaden schüttelte den Kopf, als würde er aus einem Traum aufwachen, dann erhob er sich von dem Baumstamm, klopfte sich den Schnee von den Beinen. »Du solltest langsam zurück, nicht wahr? Es wird spät und der Schneefall nimmt auch immer mehr zu. Bestimmt macht man sich schon Sorgen um dich.«

Mit *man* meinte er wohl Rik, aber ich behielt den Gedanken für mich. Ich nahm noch einen raschen Schluck aus dem Holzbecher, der mich hoffentlich ein wenig abkühlte, ehe ich mich ebenfalls erhob und Kaden, der mir auffordernd die Hand entgegenhielt, den Becher und die Decke überreichte.

»Danke«, sagte ich und hoffte, er begriff, wie ernst es mir war. »Für das Training und deine Ehrlichkeit.«

Er nickte nur knapp. »Du solltest dich ausruhen. Es gibt noch ein paar Kristalle zu finden.«

Daran hatte ich in den letzten Stunden kaum einen Gedanken verschwendet. Ich bemühte mich um ein Lächeln und sammelte all meine Kraft zusammen, um mich in Bewegung zu setzen. Obwohl jede Faser meines Körpers protestierte, drehte ich mich nicht noch einmal zu Kaden um, sondern lief stur geradeaus durch den Wald in Richtung Waisenhaus. Im Stillen dankte ich dem kalten Nachtwind für die Abkühlung, die ich gerade bitternötig hatte.

Kaden

Die Tür fiel leise ins Schloss, während Kaden regungslos in der Mitte des Raums verharrte. Sein Blick verlor sich in der Dunkelheit, wobei seine Gedanken nicht hier bei ihm, sondern immer noch draußen hinter der Hütte waren.

Was zur Hölle war das bloß gewesen?

Was war da nur passiert?

Als Alva zu ihm gekommen war und ihn gebeten hatte, sie zu trainieren, war Kaden zuerst skeptisch gewesen. Als sie ihm dann jedoch von den Geschehnissen am Hof berichtet hatte, hatte es für ihn Sinn ergeben und er war einverstanden gewesen, ihr Training zu übernehmen. Es war auch in seinem Interesse, dass Alva den Kristall nicht an jemand anderen verlor. Immerhin hatte er einen Wunsch bei ihr frei.

Der Wunsch …

Er konnte kaum glauben, dass er Alva seine Geschichte erzählt hatte. *Niemandem* hatte er sie bisher anvertraut. Kaden hatte nicht verhindern können, dass einige von den Vorfällen in der Garde Wind bekamen – wie etwa Rik oder auch Saga. Aber nie hatte er freiwillig davon berichtet. Warum er es heute getan hatte, wusste er selbst nicht. Vielleicht, weil Alva in einer ähnlichen

Situation gewesen war. Weil sie das Gefühl kannte, einen geliebten Menschen zu verlieren. Aus seinem bisherigen Leben gerissen zu werden.

Kaden schloss die Augen.

Wie war das nur möglich? Wie konnte man jemandem vertrauen, den man gerade mal ein paar Tage kannte? Es war absurd. Und doch …

Er hob den Arm, mit dem er sein Schwert hielt. Es noch länger da draußen zu lassen, unbeachtet und ungeschützt, brachte er nicht übers Herz. Auch wenn es ruiniert war, gebührte ihm doch ein Platz in dieser Hütte. Immerhin hatte es Alva womöglich das Leben gerettet. Und dafür war es schließlich gemacht worden.

Eingehend musterte er die marode Schneide, die einst verführerisch geglänzt hatte. Mittlerweile war sie stumpf.

Seine Finger berührten das Metall, und im selben Moment durchzuckte ihn ein gleißender Schmerz, der ihm nur allzu bekannt war. Es fühlte sich an, als würde jemand mit einem Hammer auf seine Schläfen einschlagen, während Bilder vor seinen Augen auftauchten. Der Wald. Der tiefste Wald, nah dem nördlichen Grenzzaun. Ein See, dessen Oberfläche zu Eis gefroren war. Ein Stein, der aus seiner Mitte hervorragte. Und ein Kristall, der im Mondlicht schimmerte.

Keuchend schnappte Kaden nach Luft. Die Dunkelheit vor seinen Augen verschwand und schemenhaft erkannte er die Umrisse seiner Hütte. Tischbeine, die

Feuerstelle, sein Bett. Nach einem kurzen Moment der Orientierung fand er sich auf dem morschen Holzboden wieder.

Wunderbar. Wurde es nun zur Gewohnheit, dass ihn die Visionen immer und überall überkamen, wie es ihnen gerade beliebte?

Einen Moment lang blieb er auf den Rücken gedreht liegen und starrte an die Decke, während er das Gesehene zu verarbeiten versuchte. Nach einer Vision war sein Kopf so voll, dass es ein wenig dauerte, bis er sich auf das konzentrieren konnte, was ihm gezeigt worden war.

Der See. Es war der See nahe dem Grenzzaun zum Niemandsland. Nicht weit von dem Ort, wo sein Vater damals verschwunden war.

Der Kristall musste dort sein.

Er musste Alva die Nachricht überbringen, bevor ein anderer ihn vor ihr fand.

KAPITEL 17

Alva

Der Weg durch den dichten Wald kam mir heute nicht so finster vor wie sonst. Dabei war die Nacht längst angebrochen. Schon aus weiter Entfernung erkannte ich die Fackeln des Waisenhauses, die heute so viel heller zu strahlen schienen als sonst …

Oder es lag daran, dass es nicht nur die wenigen Fackeln waren, die die Hütte normalerweise umringten, damit die Kinder keine Angst vor der Dunkelheit hatten. Nein, es waren unzählige. Das gesamte Gelände war mit Fackeln ausgeleuchtet, so als wäre es helllichter Tag. Und nicht nur das. Jede Menge Leute tummelten sich auf dem kleinen Platz zwischen Waisenhaus und Bauernhof, dabei sollten die Kinder doch längst im Bett sein.

Ein ungutes Gefühl machte sich in meinem Magen breit. Was um alles in der Welt war hier bloß los?

»Da ist sie!«, hörte ich irgendjemanden rufen, und

mit einem Mal lag sämtliche Aufmerksamkeit auf mir. Ich wusste kaum, wie mir geschah, als plötzlich einige Kinder auf mich zu gerannt kamen und mich umzingelten. Auf meine Frage hin, was denn bloß los sei, bekam ich keine Antwort. Doch die Stimmung schien ausgelassen. Eine Art Traube hatte sich auf dem Platz gebildet, in deren Mitte ich mich rasch wieder fand. Und dabei blieb es nicht. Eines der Kinder packte mich an der Hand und zog mich auf das Hauptgebäude zu. Im Inneren des Waisenhauses war die Hölle los. Anders konnte man es kaum nennen. Sämtliche Kinder, aber auch Erwachsene, hatten sich im großen Saal versammelt, den wir normalerweise als Essensraum nutzten. Dabei war das Abendessen längst vorbei – oder nicht? Beim Training mit Kaden hatte ich vollkommen das Zeitgefühl verloren.

Hilflos sah ich mich um, bis ich endlich Rik entdeckte, der aus der Menge trat. Erleichterung durchströmte mich und ein Stück der Anspannung fiel von mir ab. Ich lief die letzten Schritte auf ihn zu und griff Schutz suchend nach seinen Armen. Doch anstatt mich zu beruhigen, packte er mich an den Hüften. Ehe ich verstand, was hier geschah, fand ich mich auf einer Tischplatte stehend wieder. Etwas, das Saga nie im Leben dulden würde. *»Der Tisch ist zum Essen da, nicht zum Spielen«*, mahnte sie die Kinder stets. Nur wo war sie jetzt?

Mir wurde heiß unter den vielen Blicken, die auf mich gerichtet waren, und für einen Moment erfasste mich Schwindel. Doch nicht lange, denn gleich darauf fand ich Rik neben mir. Hilfesuchend klammerte ich mich an ihm fest.

»Kannst du mir erklären, was das alles soll?« Meine Stimme klang atemlos und ich musste laut rufen, damit er mich überhaupt verstand. »Was ist hier los?«

Rik lachte auf. Seine haselnussfarbenen Augen blitzten schalkhaft. »Hast du noch nie eine Feier gesehen, Alva?«

Nun, nicht hier.

Unsicher sah ich mich zwischen den Anwesenden um, immer noch unschlüssig, was das hier zu bedeuten hatte. Instinktiv suchten meine Augen nach Ida, um mich zu versichern, dass es sich hierbei nicht um eine Falle handelte. Dass mich nicht gleich wieder eine Welle von Schmutzwasser überrollen würde. Aber so etwas würde Rik nicht zulassen. In seiner Nähe war ich sicher, darauf konnte ich mich immer verlassen.

»Was …« Ich brach den Satz ab und räusperte mich, ehe ich es an ihn gewandt erneut versuchte. »Was gibt es denn zu feiern?«

Rik griff nach meiner Hand und ehe ich den Blick senken konnte, spürte ich etwas in meiner Faust. Etwas Hartes, Kantiges.

Mein Körper versteifte sich. War das …

Ich öffnete meine Hand und traute meinen Augen kaum.

»Aber …« Mir fehlten die Worte, um meine Gedanken auszusprechen. »Wie?«

»Die Kinder haben ihn gefunden«, erklärte Rik mit einem breiten Grinsen auf dem Gesicht. Sein Strahlen wirkte ansteckend, doch so recht wagte ich es nicht, mich von der ausgelassenen Stimmung mitreißen zu lassen. »Und sie haben beschlossen, dass er dir gehören soll. Niemand anderem.«

Ich konnte kaum glauben, was ich da hörte. Mit vor Aufregung gewiss geröteten Wangen blickte ich auf die Anwesenden. In der ersten Reihe direkt vor mir war eine Gruppe Jungs, die stolz zu mir hoch grinste.

Trotz Riks erklärender Worte und des Edelsteins in meiner Hand fiel es mir schwer, zu begreifen, was hier los war. Ich konnte es nicht glauben.

War das ein Traum? Ein schrecklicher Albtraum, der mich zur Hauptdarstellerin hatte? Jeden Moment würde die Stimmung kippen und die Menschenmenge mich mit Fackeln und Heugabeln aus dem Heim jagen.

»Hast du gehört, was ich eben gesagt habe?«

Nur langsam wanderte mein Blick zurück zu Rik, der über das ganze Gesicht strahlte. Mein Mund öffnete sich, doch ich bekam keinen Ton hervor. Die wirren Gedanken ließen sich einfach nicht in Worte fassen. Nur ein einziges kreiste immer und immer wieder durch meinen Kopf: unmöglich.

Unter all den Stimmen um mich herum vernahm ich

mit einem Mal die von Saga: »Wollt ihr der zukünftigen Königin von Ishøgh nicht gratulieren?«

Die Kinder brachen in Jubel aus und ich verschwendete keinen Gedanken mehr an Ida oder irgendjemanden, der diesen Moment missgünstig beobachten könnte. Viel zu sehr war ich von dem Klatschen und dem Gelächter der Kinder überwältigt, die darauf vertrauten, dass ich die Veränderung war, die das Waisenhaus so dringen nötig hatte.

Nach und nach sickerte die Erkenntnis zu mir durch. Ich war nicht auf mich allein gestellt. Es gab nicht nur Rik und mich, sondern mehrere Dutzend Menschen, die auf mich bauten.

Vollkommen überwältigt wandte ich mich wieder an Rik und ehe ich begriff, was geschah, hatte er auch schon mein Gesicht in seine Hände genommen, mich näher gezogen und küsste mich.

Der Moment dauerte nur eine Sekunde, doch er reichte, um mein Leben ein weiteres Mal an diesem Tag vollkommen aus den Fugen geraten zu lassen. Ich starrte ihn an, blickte in seine haselnussfarbenen Augen, die mir so vertraut waren. Dennoch sah ich sie gerade in einem völlig anderen Licht.

In mir drehte sich alles. Ich wich einen Schritt zurück, geriet dabei ins Taumeln und stolperte um ein Haar von der Tischplatte. Geistesgegenwärtig packte Rik mich an den Armen und fing mich auf, ehe ich fallen konnte.

Bei ihm war ich sicher.

Mit einem Mal hatte sich der Ausdruck in seinem Gesicht verändert – von freudestrahlend zu besorgt. *Alles in Ordnung?* Ich spürte seine Frage, ehe er sie stellen konnte, und fragte mich, wie ich in diesem Moment aussah. Von der Röte war vermutlich nichts übrig, stattdessen musste sämtliches Blut aus meinem Gesicht verschwunden sein.

Ich muss hier raus, wollte ich ihm ebenso telepathisch mitteilen und fuhr herum. Erstarrte jedoch im selben Moment. Die Tür des Waisenhauses stand immer noch offen und Kaden lehnte im Rahmen.

Mein Herz setzte einen Schlag aus. Seine düstere Miene verriet nicht viel. Gar nichts, um genau zu sein, und doch bereitete sich mein Innerstes auf einen bevorstehenden Weltuntergang vor. Mein Puls raste und die Hitze kehrte zurück, ließ meine Haut an den Stellen prickeln, die von Kadens kühlem Blick getroffen wurden.

Sekunden verstrichen, ehe er sich von mir abwandte und aus dem Türrahmen verschwand.

Luft, war alles, was ich denken konnte. Mit zitternden Knien kletterte ich von der Tischplatte zu Boden und bahnte mir einen Weg durch das Gedränge nach draußen. Die Tür schlug ich hinter mir zu, um Abstand zu all dem zu gewinnen, was da drin passierte. Passiert war.

»Kaden!« Meine Stimme klang beinahe verzweifelt.

Er hatte sich bereits einige Meter vom Eingang entfernt. Als er mein Rufen hörte, hielt er an, drehte sich jedoch nicht zu mir um. So als wartete er darauf, dass ich den nächsten Schritt machte. Doch mein Gehirn versagte mir den Dienst. Meine Gedanken rasten und ich konnte keinen davon festhalten. Wie viel hatte er gesehen? Was war überhaupt passiert? Was bedeutete das alles? Für Rik und mich? Für Kaden? Für jetzt und die Zukunft?

»Was ... machst du denn hier?«

An der Art, wie sich seine Schultern verspannten, erkannte ich, dass das die falschen Worte gewesen war. Natürlich. Doch die Frage, die mir wirklich auf der Zunge brannte, wagte ich nicht auszusprechen.

Kaden wandte sich zu mir um. Seine Miene kalt wie immer. Die Schneeflocken wirbelten schon fast wie ein eisiger Sturm um ihn herum.

»Ich wollte dir nicht die Feier verderben«, sagte er bitter. »Eigentlich bin ich nur gekommen, um dir zu sagen, wo der dritte Kristall verborgen liegt. Falls dich das noch interessiert.«

Der dritte ...

Mein Blick fiel auf meine Hand und ich öffnete die völlig verkrampfte Faust, in der ich Riks Kristall hielt. Seine Konturen hatten sich fest in meine Haut gedrückt. Aber er war da.

Kaden wusste, dass ich ihn hatte. Was bedeutete, dass er *alles* gesehen hatte.

Mein Herz zog sich schmerzhaft zusammen, als ich wieder zu ihm hochsah.

»Natürlich interessiert es mich.«

»Ach ja?« Seine Stimme klang schneidend wie die Kälte um uns herum und ließ mich unbeabsichtigt zusammenfahren. »Den Eindruck hatte ich nicht. Du wirst hier schon als die neue Königin gefeiert, als wäre die Arbeit bereits getan. Aber das ist sie nicht. Einer der Kristalle ist noch da draußen. In den falschen Händen könnte er bedeuten, dass alles umsonst war. Ist dir das vollkommen egal?«

Bei dem anklagenden Ton seiner Stimme fehlten mir einen Moment lang die Worte. Mein Mund öffnete sich, schloss sich wieder. Ich brachte nichts hervor, keinen sinnvollen Satz.

Kaden hatte vollkommen recht. Es war zu früh, um zu feiern. Aber das war schließlich nicht meine Idee gewesen. Ich war da reingeraten, genauso wie er.

Ich verstand seinen Ärger, immerhin stand nicht nur meine Zukunft und die des Waisenhauses auf dem Spiel, sondern auch seine. Gerade noch hatte er mir gestanden, wie wichtig ihm die Rückkehr zur Garde war, und nun musste er denken, ich nahm das alles nicht ernst. Aber das tat ich. Mehr, als ihm bewusst war.

Vorsichtig machte ich ein paar Schritte in seine Richtung. »Du weißt, dass es nicht so ist«, sagte ich mit Nachdruck, und als ich merkte, dass er sich abwenden wollte, griff ich schnell nach seinem Arm. Ich konnte ihn nicht gehenlassen. Nicht so. Nicht jetzt. »Hattest du eine Vision? Was hast du gesehen?«

Kadens Blick wanderte von meiner Hand, die seine hielt, zu meinem Gesicht. Dann zum Waisenhaus in meinem Rücken und zurück zu mir.

»Du solltest wieder reingehen«, schlug er vor. »Bestimmt vermisst man dich dort schon. Ich weiß, wo sich der Kristall befindet. Ich kann ihn auch ohne dich holen.«

Hastig schüttelte ich den Kopf. »Kommt nicht infrage. Ich habe dir ein Versprechen gegeben. Niemand außer mir fasst einen der Kristalle an.«

Ich verstummte und dachte über meine Worte nach. Über den Fluch, der angeblich auf ihnen lag. Rik hatte sich damit in Gefahr gebracht, doch ihm war nichts geschehen, oder irrte ich mich? War mein Unfall in der Höhle tatsächlich nicht mehr als genau das gewesen? Nichtsdestotrotz wollte ich Kaden nicht diesem Risiko aussetzen. Es war mein Entschluss, die Kristalle der Königin zu finden. Also würde auch ich mit den Konsequenzen leben.

»Warte hier«, bat ich ihn und umklammerte dabei sein Handgelenk noch fester, um ihm zu zeigen, wie wichtig mir die Sache war. Ich hatte ihm etwas versprochen. Und zwar, dass er keinen der Eiskristalle anfassen musste und ich somit jegliches Unglück, das damit einherging, auf mich nahm. »Ich hole Rik und wir machen uns gemeinsam auf den Weg, in Ordnung? Ich brauche nur einen Moment. Warte auf mich.«

Kaden antwortete nicht und sah mich auch nicht an. Dabei wünschte ich mir nichts sehnlicher. Ich wollte, dass er mir in die Augen sah und verstand, dass er mir vertrauen konnte. Dass ich zu meinem Wort stand.

»Bitte«, wiederholte ich eindringlich und löste mich nur widerwillig von ihm. »Ich bin sofort wieder hier. Warte.«

Rik

Einen Moment lang blieb er wie angewurzelt stehen und blickte Alva hinterher, die eben durch die Tür verschwunden war. Kurz zog er in Erwägung, ihr zu folgen. Sicherzugehen, dass alles in Ordnung war. Doch er hielt sich selbst davon ab. War nicht er der Grund dafür, warum sie so dringend das Weite suchte?

Die Kinder schienen von dieser abrupten Wendung zum Glück nicht viel mitbekommen zu haben. Zu aufgekratzt waren sie von den Neuigkeiten und der Tatsache, dass sie heute bis lange nach ihrer Schlafenszeit wachbleiben durften.

Fast schon etwas hilflos ließ Rik seinen Blick über die Menge wandern, dann wieder zur Tür. Im Gegensatz zu vorhin war sie nun geschlossen, von Alva war keine Spur mehr.

Mit einem tiefen Seufzen gab er sich geschlagen und

kletterte vom Tisch, ehe er sich erschöpft auf die lange Holzbank sinken ließ, die Arme hinter sich auf die Tischoberfläche gestützt.

Um ehrlich zu sein, hatte er sich diesen Abend anders vorgestellt. Immer wieder sah er Alvas geweiteten Augen vor sich. Die Panik darin kaum verborgen.

Fantastisch.

»Kein guter Tag, was?«

Rik blickte über seine Schulter und entdeckte Ida, die sich neben ihm auf der Tischplatte niedergelassen hatte und ihn spöttisch angrinste. Konnte dieser Abend noch irgendwie schlimmer werden?

»Was willst du?«

Sie lachte glockenhell auf. »Ist das nicht offensichtlich? Ich bin gekommen, um mich an deinem Leid zu ergötzen. Ich hab ja schon von dem Fluch der Kristalle gehört, aber dass diese Dinger so brutal sind ...«

Er warf ihr einen scharfen Blick zu, woraufhin Ida verstummte und mit zusammengepressten Lippen ein Grinsen zu unterdrücken versuchte. Wie schön, dass sie sich an seinem Versagen erfreute.

»Wenigstens ist einer von uns gut gelaunt«, gab er knapp zurück, ehe er sich abwandte, um das Gespräch für beendet zu erklären und den Raum nach Alva abzusuchen, die noch nicht wieder aufgetaucht war. Er haderte mit sich selbst. Sollte er sie suchen? Aber was könnte er sagen? Sollte er sich entschuldigen?

Nein. Es tat ihm nicht leid. Zwar hatte er nicht geplant, sie vor versammelter Mannschaft zu küssen, doch er bereute es nicht. Seine Gefühle waren mit ihm durchgegangen, aber zumindest war es endlich passiert. Womöglich hätte er ansonsten nie den Mut dazu aufgebracht.

Zu Recht, sagte eine Stimme tief im hintersten Winkel seines Gehirns, die gefährlich nach Ida klang.

»Komm schon.« Eben diese verpasste ihm von hinten einen Stoß gegen die Schulter. »Zerbrich dir mal nicht den Kopf. Was hast du denn erwartet? Wenn Alva Königin wird, dann zieht sie doch sowieso in den Palast. Denkst du allen Ernstes, sie würde dich mitnehmen?«

Auch wenn er es nicht gern zugab, traf Ida damit ins Schwarze. Geschlagen drehte er sich nun doch auf der Bank zu ihr um. Ihre aufmerksamen Augen musterten ihn eingehend und die Gehässigkeit war aus ihren Zügen verschwunden. Es war, als meinte sie ihre Worte ernst. Versuchte sie gerade tatsächlich, ihn auf eine merkwürdige Art und Weise zu trösten? Ida?

»Mache ich nicht«, wehrte er ab, obwohl das nicht der Wahrheit entsprach. Aber das musste Ida nicht wissen. Er kannte sie schließlich. Auch wenn sie sich im Moment versöhnlich gab, würde sie doch nicht zögern, jede noch so kleine Information gegen ihn zu verwenden. Gegen Alva.

»Richtig so.« Ihre Hand tätschelte seine, die vor ihm auf dem Tisch lag. »Dann stürmt Ihre Hoheit eben nach eurem Kuss raus in die Kälte, um mit Kaden allein zu sein. Was soll's, oder? Ich meine, wer kann es ihr verübeln? Ich weiß noch, wie heiß er in seiner Gardeuniform aussah. Auch wenn seine glorreichen Tage längst vorbei sind …«

»Kaden?« Er blickte zu Ida hoch. Was sollte er hier zu suchen haben? Seit seinem Ausscheiden aus der Garde hatte er diesen Ort gemieden, als wäre es ein Aussätzigenlager.

Ida zuckte mit den Schultern, doch das Grinsen auf ihrem Gesicht sagte so viel mehr. »Der Fluch der Kristalle«, meinte sie, ehe sie von der Tischplatte kletterte und sich wieder unter die Leute mischte. Scheinbar hatte sie für einen Abend ausreichend Salz in die Wunde gestreut. Sich lange genug in seinem Leid gebadet.

Ja, der Fluch der Kristalle.

»Rik.«

Er spürte eine Berührung an seinem Arm und fuhr erschrocken herum, so sehr war er in Gedanken versunken. Er hatte aufgehört, sich nach Alva umzusehen, und schon war sie wieder da. Ihr Atem ging schnell, der Ausdruck auf ihrem Gesicht wirkte gehetzt, was die Alarmglocken in seinem Kopf schrillen ließ.

»Was ist los?«

»Kaden weiß, wo der letzte Kristall ist.«

Kaden. Natürlich. Also hatte Ida richtig gesehen und ihn nicht bloß mit ihren Worten treffen wollen.

Alva griff nach seinem Arm und zerrte ihn von der Bank hoch. »Komm schon, wir müssen ihn finden, bevor es ein anderer tut.«

Nur widerwillig gestand Rik sich ein, dass Alva recht hatte. Noch war nichts entschieden. Auch nur eine einzige weitere Anwärterin könnte ihnen zum Verhängnis werden. Denn warum sollte sich Königin Juna für ein Waisenkind entscheiden, wenn auch jemand aus dem gehobenen Volk als Nachfolgerin infrage käme?

Die beiden stürmten aus dem Haus, hinaus in die eisige Nacht. Der Schnee hatte mittlerweile eine dicke Schicht auf dem kalten Boden hinterlassen und funkelte im Licht der zahlreichen Fackeln, die um das Gebäude herum aufgestellt waren, um Alva zu überraschen. Und er fiel immer weiter.

»Und wo steckt Kaden?«

»Wenn ich das nur wüsste ...« Sie fuhr zu ihm herum. In ihren Augen spiegelte sich Angst. Echte Angst. »Wir müssen ihn finden. Du weißt doch, was für schreckliche Dinge die Kristalle bewirken können.«

Sie wandte ihm den Rücken zu und begann zu laufen. Mit einem tiefen Atemzug setzte sich Rik ebenfalls in Bewegung.

Und wie er wusste, welche Macht die Kristalle hatten. Seinen eigenen Fluch bekam er gerade zu spüren ...

KAPITEL 18

Kaden

Mit jedem neuen Schritt wurde die Umgebung vertrauter. Kaden erkannte die Aneinanderreihung der Bäume aus seiner Vision wieder. Er war auf der richtigen Spur, so viel stand fest.

Es war ein Leichtes für Kaden, sich auf die Suche nach dem Kristall zu konzentrieren. Einem Ziel zu folgen. Zumindest einfacher als sich dem zu stellen, was heute Nacht geschehen war. Und doch tauchten die Erinnerungen immer wieder in seinem Kopf auf wie ungeladene Gäste.

Wie hatte er nur so blind sein können? Er kannte Rik bereits sein halbes Leben. Besser als jeden anderen Menschen in Ishøgh. Und dennoch hatte er nicht bemerkt, wie verfallen er Alva war?

Unmöglich.

Vielleicht wäre es ihm aufgefallen, wenn er nur genauer hingeschaut hätte. Wenn es ihn interessiert hätte. Und darin lag das Problem. Es interessierte ihn nicht.

Nichts war ihm mehr wichtig, seit seinem Leben bei der Garde damals ein Ende bereitet worden war. Erst als Alva aufgetaucht war, hatte sich wieder ein Funken Hoffnung in ihm ausgebreitet. Die Aussicht, zurückzukehren und in die Fußstapfen seines Vaters zu treten. Herauszufinden, was damals mit ihm geschah. Verletzung hin oder her.

Das war alles, was sie für ihn war.

Ein Hoffnungsschimmer.

Eine zweite Chance.

Mehr nicht.

Er konnte also getrost aufhören, jedes Wort und jede Geste in seinem Kopf zu analysieren. Nach Hinweisen zu durchsuchen, die nicht existierten.

Schluss damit.

Was zählte, war der letzte Kristall, der Alva zur Königin und ihn zu ihrem Soldaten machen würde. Sonst nichts.

Er blieb stehen, als sich das Bild vor ihm mit dem aus seiner Vision überschnitt. Kaden war vor dem See im Norden angekommen, in dessen zugefrorener Mitte ein gewaltiger Stein emporragte. Gerade zu prädestiniert, um einen funkelnden Kristall zur Schau zu stellen.

Er atmete tief durch. »Natürlich.«

Zum ersten Mal in seinem Leben war Kaden froh über den harten Winter, der Ishøgh jedes Jahr aufs Neue heimsuchte. Die Wasseroberfläche war mit einer Schicht aus Eis und Schnee bedeckt, zumindest musste er schon mal nicht schwimmen.

Vor dem Ufer ging Kaden in die Hocke. Durch die Bewegung der letzten Zeit war der Schmerz in seinem Knie besser geworden, doch an eisigen Tagen wie diesen schmerzte es nach wie vor, und er verfluchte es. Wie jedes Mal schluckte er die Warnsignale seines Körpers hinunter und konzentrierte sich auf das Wesentliche. Probeweise klopfte er auf die dicke Eisschicht. Sie wirkte sogar noch stabiler, als sie aussah.

Sein Blick wanderte über die Eisfläche hinweg, bis er auf den funkelnden Kristall traf, der dort in dem Stein eingebettet war, wie er es vermutet hatte. Prüfend musterte er seine Umgebung, ob auch niemand außer ihm ihn gefunden hatte. Doch die Nacht war still und einsam. Nur der Schnee fiel stetig vom Himmel, als hätte er nicht vor, jemals damit aufzuhören.

Einen Moment lang wanderten seine Gedanken zurück zu Alva, die ihn darum gebeten hatte, auf sie zu warten. Immerhin hatte sie ihm das Versprechen gegeben, die Kristalle mit eigener Hand an sich zu nehmen, um den Fluch abzufangen. Auch wenn es sie beim ersten Mal um ein Haar das Leben gekostet hätte.

Keine Chance, dass er das zuließ.

Um der Garde willen, natürlich. Denn wenn ihr etwas geschah, wer sollte ihn dann wieder zum Soldaten ernennen?

Testweise stellte er einen Fuß auf der dicken Eisschicht ab. Sie hielt. Nichtsdestotrotz bewegte er sich vorsichtig fort. Prüfend, ob die Oberfläche seinem Gewicht standhielt. Sie tat es. Keinerlei Hinweise auf Schwachstellen. Kein Knacken, kein Absinken. Und so hatte Kaden den Stein schon bald erreicht.

Der letzte der drei Eiskristalle lag vor ihm auf dem Servierteller. Der, der sein Schicksal verändern, ihm die Antworten liefern würde, nach denen er schon so lange suchte. Der Kristall, der Alva zur neuen Königin über Ishøgh ernennen würde.

Eine Erinnerung an ihre tiefblauen Augen flackerte in seinen Gedanken auf. An die Panik in ihrer Stimme, mit der sie ihn vorhin vor dem Waisenhaus zurückgehalten hatte. An ihr Flehen, zu warten.

Warten worauf? Auf Rik? Damit die beiden gemeinsam losziehen konnten und er zum fünften Rad am Wagen wurde? Niemals.

Ein seltsamer, verräterischer Schmerz machte sich in seiner Brust bemerkbar. Mit einem geschlagenen Atemzug ließ er sich vor dem Felsen auf dem Eis nieder und betrachtete die exakt geschliffenen Ecken und Kanten des Kristalls. Es war, als würde der Stein von innen her leuchten, so deutlich waren die Konturen zu erkennen.

Womöglich machte er sich selbst etwas vor. Eventuell war Alva mehr als nur ein Mittel zum Zweck, zumindest würde das erklären, warum sie seit Tagen seine Gedanken beherrschte. Aber selbst wenn es so wäre, was würde das bedeuten?

Nach allem, was heute geschehen war, gar nichts. Nichts hatte sich geändert und nichts würde sich ändern. Sobald Alva mit den Kristallen den Palast betrat, würden sich ihrer aller Wege trennen. Sie würde Königin werden und er, er würde das Geheimnis lüften, das ihn seit Jahren quälte. Und das war alles.

Diese Gedanken und der Schmerz würden irgendwann zu einer Erinnerung werden. Niemand musste davon erfahren.

Kadens Arm fühlte sich von der schneidenden Kälte wie betäubt an, als er ihn nach dem Kristall ausstreckte. Auch seine Finger gehorchten ihm kaum, als er den Edelstein anhob. Doch da war mehr. In der Vertiefung des Steins schimmerte noch etwas. Vorsichtig tastete er nach dem schimmernden Stück, das scheinbar aus dem Kristall herausgebrochen war. Oder war es doch etwas anderes, was er da vor sich hatte?

Mit trägen Bewegungen legte er den Kristall zurück, um den Splitter genauer zu betrachten. Und in diesem Moment geschah es. Das Eis gab ein unheilvolles Krachen von sich und in der nächsten Sekunde fand er sich umgeben von eiskalten Wellen. Seine Faust schloss sich so fest wie möglich um das Kristallfragment. Das war die einzige Bewegung, zu der er noch in der Lage war. Die Kälte lähmte seine Muskeln, untersagte jegliche Reaktion, während die Tiefe ihn in Empfang nahm.

Alva

Mein Atem kam stoßweise und zeichnete dicke, weiße Wolken vor mir in die Luft. Es verlangte mir einiges ab, Rik und dem Schein seiner Fackel durch den Wald zu folgen, während der Schnee immer höher stieg und mir jeden neuen Schritt noch schwerer machte.

»Beeil dich«, rief er mir über die Schulter hinweg zu, als er merkte, dass ich zurückfiel. Seine Stimme klang gehetzt, was ich ihm nicht verübeln konnte. In der Geschwindigkeit, in der der Schnee fiel, wären Kadens Spuren schon bald verschwunden. Damit verlören wir jede Möglichkeit, ihn ausfindig zu machen. Obwohl ich gegen einen stechenden Schmerz in meinen Rippen kämpfte und kaum atmen konnte, zwang ich mich weiter. Schritt für Schritt.

Ich hatte keine Ahnung, wie lange wir hier schon herumirrten, doch Rik und ich hatten in all der Zeit kein Wort miteinander gewechselt. Bis auf die gelegentlichen Aufforderungen, nicht zu trödeln. Zum einen bekam ich dank meiner Atemnot keinen Ton hervor, zum anderen stand das, was vorhin geschehen war, wie eine unsichtbare Mauer zwischen uns. Der Kuss. Sogar in Gedanken fiel es mir schwer, das Kind beim Namen zu nennen.

Rik hatte mich vollkommen überrumpelt. Und um ehrlich zu sein, glaubte ich, auch sich selbst. Es war keine geplante Aktion gewesen. Aber was hatte es zu bedeuten? Würde es etwas verändern? Wollte ich, dass es etwas veränderte?

Hunderte Fragen tobten in meinem Kopf, doch ich drängte sie alle zur Seite. Jetzt, in diesem Moment, zählte nur Kaden. Ihn zu finden, natürlich. Und den letzten Kristall, der meine Zukunft für immer verändern würde.

Keuchend blieb ich an einem Baum stehen, klammerte mich an den Stamm und rang nach Atem. Es war mir egal, dass sich der Schein von Riks Fackel immer weiter entfernte. Ich konnte nicht mehr. Ich stemmte meine Hand in meine schmerzende Seite, widerstand dabei dem Drang, mich zu Boden sinken zu lassen. In dieser Kälte klein beizugeben, wäre fatal. Das konnte ich mir nicht leisten.

»Alva?« Riks Stimme hallte durch die Nacht, die vom Licht der näher kommenden Flamme vertrieben wurde. »Was tust du denn?«

Täuschte ich mich oder wirkte der Ausdruck auf seinem Gesicht fast ein wenig verärgert? Es musste an den tanzenden Schatten des Feuers liegen.

»Ich … kann … nicht«, brachte ich zwischen mehreren hilflosen Atemzügen hervor. Nicht nur die Anstrengung, auch die Angst um Kaden, davor, dass ihm etwas passiert sein könnte, schnürte mir die Kehle zu. Ich hatte den Fluch der Kristalle am eigenen Leib erlebt. Damit war nicht zu spaßen. Mein gesamter Körper bebte, und das bemerkte auch Rik. Seine Züge wurden weicher, nachsichtig. Und endlich erkannte ich wieder meinen besten Freund darin. Er streckte mir seine Hand entgegen, die ich dankbar annahm, und wir setzten unseren Weg gemeinsam fort. Seite an Seite, so wie es sein sollte.

»Dort vorn!« Rik zeigte mit der Hand, in der er die Fackel hielt, vor uns. »Da ist etwas, siehst du das?«

Er hatte recht. Der Schnee sackte ein Stück ab, führte eine kleine Böschung hinab. Ehe wir diese erreicht hatten, blieb Rik abrupt stehen. Seine Hand um meine verkrampfte sich beinah schmerzvoll, als hätte er irgendetwas bemerkt, das mir verborgen blieb.

»Spürst du das auch?«

Ich schaute zu ihm hoch, sein Blick verlor sich in der Ferne, zwischen Finsternis und Schneefall. Wie ein Tier, das etwas erschnuppert hatte. Etwas, das nichts Gutes verhieß.

Vorsichtig schüttelte ich den Kopf, woraufhin Rik mir die Fackel in die Hand drückte und mich losließ. Sofort fehlte mir seine Wärme. Seine Nähe, die mir Sicherheit gab.

»Bleib genau hier«, wies er mich streng an, ehe er die Böschung hinunterkletterte. Im nächsten Moment rutschte er auch schon weg und landete auf seinem Allerwertesten. Unter ihm lag Eis.

Ohne aufzustehen, sah Rik sich in der Dunkelheit um. »Kaden?« Seine Stimme verhallte einsam in der Nacht. »Kaden, wo steckst du?«

Wenn möglich, schlug mein Herz noch fester gegen meine Brust, während ich in die Stille lauschte. Die Angst, die den gesamten Weg über mein Begleiter gewesen war, nahm nun vollends von mir Besitz. Besonders, als Rik sich mit einem Mal aufrappelte und weiter über die vereiste Fläche lief. Was um alles in der Welt machte er da nur?

Ich rief ihm hinterher, wollte, dass er vorsichtig war, doch er reagierte nicht. Hilflos bewegte ich mich um die fast kreisrunde, weite Fläche herum, bei der es sich um einen See handeln musste, von dessen Existenz ich nichts gewusst hatte. Kaum jemand bei klarem Verstand verirrte sich so tief in den Nordwald.

Ich suchte nach einer Stelle, um näher an Rik heranzukommen, ihm Licht zu spenden, ohne selbst das Eis zu betreten. Dabei erkannte ich rein gar nichts von dem, was außerhalb des Feuerscheins lag. Was bedeutete, dass Rik vollkommen blind vor sich hin tappte. Angespannt hörte ich auf jedes Geräusch, das an meine Ohren drang. Doch die Nacht war geradezu gespenstisch ruhig.

Der Druck in meiner Brust wanderte bis in meiner Kehle. Sie brannte, ebenso wie meine Augen. Ich fühlte mich vollkommen hilflos. Nutzlos. Dabei war es meine Aufgabe, nach den Kristallen zu suchen. Nur meine.

Obwohl ich es ob des Schnees nicht sollte, sank ich auf die Knie, da meine Beine mich nicht länger trugen. Die Kälte unter mir spürte ich kaum. Im Gegenteil. Hitze stieg in mir auf. Drängende, panische Hitze.

»Rik?« Meine Stimme bebte, als ich seinen Namen ins Unbekannte rief. Keine Antwort.

Heiße Tränen der Verzweiflung liefen über meine Wangen. Warum nur sagte er nichts? Antwortete mir nicht? Was passierte nur?

Das Verlangen, mich aufzukämpfen und ebenfalls aufs Eis zu wagen, stieg mit jeder Sekunde, die quälend langsam verstrich. Doch ehe mein Körper diesen Entschluss umsetzte, erkannte ich eine Bewegung. Eine Gestalt, die sich aus der Dunkelheit schälte und sich meinem Licht näherte. Nein, zwei Gestalten.

Meine Lungen blockierten, als ich Rik ausmachte. Von seinen Haaren und seinen Kleidern tropfte Wasser. Doch das war es nicht, was mir den Atem raubte. Es war Kaden, den er in seinen Armen trug.

Fest umklammerte ich die Fackel in meiner Hand, damit sie nicht zu Boden fiel und erlosch. Sie war die einzige Lichtquelle in dieser verschneiten Nacht. Nichtsdestotrotz wurde mir schwarz vor Augen. Ich kämpfte um mein Bewusstsein. Um meinen Atem. Meinen Herzschlag.

»Alva.« Wie durch eine dicke Schicht Stroh drang Riks Stimme zu mir. Ich war wach. Wusste, dass ich wach war, und doch herrschte um mich herum dichte

Finsternis. Nicht einmal den Schein des Feuers nahm ich wahr. Nur Riks Stimme, die immer und immer wieder auf mich einredete.

Warum auf mich? Warum nicht auf Kaden?

Kaden.

Ich kniff die Augen fest zusammen und beschwor mich, mich zu beruhigen. Als ich sie wieder öffnete, kehrte meine Sicht zurück. Ich entdeckte Rik mir gegenüber am Boden kniend. Mit seinem gesamten Gewicht drückte er auf Kadens Brustkorb, der sich als Reaktion darauf zusammenkrümmte, Wasser spuckte und nach Luft schnappte. Augenblicklich war Rik zur Stelle, um ihn zu stützen. Zu halten, wie ich es getan hatte bei seiner ersten Vision.

All das nahm ich nur verschwommen wahr. Unaufhörlich strömten Tränen über meine Wangen und ich konnte kaum fassen, was um mich herum passierte. Dieser Tag war so absurd. So unwirklich, und doch war er schmerzhafte Realität.

Riks und mein Blick trafen sich, in seinem lag fast schon so etwas wie ein Vorwurf. »Wir könnten hier etwas Wärme gebrauchen?«

Einen Moment lang schaffte ich es nicht, zu reagieren. Seine Worte drangen nur langsam zu mir durch, doch dann durchbrachen sie eine Art Blockade in meinem Inneren. Ruckartig rappelte ich mich auf und kroch näher an die beiden heran, die von oben bis unten durchnässt waren. Das Feuer würde nur bedingt helfen. Wir mussten so schnell wie möglich ins Trockene, ehe sich noch jemand erkältete und auf der Krankenstation landete, von der so viele Kinder nicht zurückkehrten.

Rik streckte den Arm aus, um mir die Fackel abzunehmen. Dabei berührten sich unsere Finger und seine Brauen hoben sich. »Du glühst ja förmlich.«

Etwas hilflos zuckte ich mit den Schultern. »Ich bin aufgeregt. Du kennst das doch.«

Ich merkte, wie Riks Kiefer sich anspannte und glaubte bereits zu wissen, was er dachte. Mein Blick fiel auf Kaden, der schwach vor sich hin hustete, und ich streckte meine nun freien Hände nach ihm aus, in der Hoffnung, meine Wärme würde ihm guttun.

»Wo ist er?« Kadens Stimme klang kratzig und rau. Sein Kopf fiel mehr auf Riks Seite, als dass er ihn drehte. Dieser legte die Stirn in Falten.

»Wer?«

»Der Kristall. Er war dort auf dem Stein in der Mitte des Sees.«

Rik schüttelte entschieden den Kopf. Nicht einmal eine Sekunde überlegte er. »Da war nichts. Kein Stein und kein Kristall. Ganz sicher.«

Es war nicht zu übersehen, dass Kaden ihm nicht glaubte. Mühselig drehte er sich zur Seite und versuchte, aufzustehen. »Er ist da. Ich hatte ihn schon in der Hand. Gib mir die Fackel.«

Geistesgegenwärtig brachte Rik sie außer Reichweite, indem er den Arm von sich streckte. »Keine Chance, du gehst da nicht noch einmal raus. Ein Tauchgang genügt mir für heute.« Seine Züge wurden sanfter. »Glaub mir, Kaden, da war nichts. Ich schwöre es.«

Kadens zerrissener Blick wanderte zurück in Richtung See. »Er war dort.« Er betonte jedes einzelne Wort mit Nachdruck.

»Wahrscheinlich ist er mit eingebrochen«, sagte Rik und zog damit sämtliche Blicke auf sich. »In diesem Fall wäre er weg und keine Konkurrenz für Alva.«

Er sagte das, als wäre das etwas Gutes.

»So oder so ist es vorbei.« Kadens Stimme klang bitter. »Die Suche ist zu Ende. Du solltest die Kristalle schnellstmöglich zu Königin Juna bringen.«

Geistesabwesend schüttelte ich den Kopf. »Das kann auch noch bis morgen warten. Zuallererst bringen wir dich nach Hause und sorgen dafür, dass du nicht krank wirst. Dazu solltest du schnell ins Warme.« Mein Blick suchte den von Rik. Wüsste ich nicht, dass mir gegenüber mein bester Freund saß, würde ich ihn für einen Fremden halten. Etwas zwischen uns hatte sich verändert, und es gefiel mir nicht. »Und du auch.«

KAPITEL 19

Rik

Mit vor der Brust verschränkten Armen wippte Rik auf seinem Stuhl vor und zurück. Seinen völlig durchnässten Mantel hatte er längst abgelegt und die klammen Kleider durch frische von Kaden ersetzt. Mittlerweile fror er nicht mehr. Im Gegenteil. Ihm stand der Schweiß auf der Stirn. Das Feuer knisterte seit Stunden und immer, wenn es auszugehen drohte, legte er Holz nach. Das würde er die ganze Nacht lang tun. Das und warten. Warten darauf, dass Kaden wieder erwachte.

Als die drei in seiner Hütte angekommen waren, hatte Kaden es gerade so in sein Bett geschafft, ehe er in einen tiefen Schlaf gefallen war, der ihn seither gefangen hielt.

Riks Meinung nach war das ein gutes Zeichen. Schlaf war heilsam. Zumindest beteuerte Saga das stets, wenn Rik die Kinder auf der Krankenstation besuchte, die in den kleinen Betten lagen und in einen tiefen Schlaf versunken waren. Manche von ihnen erwachten davon nie wieder.

»Wage es ja nicht«, knurrte Rik leise in Kadens Richtung, auch wenn dieser ihn vermutlich gar nicht hören konnte. Trotzdem mussten die Worte raus, ehe sie ihn noch die ganze Nacht lang quälten. »Ich hab in diesem Wald schon genug Leute begraben. Glaub nicht, dass ich das auch für dich mache.«

Sekunden verstrichen, während die kleine Hütte lediglich von dem Knistern des Feuers erfüllt wurde. Riks Wippen auf dem Stuhl wurde stärker, unruhiger. Als er Alva vor einigen Stunden zurück ins Waisenhaus geschickt hatte, hatte er ihr untersagt, die Heimleiterin zu Hilfe zu holen, weil Kaden das keinesfalls wollen würde. Mittlerweile fragte Rik sich jedoch, ob es ein Fehler gewesen war. Immerhin hatte sie sehr viel mehr Erfahrung mit Krankheiten als er. Obwohl sie ihm bereits eine Menge beigebracht hatte, lag seine Hauptaufgabe nach wie vor darin, sich darum zu kümmern, wenn es zu spät war. Was wusste er schon über das Heilen? Gefühlt gar nichts. Nur, dass sie ein gewaltiges Problem hätten, sollte Kaden Fieber bekommen. Aber auch, wenn sein Körper so stark unterkühlt blieb. Zwar hatte Saga ihn gelehrt, was in solchen Fällen zu tun war, doch sein Kopf fühlte sich im Moment an wie leergefegt. Als wäre jede Lektion, die sie ihm beigebracht hatte, auf dem Weg zu dieser Hütte verloren gegangen.

Rik wusste, er sollte aufstehen und Kadens Temperatur fühlen. Und doch blieb er wie angewurzelt auf seinem Stuhl sitzen und wippte vor und zurück, um sich selbst irgendwie zu beruhigen. Was herzlich wenig brachte.

So hatte er sich diesen Abend nicht vorgestellt. Vor ein paar Stunden noch waren sie alle in Feierlaune gewesen. Und jetzt …

Wie aufs Stichwort trugen ihn seine Gedanken zurück zum Fest. Zu Alva. Zu dem Kuss. Und der merkwürdigen Stimmung, die seither zwischen ihnen herrschte. Die zu einem Großteil höchstwahrscheinlich Ida und ihren Worten geschuldet war.

Ein brennendes Gefühl machte sich in seinem Magen breit. Etwas, das er zuvor noch nie gespürt hatte. Wie Wut, nur beißender.

Sein Blick wanderte über Kadens Gesicht, das er schon seit Kindertagen kannte. Das ihm so vertraut war wie sonst kaum eines.

»Eigentlich bin ich gerade sauer auf dich«, flüsterte Rik, doch die Worte fühlten sich einfach nicht richtig an. Nicht wie das, was Kaden im Moment hören sollte. Oder jemals hören sollte. »Aber das muss warten, bis du wieder bei Kräften bist.«

Als hätten seine geflüsterten Worte ihn geweckt, atmete Kaden in diesem Moment tiefer ein. Gleich darauf schlug er die Augen auf und blinzelte gegen die Decke. Falten der Verwirrung zeigten sich auf seiner Stirn, während er höchstwahrscheinlich versuchte, sich die letzten Stunden in Erinnerung zu rufen.

Einen Moment lang verspürte Rik Erleichterung, doch diese vermochte es nicht, das Ziehen in seiner Brust zum Schweigen zu bringen. Zu schnell kehrte die Bitterkeit zurück, die seinen Körper vergiftete.

»Training, Feier, Vision, Kristall, Badetag. Klingelt's?« Seine Stimme klang kühler als beabsichtigt und ließ Kaden ungewollt zusammenfahren. Was aber auch daran liegen könnte, dass er nicht mit Gesellschaft gerechnet hatte.

Sein Blick fand Rik und so etwas wie Erkenntnis flackerte in seinen Augen auf. Gut, die Erinnerung war da. Das war schon mal ein gutes Zeichen.

»Ja.« Kadens Stimme war kaum mehr als ein Kratzen, während sein Blick die Umgebung musterte. »Wo ist Alva?«

Rik versuchte, sich nichts anmerken zu lassen, auch wenn wieder dieses beißende Gefühl zuschlug. Warum musste seine erste Frage ausgerechnet ihr gelten? »Ich habe sie nach Hause geschickt. Es ist nicht notwendig, dass wir hier beide rumlungern und dich beim Schlafen beobachten. Wenn es einer macht, ist es schon gruselig genug.«

Damit sollte das Thema erledigt sein, aber das war es nicht. Natürlich bemerkte Kaden, dass etwas nicht stimmte. Er richtete sich im Bett auf und nahm Rik ins Visier. »Ich hatte den Eindruck, ihr beide wärt unzertrennlich.«

Das waren sie auch gewesen. Bis heute. Und Rik hatte keine Lust, Kaden zu erklären, dass ausgerechnet er der Grund dafür war, warum sich die Dinge änderten. Sollte er es nicht ohnehin längst wissen.

Er musterte Kaden eingehend. Legte seine Worte auf die Waagschale und versuchte herauszufinden, wie sie gemeint waren. Seine Stimme klang neutral, keinerlei Provokation schwang darin mit. Dennoch hatte er absolut keine Lust, mit ihm über Alva zu sprechen.

»Ich habe dir nichts zu sagen.«

»In Ordnung.« Kaden ließ sich zurück ins Bett sinken. Er beobachtete die Decke eine Weile und es war nicht zu übersehen, dass ihm noch etwas auf der Seele brannte. Etwas, das hoffentlich nicht mit Alva zu tun hatte. »Aber ich hab dir was zu sagen.«

Auch wenn Rik das eigentlich gar nicht wollte, fing er seinen Blick auf. Er antwortete nicht, sondern wartete nur ab.

»Danke.«

Kadens Dank traf ihn vollkommen unerwartet. Er war so sehr auf seinen Ärger und Alva konzentriert gewesen, dass er beinahe vergessen hätte, wie ernst die Lage war. Dabei hatte er vorhin im Wald noch keinen Gedanken an ihre ins Wanken geratene Freundschaft verschwendet. Nur jetzt, wo die Gefahr in den Hintergrund getreten war, kam das Grübeln zurück.

»Du bist noch nicht über den Berg, solange du noch unterkühlt bist«, erklärte Rik widerwillig und ließ sich dabei selbst tiefer in seinen Stuhl sinken, um es sich zumindest ein wenig bequem zu machen. »Jetzt halt die Klappe und schlaf, ehe du noch krank wirst. Dein Körper soll nicht der nächste sein, den ich im Wald verscharre. Verstanden?«

Kaden nickte zögernd und zu Riks Erleichterung beließ er es dabei.

Alva

Der Gemeinschaftsraum hatte sich vollends geleert, als ich zurück ins Heim kam. Wo vor wenigen Stunden noch gefeiert worden war, erinnerte nun nichts mehr an die ausgelassene Stimmung der Heimkinder. Es war spät, die meisten von ihnen waren wohl schon in ihren Betten und schliefen tief und fest. Die älteren Kinder hatten das Chaos bereits beseitigt. Nun herrschte nur noch eine bedrückende Stille innerhalb der altbekannten Holzwände, die ab und zu ein leises Knarren von sich gaben, wenn der kalte Wind von außen dagegen drückte.

Kraftlos ließ ich mich auf die Bank sinken, die mir am nächsten war. Ich schaffte es nicht mehr bis zu unserem Stammplatz, geschweige denn bis zu den Schlafräumen. Mal ganz davon abgesehen, dass ich im Moment allein sein wollte. Musste.

In mir drehte sich alles und ich versuchte immer noch

zu begreifen, was geschehen war. Es gelang mir nicht. Ich verstand nicht, wie aus einer Suche nach Edelsteinen plötzlich ein Spiel um Leben und Tod hatte werden können.

Waren die Kristalle es tatsächlich wert? Lieber würde ich für immer Tag und Nacht auf dem Bauernhof für einen Mindestlohn schuften, als dass jemand meinetwegen sein Leben ließ. Das konnte nicht in Königin Junas Sinn sein. Sie konnte nicht so grausam sein. Oder hatte ich sie all die Jahre falsch eingeschätzt?

Ich spürte, wie sich etwas in mir anbahnte, und ehe ich es verhindern konnte, wurde mein Körper von unerbittlichen Tränen heimgesucht. Meine Schultern begannen zu beben, als ich mein Gesicht schützend in meinen Händen verbarg. All die Angst, die sich in den letzten Stunden aufgebaut hatte, kam an die Oberfläche. Meine Gedanken kreisten unaufhörlich um Kaden und die Gefahr, der ich ihn ausgesetzt hatte. Ich hatte ihm versprochen, dass er keinem der Kristalle und dem damit einhergehenden Fluch zu nah kommen würde. Dass ich allein das Risiko tragen würde. Aber ich hatte versagt.

Hätte ich ihn doch niemals um seine Hilfe gebeten. Irgendwie hätten wir die Kristalle auch ohne ihn gefunden. Ohne sein Leben dabei aufs Spiel zu setzen.

Der Gedanke, ihn zu verlieren, schmerzte mehr, als ich mir jemals hätte ausmalen können. Er raubte mir den Atem. Ein Gefühl der Panik und der Hilflosigkeit machte sich in mir breit, das ich nie zuvor verspürt hatte. Ich verstand nicht, was mit mir geschah. Und ich konnte niemandem davon erzählen. Denn die einzige Person, mit der ich über alles in meinem Leben sprach, konnte ich in genau dieser Sache nicht zu Rate ziehen.

»Alva?«

Ich zuckte zusammen, als ich meinen Namen hörte. Hastig fuhr ich mir mit den Handrücken über die Wangen und versuchte, all diese beklemmenden Gedanken aus meinem Kopf zu verdrängen, doch es gelang mir nicht.

Der Boden knarzte, als sich mir jemand näherte. Der Schein einer Kerze schwebte durch die Luft auf mich zu. Es dauerte viel zu lange, ehe ich Sagas unverkennbare Umrisse erkannte und erleichtert durchatmete. Ich hatte bereits mit dem Schlimmsten gerechnet und hätte keinen weiteren bissigen Kommentar von Ida oder ihren Freundinnen mehr ertragen.

»Was machst du denn so spät noch hier, mein Kind?«, wollte sie wissen. Sie hielt die Kerze näher an mein Gesicht, doch ich wandte mich ab. »Hast du geweint? Was ist passiert?«

Ich schüttelte den Kopf, um Zeit zu gewinnen und einen vernünftigen Gedanken zu fassen. Was schwerer war als erwartet. In mir kreiste alles nur um ein Thema.

Kaden.

»Wir sind zu weit gegangen«, flüsterte ich. Meine Stimme klang brüchig und rau von den Tränen. Ich holte zitternd Luft, um mich zu fangen, ehe ich weitersprach. »Mit den Kristallen, meine ich. Wir hätten es einfach bei einem belassen sollen.«

»Hat Riks Kristall einen Fluch ausgelöst?«, hakte sie besorgt nach. Ich merkte, dass sie mich eingehend musterte, erwiderte ihren Blick jedoch nicht.

Wieder schüttelte ich nur den Kopf, während ich darum kämpfte, nicht erneut in Tränen auszubrechen. »Nicht Rik.«

Saga schien zu begreifen, was ich ihr mit meinen bruchstückhaften Aussagen zu verstehen geben wollte. Das verriet mir der bestürzte Ausdruck auf ihrem Gesicht, als ich das Schweigen nicht mehr ertrug und ihren Blick suchte.

»Was ist passiert?«

Mein Mund öffnete sich, doch anstatt Worte fließen zu lassen, traten wieder Tränen in meine Augen. Ich rang nach Luft und Fassung, erhaschte aber von beidem nicht annähernd genug.

Rasch stellte Saga die Kerze auf dem Tisch ab und setzte sich neben mich. Ohne ein Wort zu sagen, legte sie einen Arm um meine Schulter und zog mich näher. Ihr vertrauter Geruch nach Kräutern ummantelte mich und spendete mir Sicherheit.

»Himmel«, stellte sie fest und legte besorgt ihre Hand an meine Stirn. »Du glühst ja förmlich.«

Die Aufregung, dachte ich, brachte aber nicht ein Wort

hervor. Zu sehr wurde ich von einem Weinkrampf durchgeschüttelt, der kein Ende nehmen wollte.

War das die Art, wie sich eine Königin verhielt? Bestimmt nicht. Ich war nicht gemacht für diese Position. Allein auf mich gestellt wäre es mir niemals gelungen, auch nur einen der Kristalle zu finden. Wir hatten das Schicksal herausgefordert, und gerade bekam nicht nur ich die Konsequenzen dafür zu spüren.

»Ich wollte das alles nicht«, brachte ich mit Müh und Not hervor. Sagas Gesicht nahm ich nur verschwommen vor mir wahr, dennoch war die Sorge darin nicht so verkennen.

»Möchtest du mir nicht erzählen, was passiert ist?«

Ja. Ja, das wollte ich. Ich wollte, dass Saga sämtliche Heilkräuter einpackte, die ihre Sammlung zu bieten hatte, und Kaden damit gesund machte.

Aber genau das war es, was Rik mir untersagt hatte. Ich hatte selbst miterlebt, dass Kaden nicht sonderlich gut auf die Heimleiterin zu sprechen war, und ich ahnte auch den Grund dafür: Während sie Rik anbot, über seine Zeit hinaus im Heim zu bleiben, war Kaden nach seinem Austritt aus der Garde auf sich allein gestellt gewesen. Ich verstand, dass er von ihr enttäuscht war. Aber waren diese Unstimmigkeiten noch von Bedeutung, wenn es um Leben oder Tod ging? Sollte er mich doch dafür hassen, wenn es ihm besser ging. Damit wurde ich fertig. Nicht aber damit, ihn zu verlieren.

Also erzählte ich Saga alles, was in dieser Nacht geschehen war. Ich hatte kaum geendet, als sie schon los eilte, um ihre Arbeit zu machen. Währenddessen blieb ich im nun wieder dunklen Gemeinschaftsraum des Heims sitzen und versuchte, mir einzureden, dass ich das Richtige tat.

KAPITEL 20

Alva

Den gesamten nächsten Tag über versuchte ich, alles und jedem aus dem Weg zu gehen. Ich hatte keine Lust auf Glückwünsche. Auf Fragen, wann ich das Heim verlassen und in den Palast einziehen würde. Auf Blicke und Getuschel, die mich mit jedem Schritt begleiteten. Deshalb zog ich mich auf den Heuboden zurück, den Rik und ich als unser gemeinsames Versteck nutzten. Oder genutzt hatten, je nachdem.

Erschöpft lehnte ich den Kopf gegen die Wand, während ich versteckt hinter dicken Holzbalken durch das Fenster hinweg beobachtete, wie unten am Hof der Alltag fortgesetzt wurde. So als wäre gestern Nacht nichts passiert. Für sie war es auch so. Nur meine Welt hatte sich vollkommen auf den Kopf gestellt.

Eigentlich sollte ich jetzt mit meinen beiden Kristallen auf dem Weg zum Palast sein, um mich Königin Juna vorzustellen. Aber dazu fühlte ich mich nicht bereit. Nicht, solange Kadens Zustand nicht geklärt war. Außerdem wollte ich zuerst noch mit Rik sprechen. Es war unsicher, ob und wann ich ihn und die anderen wiedersah, wenn ich erst im Palast ankam.

Ich breitete die alte Stoffdecke über meinen Beinen aus, um die Kälte zu vertreiben. Dann schloss ich einen Moment lang die Augen und lauschte den meist vertrauten Stimmen, die über das Gelände schallten. Den Lauten der Tiere. Den altbekannten Geräuschen der Arbeit am Hof. Wahrscheinlich sollte ich in diesem Moment ebenfalls dort unten sein und helfen. Mich ablenken. Aber ich konnte mich nicht von der Stelle bewegen. Ich fühlte mich wie festgefroren, während meine Gedanken weniger um die Kristalle als um Kaden kreisten.

Es musste ein gutes Zeichen sein, dass Rik bisher nicht zurück war. Saga war ich heute noch nicht über den Weg gelaufen. Ich wusste nicht, ob sie bei den beiden oder bereits wieder auf dem Hof unterwegs war. Aber selbst ihr wollte ich im Moment nicht begegnen, aus Angst vor schlechten Neuigkeiten …

Ein Knarzen riss mich aus den Gedanken und einen kurzen, dummen Augenblick lang hoffte ich, es wäre Rik, der die Leiter hochkam. Natürlich war er es nicht. An seiner Stelle tauchte ein blonder Schopf mit aufwändiger Flechtfrisur auf und ich hielt den Atem an. Versuchte mich zu ducken, doch da war es bereits zu spät.

Idas Blick traf meinen und einen Moment lang starrten wir uns lediglich wortlos an. Nur ihr Oberkörper bis zu den Schultern ragte aus der Luke, die zum Heuboden führte. Weiter war sie nicht gekommen und sie machte auch keine Anstalten, sich zu bewegen – weder nach oben noch nach unten.

Wir beide schwiegen, doch ich konnte nicht leugnen, dass mein Puls unkontrolliert in die Höhe stieg und meine Hand zu dem kleinen Beutel an meiner Hüfte wanderte. Ich machte mich auf das Schlimmste gefasst und rief mir in Erinnerung, was Kaden mir beigebracht hatte. Wie ich sie abschütteln konnte. Der Gedanke an ihn verpasste mir einen Stich in der Brust, den ich aber in den Hintergrund drängte. Zu viel stand auf dem Spiel.

Ida machte Anstalten, noch eine Stufe höher zu kommen und ich drückte mich automatisch fester gegen die Wand in meinem Rücken. Sie bemerkte meine Reaktion und brach ihr Vorhaben ab. Wieder entstand diese stumme Regungslosigkeit zwischen uns, die meine Nerven aufs Äußerste spannte.

Nach einigen Sekunden seufzte Ida geschlagen. »In Ordnung. Wie auch immer.«

Es schien, als wollte sie den Rückzug antreten.

»Ida.«

Meine Stimme hielt sie zurück und sie warf mir einen fragenden Blick zu.

»Hast du Rik gesehen? Ist er hier?«

Ihre Brauen hoben sich. »Solltest du nicht genau wissen, wo er steckt? Immerhin seid ihr das neue Traumpaar im Heim. Glückwunsch.«

Ihre beißenden Worte ließen mich schlucken. Und obwohl ich wusste, dass es keinen Zweck hatte, sprach ich den ersten Gedanken aus, der mir in den Sinn kam: »Bitte tu das nicht.«

Ida öffnete den Mund, schien es sich dann jedoch anders zu überlegen und schloss ihn wieder. Meine Worte mussten sie überrumpelt haben, und das war gut so. Ein knappes, beinahe unmerkliches Nicken folgte, ehe sie sich endgültig zurückzog und die Leiter wieder hinunterkletterte.

Erleichtert schloss ich die Augen. Dieses Aufeinandertreffen hätte auch ziemlich schnell nach hinten losgehen können. Ich war Ida dankbar für ihre Nachsicht, die ich ihr im Leben nicht zugetraut hätte.

Wieder allein lauschte ich dem Stimmengewirr draußen auf dem Hof und versuchte, all die Gedanken niederzukämpfen, die nun erneut an die Oberfläche traten. Würde es zwischen Rik und mir je wieder wie früher werden? War der letzte Eiskristall tatsächlich für immer verschwunden? Würde Kaden mir verzeihen können, was gestern Nacht geschehen war? Dass er dem Fluch der Kristalle zum Opfer gefallen war, obwohl das kein Teil der Abmachung gewesen war? Natürlich, niemand hatte ihn gezwungen, die Suche allein fortzusetzen. Aber ich war diejenige, die diese Idee erst losgetreten hatte. Die ihm Hoffnung auf Erlösung gemacht hatte …

Ein plötzlicher Pfiff ließ mich hochfahren. Ich lehnte mich ein Stück nach vorn und spähte aus dem kleinen Fenster des Heubodens. Dort unten entdeckte ich Ida, die zu mir hochblickte und in Richtung Wald zeigte. Mein Blick folgte ihrem ausgestreckten Arm und in der Ferne erkannte ich, was sie mir zeigen wollte.

Mit den Lippen formte ich das Wort »Danke« und sie nickte nur, ehe ich aufsprang und mein Versteck verließ. Wie von selbst trugen mich meine Beine aus dem Stall und in Richtung Wald. Ich erreichte Rik, ehe er den belebten Hof betrat, und zog ihn ein Stück mit mir, um in Ruhe mit ihm reden zu können, abseits der neugierigen Blicke.

»Von eins bis zehn: Auf wie viel Ärger muss ich mich gefasst machen?«

Rik hob die Brauen, als verstünde er nicht, was ich meinte, doch dann ging ihm ein Licht auf. *Saga.* »Kein Ärger«, gab er sachlich zurück und ich versuchte, zumindest aus seiner Stimme einige Informationen herauszufiltern. Erfolglos. »Saga hat gute Arbeit geleistet. Kaden geht es besser, aber er sollte sich noch eine Weile ausruhen.«

Ich nickte erleichtert. »Und wie geht es dir?«

Ein Schulterzucken, mehr nicht. »Saga meinte, jemand sollte heute Nacht noch ein Auge auf Kaden haben und seine Temperatur überwachen. Ihr bei Anzeichen von Fieber sofort Bescheid geben. Ich hab hier zu tun, also vielleicht könntest du das erledigen.«

Es war keine Frage, dennoch nickte ich zur Antwort, obwohl mir dabei nicht wohl war. Keine Ahnung, ob Kaden mich überhaupt sehen wollte, aber ich wagte es nicht, Rik zu widersprechen. Da war wieder diese merkwürdige Stimmung zwischen uns, so als ob wir beide uns gerade zum ersten Mal begegneten. Lange würde ich dieses Gefühl nicht aushalten. Ich wollte, dass es wieder so wurde wie zuvor. Nur wie?

Ich zögerte einen Moment, überdachte meine Worte, ehe sie meinen Mund verließen. »Sollen wir über das reden, was gestern passiert ist? Ich meine ... vor der Sache mit Kaden.«

Riks Ausdruck blieb unverändert neutral. »Ich weiß nicht, was es da zu bereden gibt. Wir haben gefeiert und hatten Spaß, das ist alles.«

Ich wagte es kaum, die Erleichterung zuzulassen, die in diesem Moment meinen Körper zu fluten drohte. »Also hatte es nichts zu bedeuten?«

Rik zuckte mit den Schultern und da wurde mir klar, dass ich mich zu früh gefreut hatte. Er war mein bester Freund. Eigentlich hätte ich die Lüge sofort erkennen müssen, als sie seinen Mund verlassen hatte. Aber dafür hatte ich mir wohl zu sehr gewünscht, dass es wahr war.

»Rik ...«

Ich wollte nach seiner Hand greifen, doch er wich einen Schritt zurück, was mich wie ein Stich ins Herz traf.

»Ich denke, du solltest langsam los. Es dämmert bereits und du willst doch bei Kadens Hütte sein, ehe es dunkel wird.«

Mein Mund öffnete sich, doch Rik wartete keine Antwort ab. Er wandte mir den Rücken zu und marschierte davon, so als hätte er mir nichts mehr zu sagen.

Es tat weh. Sehr sogar. Aber Rik hatte recht. Ich sollte mich besser beeilen, ehe es dunkel wurde. Also verzichtete ich darauf, ihm zu folgen und die Sache zu klären. Stattdessen machte ich mich auf in den Wald.

Ida

Idas Blick verfolgte Rik, der mit festen Schritten auf den Hof stapfte. Ein wenig zu fest, wenn es nach ihr ging. Irgendetwas war passiert und sie wagte fast zu wetten, dass es mit ihrer zukünftigen Königin zu tun hatte.

»Kein guter Tag?«, rutschte es ihr heraus, als Rik an der Hütte vorbeilief, an der sie lehnte und das Treiben beobachtete, wie sie es gern tat, um auf dem Laufenden zu bleiben, was das Geschehen im Heim betraf.

Seine Schritte verlangsamten sich, ehe er stehen blieb und Idas Blick auffing. Während sie grinste, wirkte sein Gesichtsausdruck grimmig. *Wenn Blicke töten könnten,* ging es ihr dabei durch den Kopf. Eigentlich war das bereits Antwort genug, und doch wollte sie mehr. Sie war geradezu süchtig nach dem täglichen Tratsch.

»Hast du nichts zu tun?«

»Das hab ich«, bestätigte Ida. Sie stieß sich von der Wand ab und schlenderte mit federnden Schritten auf Rik zu, der sie misstrauisch begutachtete. Seine Augenbraue hob sich, so wie sie es immer tat, wenn ihm etwas suspekt war. Nach all den Jahren kannte sie seine Expressionen fast besser als ihre eigenen. »Ich bin sogar sehr beschäftigt. Ich beobachte, bewerte, verstehe. Und was ich in deinem Gesicht sehe, verstehe ich nur allzu deutlich.«

Mit einem Schnauben wandte er den Blick von ihr ab, machte jedoch keine Anstalten, sie stehen zu lassen.

»Sei doch froh«, setzte Ida deshalb nach. Er war bereit, ihr zuzuhören, diese Chance musste sie nutzen, um ihm die Augen zu öffnen. Ganz offensichtlich war er selbst zu blind, um die Wahrheit zu erkennen. Ein kleiner Schubs in die richtige Richtung konnte nicht schaden. »Schon bald wird Alva in den Palast verschwinden und sich an keinen von uns mehr erinnern.« Nur, dass Alva niemals Königin werden würde. Dafür würde sie sorgen. Beinahe hätte Ida nach der kurzen Begegnung von eben einen Rückzieher gemacht und die Idee in den Wind geschossen. Nachdem sie aber das Gespräch zwischen Alva und Rik verfolgt hatte, war sie umso überzeugter davon, keine andere Wahl zu haben, als diesen Schritt zu gehen. »Besser, du akzeptierst diese Tatsache früher als später.«

Rik schüttelte den Kopf. Seine haselnussfarbenen Augen fixierten sie, was sie beinahe sofort zum Schweigen brachte. Die Intensität, mit der er sie betrachtete, die Aufmerksamkeit, die er ihr sonst verwehrte, trafen sie mit voller Wucht. Ebenso wie seine nächsten Worte: »Eifersucht steht dir nicht, Ida.«

Ihr Mund öffnete sich, doch es dauerte viel zu lange, bis ein Ton hervorkam. Ihre Kehle fühlte sich mit einem Mal trocken an. Sie versuchte, die merkwürdigen Reaktionen ihres Körpers hinter ihrer Maske zu verbergen, die sie sich über die Jahre angeeignet hatte. »Wie bitte?«

»Du kannst Alva nicht ausstehen, das ist kein Geheimnis«, erklärte Rik. »Aber sie hat die Kristalle gefunden. Sie hat es verdient, den Platz der Königin einzunehmen. Und es gibt absolut gar nichts, was du dagegen tun kannst.«

Ihr Puls, der vorübergehend in die Höhe geschossen war, beruhigte sich langsam wieder. Er dachte, sie wäre eifersüchtig auf den Thron, den Alva niemals besteigen würde? Ganz sicher nicht. Dennoch hatten seine Worte sie aus der Fassung gebracht. Allerdings auf eine völlig andere Weise, die sie selbst nicht richtig begreifen konnte. Oder doch, nur würde sie das niemals zugeben.

Sie hob ihr Kinn an. Mit einem Mal fiel es ihr wieder um einiges leichter, ihre Fassade aufrecht zu erhalten.

»Du hast recht, Rik. Soll Alva doch in den Palast ziehen. Ich hoffe, sie wird glücklich dort oben, von wo aus sie auf uns herabsehen kann. Das hat sie doch immer schon getan.«

Mit diesen Worten wollte sie ihm den Rücken kehren, aber Rik packte sie am Arm. Ihr Herz stolperte über seinen eigenen Takt, als sie ihm in die Augen blickte, die so ernst waren, dass es ihr schon fast Angst einjagte.

»Was ist dein Problem mit Alva?«

»Was interessiert es dich?«, schoss Ida zurück – schärfer als geplant. »Sie hat Kaden dir vorgezogen. Warum verteidigst du sie immer noch?«

Ihre Worte trafen einen wunden Punkt, denn Ida spürte, wie sich sein Griff um ihren Arm lockerte. In seinem Gesicht spiegelten sich mit einem Mal so viele Emotionen, dass Ida kaum hinterherkam. Erst war da Ärger über ihre Worte, dann Erkenntnis, Enttäuschung. Beinahe bereute sie das Gesagte, aber irgendwie auch nicht. Es war nicht ihre Absicht gewesen, ihn zu verletzen, doch er sollte die Wahrheit kennen, selbst wenn sie ihn mit der Nase drauf stoßen musste.

»Wir sind immer noch Freunde«, meinte er. Seine Stimme hatte jegliche Schärfe verloren, so als wäre er sich dessen selbst gar nicht so sicher.

Ida nutzte den Moment, um sich endgültig aus seinem Griff zu befreien. »Das waren wir auch mal, bevor Alva aufgetaucht ist.«

Etwas in Riks Augen flackerte auf, doch Ida gab ihm nicht die Chance, darauf zu antworten. Diesmal hielt er sie nicht auf, als sie sich abwandte und mit großen Schritten in Richtung Waisenhaus verschwand. Ihr Weg führte sie in die Küche, von der sie überzeugt war, dort ihre Freundinnen vorzufinden. Immerhin sollte sie selbst auch gerade Brot backen.

Als sie die Treppen hochlief und die Tür aufstieß, fand sie Thea allein vor. In den dunklen, losen Strähnen, die sich aus ihrer Flechtfrisur gelöst hatten, klebte Mehl. Sie wirkte vollkommen konzentriert darauf, den Laib in ihren Händen zu formen, sodass sie Ida zunächst gar nicht bemerkte.

»Wie lange brauchst du hier noch?«

Thea fuhr zusammen und blickte zu Ida auf. Etwas in ihren Augen änderte sich schlagartig. »Ist alles in Ordnung?«

In den gemeinsamen Jahren im Heim waren die beiden wie Schwestern zusammengewachsen. Sie spürten es, wenn es der anderen schlecht ging. Und Ida fühlte sich miserabel.

»Das wird es bald wieder sein«, versicherte sie Thea. »Nachdem wir Alva eine kleine Lektion erteilt haben.«

KAPITEL 21

Alva

Es war ein komisches Gefühl, die zugige alte Holzhütte zu betreten, in der vollkommene Ruhe gemischt mit gespenstischer Finsternis herrschte. Nur die Glut der Feuerstelle und die verschmutzten, wenigen Fenster spendeten etwas Licht.

Als ich das erste Mal hier gewesen war, hatte ein Abenteuer begonnen, das vollkommen aus dem Ruder gelaufen war. Damals hatte ich nicht erwartet, auch nur einen der Eiskristalle zu finden, geschweige denn dabei beinahe das Leben eines Freundes zu verlieren. Wie schon so oft in den letzten Stunden fragte ich mich, ob es die Sache wert war. Wollte ich so sehr Königin werden, dass ich bereit war, Leben aufs Spiel zu setzen? Meines, Riks, Kadens?

Fast schon widerwillig ließ ich meinen Blick an den verzogenen, dunkelbraunen Holzdielen entlang wandern, bis er bei dem wackelig wirkenden Bett ankam. Daneben stand ein Holzstuhl, der vermutlich von Riks Schicht übrig geblieben war. Kadens Körper wurde von mehreren Wolldecken vor Kälte geschützt, nebenbei glimmten die letzten Reste der Glut in der Feuerstelle. Kurz überlegte ich, das Feuer trotz der wohligen Temperatur in der Hütte wieder zu entfachen, allerdings hielt mich Kadens Stimme davon ab.

»Willst du dort Wurzeln schlagen?«

Ich schluckte das unangenehme Gefühl hinunter, das sich in mir breitmachte. Die Kälte in seiner Stimme stammte nicht nur von seinem Unfall, das war mir bewusst. Ich kannte den Grund, wagte es aber nicht, ihn darauf anzusprechen. Nicht, solange er nicht wieder vollkommen gesund war. Und das würde noch eine Weile dauern.

Trotz des beengenden Gefühls um meine Brust bewegte ich mich auf ihn zu. Die teilweise morschen Dielen knarrten unter jedem meiner Schritte, ebenso wie der Stuhl, als ich mich widerwillig darauf niederließ.

Kaden sah mich nicht an, sein Blick war hoch zur Decke gerichtet, als hätte Saga ihn so fest in die Laken gewickelt, dass er sich nicht mehr aus seiner Position befreien konnte. Aber natürlich konnte er das. Er wollte es nur nicht. Sein Verhalten verletzte mich, doch damit musste ich wohl leben lernen. Immerhin war ich mit

Schuld an seinem Ärger und der Situation, in der er sich befand.

Hingegen dem Drang in mir, sein Gesicht zu berühren, griff ich rasch nach seiner Hand, die außerhalb der Bettdecke lag, ehe er sie mir entziehen konnte. Die Berührung dauerte nur wenige Sekunden, ehe ich ihn wieder abbrach. Es reichte allerdings, um zu wissen, dass sein Körper sich noch immer eisig anfühlte.

Als ich meine Hand zurückzog, war es, als würde ich mit einer unsichtbaren Schnur Kadens Gesicht in meine Richtung drehen. Seine eisblauen Augen musterten mich eingehend, so als versuchte er, mir den Grund meines Besuchs zu entlocken.

»Ich ... wollte nur nach dir sehen«, erklärte ich beinahe eingeschüchtert, verschwieg ihm dabei, dass Rik es war, der mich hergeschickt hatte. Mir kaum eine andere Wahl gelassen hatte. Ich merkte, wie meine Handflächen schwitzig wurden, und das lag garantiert nicht an der Wärme. Es lag an Kaden und der Art, wie er mich betrachtete. Nie hatte ich mir sehnlicher gewünscht, in jemandes Kopf blicken zu können. Er wirkte weder überrascht noch erfreut über meine Worte. Ein kurzes Nicken war alles, was ich bekam, ehe er sich wieder der Zimmerdecke widmete, als würde es ihm mehr Freude bereiten, *sie* anzusehen.

Ich presste fest die Lippen aufeinander. Mir war bewusst, dass ich ihm hatte Zeit geben wollen. Aber seine abweisende Art schmerzte mich mehr, als ich erwartet hatte. Ich hatte gedacht, es ertragen zu können, doch war ich langsam mit meiner Energie am Ende.

Was gestern geschehen war, hatte nicht nur die Freundschaft zwischen Rik und mir ins Wanken gebracht. Es hatte mir die Augen geöffnet. Mir etwas offenbart, das ich nicht früher bemerkt hatte, weil ich dieses Gefühl nicht gekannt hatte. Doch dieser Kuss und danach in Kadens Augen zu sehen, hatte etwas verändert. Hatte *alles* verändert. Ich hatte etwas in seinem Blick gesehen und musste wissen, dass ich mich nicht täuschte. Dass das der Grund für seine abwehrende Haltung war und nicht der Kristall oder der Unfall.

Mein Herzschlag beschleunigte sich, als ich zitternd Luft holte. »Kaden, ich wollte –«

Weiter kam ich nicht, da mit einem Mal die Tür aufgerissen wurde. Nach Luft schnappend, fuhr ich auf dem Stuhl herum und erblickte zwei in vor der Kälte schützende Decken gehüllte Mädchen aus dem Waisenhaus. Bei der Blonden handelte es sich natürlich um Ida, bei der Dunkelhaarigen um ihre Freundin Thea. Sie lachten und tuschelten, während sie sich von den überschüssigen Kleidern befreiten und auf uns zu liefen, wobei sie mich keines Blickes würdigten.

»Ich hoffe, wir stören nicht«, meinte Ida, die das Bett umrundete. Kadens Aufmerksamkeit folgte ihr dabei, ehe er sich Thea zuwandte, die vor der Feuerstelle hinter dem Fußende stehen blieb. »Wir wollten nach dir sehen und fragen, ob du irgendetwas brauchst.«

Thea kicherte zustimmend. »Gesellschaft, zum Beispiel. Aber wie ich sehe, sind wir nicht die Einzigen, die auf diesen Gedanken gekommen sind.«

Ich senkte den Blick zu Boden, um den ihren auszuweichen. Meine Ohren begannen zu glühen, während mein Puls sich zu überschlagen drohte. Warum jetzt? Warum mussten die beiden ausgerechnet jetzt hier reinplatzen? Die ungesagten Worte brannten auf meiner Zunge und in meiner Seele. Ich wollte eine Antwort, aber nicht vor den beiden.

»Das ist kein Problem«, meinte Kaden. Der Klang seiner Stimme zog meine Aufmerksamkeit auf sich, allerdings wünschte ich, ich wäre eisern geblieben. Der Ausdruck in seinen Augen trieb den Dolch in meinem Herzen nur noch tiefer hinein. »Alva wollte gerade gehen, nicht wahr?«

Obwohl ich spürte, wie sämtliche Farbe aus meinem Gesicht verschwand und ich ihm am liebsten widersprochen hätte, schluckte ich meinen Schmerz hinunter. Er konnte nicht ahnen, was ich vorgehabt hatte zu sagen. Aber es war offensichtlich, dass er es ohnehin nicht hören wollte. Dass er nicht mehr Zeit in einem Raum mit mir verbringen wollte als nötig. Wenn es das war, was er wünschte – mich loswerden –, dann sollte es so sein.

»Eigentlich hatte ich vor, die Nacht über hierzubleiben, um sicherzugehen, dass deine Temperatur stabil bleibt«, setzte ich an, bemüht, meine Stimme gleichgültig klingen zu lassen. »Aber wie ich sehe, bist du auch ohne mich in guten Händen.« Mein Blick fand den von Ida, weil ich ihr immer noch mehr zutraute als Thea. Sie mochte zwar gemein sein, aber dumm war sie bestimmt nicht. Ganz im Gegenteil. »Laut Saga ist er noch nicht über den Berg, also solltet ihr regelmäßig seine Körpertemperatur prüfen und gegebenenfalls das Feuer wieder anfachen. Sein Körper soll wieder Normaltemperatur bekommen, aber er darf keinesfalls Fieber bekommen. In diesem Fall müsst ihr Saga informieren. Außerdem sollte er viel trinken. Ich bin mir sicher, ihr bekommt das hin.«

Ida hob die Augenbrauen, als wollte sie fragen: *Was unterstellst du mir gerade?* Zu meinem Glück sprach sie ihre Gedanken nicht laut aus. Ich war nicht auf einen Streit aus. Weder mit ihr noch mit sonst jemandem. Dazu fehlte mir im Moment eindeutig die Kraft.

Aus Gewohnheit wanderte meine Hand an den Beutel mit Kristallen, der am Gürtel hing, als ich mich erhob. Mit einem letzten Blick auf Kaden war ich kurz davor, mich zu verabschieden, beließ es dann aber dabei. Stattdessen wandte ich den dreien lediglich den Rücken zu und marschierte erhobenen Hauptes aus der Hütte.

Erst als die Tür hinter mir ins Schloss fiel, wagte ich

es, wieder durchzuatmen. Meine Knie waren zittrig, ebenso meine Hände. Ich hatte gewusst, dass es keine gute Idee war, eine Schicht bei Kaden zu übernehmen. Dass er mich nicht sehen wollte, hatte er mehr als deutlich gemacht. Ich wünschte nur, ich wüsste den Grund dafür. Hatte es mit einem der gestrigen Ereignisse zu tun? Oder damit, dass ich Saga gegen seinen Willen zu ihm geschickt hatte, um zu helfen? Was auch immer es war, ich würde es nicht aus ihm herausbekommen. Ich hatte mich selbst glauben lassen, ich würde mit seinem Ärger leben können. Mittlerweile war ich mir da nicht mehr so sicher. Ich bereute meine Entscheidung nicht, dennoch verfluchte ich den Schmerz, der sich durch mein Herz und meine Eingeweide zog. Ein Schmerz, wie ich ihn noch nie zuvor erlebt hatte.

Ich presste meine Hände gegen die Brust, hinter der mein Herz viel zu schnell hämmerte, ehe ich mich in Bewegung setzte. Ich folgte dem platt getretenen Weg, der in der Dunkelheit nur schwer auszumachen war. Allerdings kannte ich ihn mittlerweile fast im Schlaf.

Die Stille des Waldes umhüllte mich. Der kalte Wind kühlte meine überhitzte Haut, was ich dringend nötig hatte.

Was hatte ich mir nur dabei gedacht? Hatte ich wirklich geglaubt, die ganze Nacht über an Kadens Seite sitzen zu können, ohne auch nur ein Wort darüber zu verlieren, was geschehen war? Wir beide wussten, dass die Sache zwischen uns stand. Und doch war unklar, was sie bedeutete.

Das Pfeifen des Windes nahm zu und mischte sich mit dem Knacken der trockenen Äste über mir. Oder hinter mir?

Der Griff um meinen Beutel festigte sich, als ich mich im Gehen einmal um meine eigene Achse drehte, um meine Umgebung zu prüfen.

Nichts.

Scheinbar machte mich das Rennen um die Eiskristalle langsam paranoid. Nichtsdestotrotz beschleunigte ich meine Geschwindigkeit, um so schnell wie möglich zurück zu Rik zu gelangen. Es war an der Zeit, den nächsten Schritt zu machen. Egal, wie ich es drehte oder wendete, der letzte Kristall blieb für mich verschollen. Ich musste der Königin mit dem gegenübertreten, was ich hatte, ehe es zu spät war und ihre Zeit ablief.

In der Ferne leuchteten Lichter auf. Vor dem Waisenhaus brannten wie jede Nacht Fackeln, die die Dunkelheit vertreiben und den Kindern die Angst vor der Finsternis nehmen sollten.

Erleichterung machte sich in mir breit, als mein sicherer Hafen in greifbare Nähe rückte. Zwar war ich nicht sonderlich erpicht darauf, Rik zu erklären, warum ich schon zurück war und meine Schicht bei Kaden nicht wie besprochen absaß, aber es war immer noch besser als –

Ein plötzlicher Schlag von hinten ließ mich straucheln. Gerade rechtzeitig schaffte ich es, die Hände nach vorn auszustrecken. Doch auch das nützte mir nichts. Ich prallte auf dem Boden auf und ehe ich begriff, wurde es schwarz um mich herum.

Königin Juna

Die Tage verstrichen und mit jedem neuen Einbruch der Nacht wurden ihre Berater ungeduldiger. Allen voran Nohr, der sie schon mehr als einmal darum gebeten hatte, die Suche abzublasen und selbst eine Nachfolgerin zu bestimmen. Oder wenn es nach ihm ginge, einen Nachfolger.

Königin Juna schloss die Augen. Seit Stunden lag sie in ihrem Bett und doch wollte es ihr nicht gelingen, in das Reich der Träume abzudriften.

Vielleicht beunruhigte sie das Warten ja auch, selbst wenn sie es Nohr gegenüber niemals zugeben würde. Er würde sich in seiner Angst nur bestätigt fühlen und sie zu einer Entscheidung drängen, die sie nicht treffen wollte.

Nein. Sie hatte den richtigen Weg gewählt. Das Schicksal hatte sie erwählt, also würde es auch ihre Nachfolgerin erwählen. So musste es sein.

Damals, noch ehe Königin Juna ihr Amt angetreten hatte, war es dem Land schlecht ergangen. Unter König

Høgh III mussten die Menschen gnadenlos Steuern an das Königshaus zahlen und um ihre Existenz bangen. Ebenso wie ihre eigene Familie, die trotz der harten Arbeit kaum über die Runden gekommen war. Zudem fürchteten die Einwohner die Angriffe von feindlichen Völkern, die die Schwächen des Königs erkannten und es sich zur Aufgabe gemacht hatten, auch noch die letzten Reste zu erbeuten, die das Dorf zu geben hatte.

Schon immer hatte es die Sage der drei magischen Kristalle gegeben, die das Land vor dem Untergang bewahren sollten. Die Menschen hatten es für einen Mythos gehalten. Eine Geschichte, die über Generationen weitergetragen wurde. Niemand hatte wirklich versucht, diese Kristalle zu finden, wäre es lediglich Zeitverschwendung gewesen. Doch Notsituationen verlangten besondere Taten, das war Juna schon damals klar gewesen.

Niemals würde sie den Ausdruck auf dem Gesicht des alten Königs vergessen, als sie mit den sagenumwobenen Kristallen vor ihm gestanden hatte – das Volk in ihrem Rücken. Nach langen Beratungen des Herrschers und seiner Vertrauten war ihr Schicksal an einem verregneten Nachmittag beschlossen worden. An diesem Tag hatte sie sich geschworen, ihr Land um jeden Preis zu schützen. Und das tat sie bis heute. Nicht nur vor fremden Eindringlingen, sondern auch vor einer Herrschaft wie der, unter der sie aufgewachsen war. Niemals sollte das Volk von Ishøgh wieder in solcher Angst leben wie sie und die ihren unter dem damaligen König, der nur durch sein Erbe an die Macht gelangt war.

Das Schicksal hatte ihr die Führung übertragen und es würde entscheiden, wer ihre Nachfolge antreten würde. Nicht sie und auch keiner ihrer Berater. So würde es das Beste für Ishøgh sein. Davon war sie überzeugt.

KAPITEL 22

Kaden

Schreie hallten durch die Nacht. Ein modriger Geruch umhüllte ihn und brannte sich sogar in seine Zunge. Er schmeckte Erde. Ein verschwommener Blick nach oben zeigte Mondlicht, das im Moment vollkommen fehl am Platz wirkte. Angst flutete seinen Körper und er fuhr zusammen, als etwas auf ihn niederprasselte.

Erde.

Erde überall.

Kaden schreckte hoch. Sein Puls raste und durch den stechenden Schmerz in seiner Stirn realisierte er kaum, dass er in seinem eigenen Bett lag.

Es war kalt in der Hütte, das Feuer war ausgegangen und die Decke musste während der Vision von seinem Körper gerutscht sein.

Von Ida oder Thea war keine Spur. Natürlich.

Mit einem tiefen Seufzen ließ er sich zurück in das

Kissen sinken und schloss einen Moment die Augen. Sofort tauchten die Bilder wieder auf, die er in seiner Vision gesehen hatte. Sie hinterließen ein rastloses Gefühl in ihm, auch wenn er sie zunächst nicht richtig ordnen konnte.

Er hasste es, nie zu wissen, was genau eine Vision zu bedeuten hatte – geschweige denn, wann sie eintreten würde. Normalerweise machte er einfach weiter wie zuvor, bis das Schicksal seinen Lauf nahm. Doch heute konnte er das nicht. Zu real hatten sich die Kälte und die Angst angefühlt, die er nicht zuordnen konnte. Zu unmittelbar.

Widerwillig kletterte er aus dem Bett. Er musste herausfinden, was es mit dieser Vision auf sich hatte. Jetzt. Jede Faser in seinem Körper verlangte danach. So ein drängendes Gefühl hatte er noch nie nach einer Vorhersehung verspürt. Meist lagen die Ereignisse, die ihm offenbart wurden, in weiter Zukunft. Es waren Informationen, die keinen direkten Handlungsbedarf hatten. Aber heute fühlte es anders an, drängender.

Ehe er sich's versah, befand er sich schon im Wald. Wie so oft ließ er sich von seinem Gefühl leiten, das ihn in eine bestimmte Richtung zu ziehen schien. In die des Waisenhauses.

Innerlich fluchte Kaden. Das war im Moment der letzte Ort, an dem er sein wollte. Weder wollte er Rik noch Alva noch Saga oder sonst irgendjemandem über den Weg laufen …

Er schluckte den seltsamen Schmerz hinunter, den er bei dem reinen Gedanken an Alva verspürte. Dafür war nicht der richtige Zeitpunkt. Zuallererst musste er herausfinden, was es mit der Vision auf sich hatte. Danach konnte er sich immer noch den Kopf zerbrechen.

Kaden kannte dieses Gefühl, das ihn vorantrieb. Das ihm oft den richtigen Weg wies. Normalerweise vertraute er diesem. Doch gerade heute schien es die Orientierung verloren zu haben, da es ihn nicht tiefer in den Wald hineinführte. Denn ehe er es wusste, fand er sich in den Jungenschlafräumen des Heims wieder, die ihm selbst nach all der Zeit noch merkwürdig vertraut waren.

Ungeduldig rüttelte er an Riks Schulter, der seelenruhig in seinem Bett schlief und nun jäh aus seinen Träumen gerissen wurde. Orientierungslos sah Rik sich um, ehe sein Blick auf ihn traf.

»Kaden?«

»Wo ist Alva?« Die Worte verließen seinen Mund, ehe er sie zurückhalten konnte. Keine Zeit für Erklärungen, dazu war das drängende Gefühl in ihm zu stark.

Verschlafen blinzelte Rik ihn an. »Was soll das heißen? Sie sollte doch bei dir sein. Ich hab sie zu dir geschickt.«

»Da ist sie aber nicht.«

Riks Augen verengten sich. Mit einem Mal wirkte er hellwach, als er sich in seinem Bett aufsetzte. Die Vorwürfe in seiner Stimme waren kaum zu überhören, als er fragte: »Was hast du getan?«

»Du kannst mir gern später die Leviten lesen. Ich habe ein ungutes Gefühl und ich denke, dem sollten wir auf den Grund gehen.«

Das ließ sich Rik nicht zweimal sagen. Während Kaden das Heim auf direktem Weg verließ, um all den Erinnerungen an diesen Ort zu entkommen, machte er sich daran, die Zimmer nach Alva abzusuchen.

Währenddessen nahm das unangenehme Ziehen in Kadens Magen zu. Sein Gefühl täuschte ihn nie und hier war definitiv etwas nicht in Ordnung. Dieser Gedanke bestätigte sich nur, als Rik mit Bogen und Pfeilen bewaffnet aus der Hütte trat und auf ihn zukam.

»Du bist der Spürhund«, sagte er ernst. »Finde sie.«

Kaden versagte sich eine bissige Antwort. Immerhin hatte ihn sein Gefühl auch hierhergeführt. Und das gewiss nicht ohne Grund.

Sein innerer Kompass zog ihn nun wieder tiefer in den Wald hinein. Mit jedem Schritt festigte sich der Knoten in seinem Magen und die Bilder aus der Vision spielten sich immer und immer wieder vor seinen Augen ab.

Der Mond.

Die Kälte.

Die Erde.

Er stoppte abrupt, als Rik plötzlich seinen Arm ausstreckte und ihm damit den Weg versperrte. Kaden folgte seinem Blick und entdeckte Gestalten im schummrigen Mondlicht. Beide hielten eine Fackel in der Hand, dennoch konnte Kaden auf die Entfernung kaum etwas ausmachen. Der Statur nach handelte es sich um zwei Männer.

Leise ertastete Rik einen seiner Pfeile und Kaden verfluchte sich dafür, keine Waffe bei sich zu tragen. Zwar wusste er, dass Rik gut mit dem Bogen umgehen konnte, allerdings wäre es ihm lieber, ebenfalls handeln zu können. Sich selbst vertraute er schließlich doch am meisten.

Lautlos näherten sie sich den beiden fremden Gestalten, die geschäftig, aber leise, miteinander diskutierten.

»Hey!«, rief Rik, als sie nahe genug dran waren, um mit einem Pfeil das Ziel nicht zu verfehlen. »Was macht ihr hier?«

Die beiden Gestalten erstarrten und blickten in ihre Richtung. Eine von ihnen schien eine Art Schaufel in der Hand zu halten. Die andere fackelte nicht lange und ergriff die Flucht. Rik verfolgte den Flüchtenden zwar mit seinem Bogen, doch er ließ den Pfeil einfach nicht fliegen. Er zögerte. Und zögerte.

Aus reinem Reflex riss Kaden ihm die Waffe aus der Hand. In einer geübten Bewegung legte er den Pfeil an, zielte und schoss. In der nächsten Sekunde stürzte die Gestalt zu Boden, während Rik ihm bereits einen weiteren Pfeil reichte, der auf den Verbliebenen zielte.

»Eine Bewegung und du bist der Nächste«, informierte Kaden ihn, woraufhin dem Mann seine Schaufel aus der Hand fiel und er die Arme wehrlos von sich streckte.

Während Kaden ihn nicht aus der Schusslinie ließ, marschierte Rik auf den Fremden zu. Er stieß ihn zu Boden und fixierte ihn dort. Erst dann senkte Kaden die Waffe. Wieder war es sein Gefühl, das ihn rief. Ihn zu sich zog.

Nicht weit von dem Ort entfernt, an dem sie die beiden aufgefunden hatten, entdeckte er ein Loch im Boden, in das er, ohne zu zögern, sprang. Die Bilder aus seiner Vision fluteten ihn, als wüsste er nicht längst, was ihn erwartete.

Hier unten war es aufgrund des mangelnden Feuerscheins dunkler. Er erkannte lediglich Umrisse, doch diese reichten aus.

»Alva.« Vorsichtig umfasste er ihr Gesicht mit den Händen. Obwohl er deutlich ihre Atembewegungen spürte, konnte er die Panik in seiner Brust nicht niederkämpfen. Oder war es Wut?

Auf ihrem Körper lag Erde, als hätte jemand halbherzig versucht, sie zu verscharren. Der Beutel an ihrer Hüfte war verschwunden.

Nun wusste Kaden es: Es war Wut. Unbändige Wut. Er hätte nicht zögern und dem zweiten auch einen Pfeil verpassen sollen, als er die Gelegenheit dazu gehabt hatte. Nichts anderes hätte er verdient.

Behutsam zog er ihren Oberkörper auf seinen Schoß

und hielt sie, so wie sie ihn gehalten hatte, als sein Körper von einer Vision heimgesucht worden war.

»Alva, kannst du mich hören?«

Ihre Lider flatterten. Einen Moment lang öffnete sie die Augen und ihre Blicke trafen sich, ehe sie wieder das Bewusstsein verlor. Kaden war sich nicht einmal sicher, ob sie ihn überhaupt gesehen hatte. Doch das war egal. Wichtig war nur, dass sie in Sicherheit war.

Alva

Blinzelnd blickte ich in den dunklen Nachthimmel, der hoch über mir von Fackeln erhellt wurde. Das schummrige Licht schien von weit, weit entfernt zu kommen. Fast schon so, als würde der Himmel brennen. Ich spürte ein stetiges Pochen an der Rückseite meines Kopfes, der sich merkwürdig benebelt anfühlte. Ich schaffte es kaum, auch nur einen Finger zu bewegen.

Panik flutete meinen Körper. Ich wollte schreien, doch lediglich ein erstickter Laut drang aus meiner trockenen Kehle. Verzweifelt sah ich mich um, als ich plötzlich spürte, wie etwas auf mir landete. Mein Blick suchte den Himmel ab, als es wieder passierte. Ich atmete den Geruch von feuchter Erde ein – und schmeckte sie, als eine weitere Ladung nur knapp neben meinem Kopf auftraf und Klumpen in mein Gesicht fielen.

Mein benebelter Verstand brauchte zu lange, um zu verstehen, was geschah. Um zu begreifen, dass ich mich nicht bewegen konnte, weil die Grube, in der ich lag, zu schmal war.

Wieder spürte ich, wie Erde auf mich nieder rieselte. Ein Ruck ging durch meinen Körper, der mich hochfahren ließ. Um mich herum drehte sich alles. Nur am Rand bekam ich mit, dass ich mich gar nicht in einer kalten Grube, sondern in einer Holzhütte befand. Dennoch raste mein Herz, mein Atem ging viel zu schnell, so real hatte sich dieser Traum angefühlt.

»Alva.«

Eine Stimme hallte durch meinen pochenden Schädel, die ich zunächst nicht richtig zuordnen konnte. Mein verschwommener Blick wanderte zu der Wolldecke, die über meinen Beinen lag, dann zu meinen zitternden Händen mit den aufgeschürften Knöcheln, die sich daran festklammerten. Erst danach fand er eine Gestalt, die neben dem Bett saß, das mit ziemlicher Sicherheit nicht meines war.

Es dauerte eine Weile, bis ich wieder klar sah, auch wenn ich bereits wusste, wer da bei mir saß und nach meiner Hand griff. Der vertraute Klang der Stimme echote durch meinen Kopf und ließ die anfängliche Panik langsam abebben.

Nur ein Traum, sonst nichts.

»Alva, hörst du mich?«

Es dauerte einen Moment, bis Kadens Worte zu mir durchdrangen und ich mich zu einem knappen Nicken überwinden konnte. Ja. Ja, ich hörte ihn. Aber zu einer Antwort fühlte ich mich nicht imstande. Zu viele Gedanken und Erinnerungen prasselten in diesem Moment auf mich ein, die ich erst ordnen und verstehen musste.

Noch ein Ruck ging durch meinen Körper.

»Die Kristalle?«

Kaden fasste in die Tasche seiner Hose, ehe er mir meinen altbekannten Beutel präsentierte. »In Sicherheit.«

Erleichtert atmete ich tief durch und ließ mich zurück in das harte Kissen sinken. Dabei wurde mir klar, dass nur mehr eine Hand die Decke umklammerte. Die andere hatte Kadens fest im Griff. So sehr ich es auch versuchte, ich schaffte es nicht, loszulassen.

»Du erinnerst dich also daran, was geschehen ist?«

Erneut nickte ich, während ein eiskalter Schauer über meinen Rücken jagte. Fast schon schmeckte ich wieder die salzige Erde auf meinen Lippen. Doch kein Traum also.

»Das ist allein meine Schuld.« Kaden atmete tief durch und zog damit meinen Blick wieder auf sich. Zwar sah er mich nicht direkt an, doch ich erkannte an seinem Gesicht, wie niedergeschlagen er war. »Ich habe mich wirklich idiotisch verhalten. Nie im Leben hätte ich dich allein da rauslassen dürfen. Wir wissen schließlich, dass jeder im Dorf scharf auf die Kristalle ist.«

Warum? Die Frage brannte mir auf der Zunge. Warum hatte er sich so verhalten? Doch anstatt den Mut aufzubringen, sie zu stellen, sank mein Kopf zurück und ich betrachtete die Holzdecke der Hütte, während ich die letzte Nacht Revue passieren ließ.

»Es war auch meine Schuld«, räumte ich schließlich ein, als ich all die Bruchstücke wieder zu einem Ganzen zusammengesetzt hatte. »Es war meine Aufgabe, die Nacht über bei dir zu bleiben. Wenn ich mich nicht einmal zwei Waisenkindern gegenüber behaupten kann, wie soll ich es dann als Königin schaffen? Ich befürchte, dass wir einen riesengroßen Fehler begehen …«

»Sag so etwas nicht.« Kaden rückte ein Stück näher an das Bett heran. Erst jetzt fielen mir die tiefen dunklen Ringe unter seinen Augen auf, die durch die Blässe seiner Haut nur verstärkt wurden. Um ein Haar hätte ich vergessen, dass *er* eigentlich der Patient war. Nicht ich. »Aus dir wird eine ganz hervorragende Königin, daran habe ich keinerlei Zweifel. Nicht jede Schlacht ist es wert, geschlagen zu werden.«

Ohne es zu wollen, begann mein Herz schneller zu schlagen. Diese Worte von Kaden zu hören, bedeutete mehr, als ich beschreiben konnte. Zu wissen, dass jemand hinter mir stand, beflügelte mich.

»Übrigens«, setzte Kaden an. Wieder fasste er in seine Tasche, aber anstatt der Kristalle holte er etwas anderes hervor. Ein Lederband, an dem ein Anhänger baumelte.

Ein ovales Stück Eisen, dessen Mitte im Licht funkelte. »Ich habe hier noch etwas für dich. Du hast lange geschlafen und irgendwie musste ich mir die Zeit vertreiben.«

Mit zitternden Fingern nahm ich ihm die Kette ab, die er mir entgegenhielt. Ich begutachtete den Splitter genau, der darin eingebaut war. Er sah aus wie der Teil eines Eiskristalls …

»Das –«, setzte ich an, doch Kaden fiel mir ins Wort.

»Sieh es als so etwas wie eine Entschuldigung an. Oder auch als Abschiedsgeschenk.«

Alarmiert blickte ich auf. Seine Worte gefielen mir ganz und gar nicht. »Was soll das bedeuten, Abschiedsgeschenk?«

Er zuckte mit den Schultern. Mit einem Mal lag eine Schwere in seinen Augen, wie ich sie nie zuvor gesehen hatte. Das helle Eisblau hatte sich zu einem dunkleren Farbton geändert, der mich an den Himmel bei Dämmerung erinnerte. »Wir haben zwei Kristalle und vom letzten gibt es keinerlei Spur. Ich denke nicht, dass du noch länger warten solltest, zumal die Gefahr auf weitere Angriffe mit jedem Tag steigt. Selbst wenn irgendjemand den letzten Eiskristall hat, hat dieser jemand vor Königin Juna doch keine Chance gegen dich. Außerdem wird ihr Zustand nicht besser. Du solltest also deine Chance nutzen, solange sie noch besteht.«

Ich schluckte schwer. Mit jedem seiner Worte traf Kaden genau ins Schwarze. Nichtsdestotrotz fühlte ich mich absolut nicht bereit für eine Reise zum Palast. Geschweige denn der Königin gegenüberzutreten.

»Ich denke, ich sollte das erst mit Rik besprechen ...«

»Du kennst seine Meinung.« Kadens Stimme war einen Tick kühler geworden. »Er wird dir das Gleiche sagen wie ich. Mit jeder weiteren Stunde setzt du dich selbst einer unnötigen Gefahr aus. Und damit auch alle, die dir bei der Suche geholfen haben. Wir alle verlassen uns auf dich, Alva. Enttäusche uns nicht.«

KAPITEL 23

Rik

Eine merkwürdige, bedrückende Stille herrschte in der kleinen Hütte, als Rik zurückkehrte. Die letzten Stunden waren nervenaufreibend gewesen – nicht nur wegen der Sorge um Alva.

Fast den halben Tag hatte er vor den Toren des Palasts verbracht, mit Soldaten der Königin diskutierend, was mit jenen Männern geschehen würde, die Alva überfallen hatten.

Um ehrlich zu sein, war Rik überrascht gewesen, dass der, der die Flucht ergriffen hatte, noch am Leben war, so wie der Pfeil ihn niedergestreckt hatte. Zwar war Kaden ein Profi, was den Umgang mit Waffen betraf, aber in diesem Fall handelte es sich wohl eher um reines Glück, dass er den Mann nicht getötet hatte, so schnell, wie er geschossen hatte.

Es war ein Drahtseilakt gewesen, die Geschichte zu

erzählen, ohne dabei ein Wort über die Kristalle zu verlieren. Die beiden Männer hatten es ihm jedoch einfach gemacht. Sie waren anstandslos mit ihm gekommen und hatten geschwiegen, als die Soldaten sie nach ihren Gründen gefragt hatte. Vor allem der eine, der Kadens Pfeil abbekommen hatte, war auffällig still gewesen. So als hätte er Angst, er könnte ihn noch einmal heimsuchen, sollte er nur ein falsches Wort verlieren.

Schlussendlich hatten die Soldaten die beiden aufgenommen und versprochen, sich um sie und ihre Bestrafung zu kümmern. Was auch immer das bedeutete, war Rik reichlich egal. Hauptsache, die Angelegenheit war damit erledigt und Alva in Sicherheit.

Und das würde sie sein, war sie erst im Palast.

»Alles klar bei euch?«, wollte er wissen, als nicht einmal sein Auftauchen die eiserne Stille brechen konnte, die zwischen ihnen herrschte. Er fragte sich, wie lange sich die zwei bereits stur anschwiegen. Schon die ganze Zeit über oder erst, seit er aufgetaucht war?

»Bestens«, gab Kaden knapp zurück und erhob sich von seinem Stuhl. Dass es eine Lüge war, wusste wohl jeder von ihnen. Dennoch sprach Rik ihn nicht darauf an. Es war nicht wichtig. Nicht in diesem Moment. »Ihr solltet euch langsam auf den Weg machen. Alva sollte im Palast sein, bevor es dunkel ist.«

Riks Blick wanderte zu ihr. Die Unsicherheit war ihr ins Gesicht geschrieben. Es war offensichtlich, dass sie diesen Weg lieber noch länger hinauszögern wollte. Aber wozu? Die Uhr tickte unaufhörlich.

»Soll ich dich begleiten?«, fragte er.

Sie nickte entschlossen, ehe ihr Blick zurück zu Kaden wanderte, der alles in seiner Hütte ansah, nur keinen der beiden. Es war schon fast kindisch.

»Danke nochmal.« Alva erhob sich von seinem Bett. Einen Moment lang zögerte sie, sichtlich unsicher, was zu tun war. Wie sie sich von Kaden verabschieden sollte. Und er machte es ihr nicht gerade einfach. Anstatt einen Schritt auf sie zuzugehen, zu antworten, nickte er bloß stumm.

Dank angenommen.

Am liebsten hätte Rik ihm einen Tritt verpasst, damit er sich zusammenriss und wie ein Mensch verhielt, was Kaden offensichtlich manchmal schwerfiel. Aber er beschloss, sich besser nicht einzumischen.

»Ja, dann …« Alva zögerte, fummelte nervös an dem kleinen Beutel herum, in dem sich die Kristalle befanden. Fast so, als wollte sie Zeit schinden. Kaden die Möglichkeit geben, doch noch aus seiner Starre zu erwachen. »Du hörst von mir, sollte ich Erfolg haben. Wegen deines Wunschs, meine ich. Du weißt schon.«

»In Ordnung.«

Rik verdrehte die Augen. Er könnte Kaden schütteln, um ihn zur Vernunft zu bringen. War ihm nicht klar, wie viel Mühe sie sich gab?

Doch damit war die Sache für ihn scheinbar abgeschlossen. Stumm verließen die beiden Kadens Hütte und Rik atmete erleichtert die kühle Waldluft ein. Da drin war es wirklich ungemütlich gewesen. Und genau genommen war es das immer noch. Alvas betretenes Schweigen füllte den gesamten Nordwald, während sie stumm nebeneinander her gingen – in Richtung Ishøgh.

»Das war richtig unangenehm, mit anzusehen, weißt du das?«

Überrascht blickte sie zu ihm auf, so als hätte er sie mit seinen Worten aus einer anderen Welt zurück hierher geholt. »Was meinst du?«

»Das weißt du genau.«

Sie verzog das Gesicht und er wusste, dass er ins Schwarze getroffen hatte. Ihre Hand wanderte zu ihrem Hals und sie umfasste einen Anhänger, der zuvor nicht da gewesen war.

»Weißt du, es muss nicht so merkwürdig sein.« Rik hielt an und Alva tat es ihm scheinbar widerwillig gleich. Ihr Blick wanderte über die Umgebung, als hätte sie Angst vor einem erneuten Überfall.

»Ich weiß nicht, wovon du sprichst.«

»Natürlich weißt du das.« Er machte ein paar Schritte in ihre Richtung, schon fast überraschte es ihn, dass sie nicht zurückwich. Dabei waren sie bis vor wenigen Tagen noch unzertrennlich gewesen. Engste Vertraute. »Seit dieser Nacht hat sich zwischen uns etwas geändert.

Ich will das zurück, was wir hatten, Alva. Unsere Freundschaft.«

Sie schluckte. »Das will ich auch.«

Die Frage nach dem *Aber* lag ihm auf der Zunge, als sie ihm bereits um den Hals fiel und ihn fest an sich drückte. Dankbar erwiderte er ihre Umarmung. Sie fühlte sich noch etwas steif an, aber sie waren auf dem richtigen Weg.

»Ich habe solche Angst«, flüsterte Alva ihm zu, ohne ihn loszulassen. Im Gegenteil. Sie festigte ihre Umklammerung, als würde das die Furcht vertreiben. »Die ganze Zeit über frage ich mich, worauf ich mich da nur eingelassen habe. Ich weiß nicht, ob ich das schaffen kann.«

»Natürlich kannst du das.« Er löste sich von ihr und drückte sie ein Stück von sich, um ihr in die Augen zu sehen. Damit sie wusste, wie ernst es ihm war. »Wer sonst, wenn nicht du, Alva? Das ganze Waisenhaus steht hinter dir, schon vergessen?«

Sie zuckte mit den Schultern. Die Zweifel in ihren Augen waren noch nicht verschwunden. Und das würden sie auch nicht so schnell.

»Denk daran, was du erreichen möchtest.« Er drückte ihre Hände. »Du tust es nicht bloß für dich, sondern für uns alle. Für die Kinder, die bessere Versorgung benötigen. Für die Einwohner der Stadt, die Arbeit suchen. Für Kaden …«

Alva atmete tief durch und unterbrach ihn damit, ehe er den Satz zu Ende sprechen konnte. Offensichtlich war es noch zu früh, dieses Thema anzuschneiden.

»Ich weiß das alles«, versicherte sie ihm. »Trotzdem habe ich wahnsinnige Angst, zu versagen. Verstehst du? Wenn ich mich nun von allen verabschiede, mich die Königin aber ablehnt und ich zurückmüsste ... Die Scham würde ich nicht ertragen.«

Er verstand ihre Sorge. Die Kinder setzten große Hoffnung in sie. Alle taten das. Rik konnte sich den Druck, der damit einherging, kaum ausmalen. Und doch wäre es tausendmal schlimmer, jetzt aufzugeben.

»Dann ... verabschiede dich nicht«, schlug Rik vor und verzichtete auf den Hinweis, dass sie sich auch von Kaden nicht wirklich verabschiedet hatte. Ihre Stirn legte sich in Falten, weshalb er rasch weitersprach: »Wir machen uns jetzt auf den Weg zum Palast. Wir zwei. Niemand muss davon erfahren. Wenn alles gut läuft, wird sich die Nachricht schnell verbreiten. Und wenn nicht, dann finden wir auch eine Lösung. Zusammen.«

Alva zögerte einen Moment, während sie eindringlich über seine Worte nachdachte. Schließlich nickte sie und griff nach seiner Hand. »So machen wir es.«

Alva

Ich hielt Riks Hand, so fest ich konnte, damit er ja nicht auf die Idee kam, mich loszulassen. Geduldig stand er mit mir vor den Toren des Palasts, während ich auf das

Metall starrte und all meinen Mut zusammenzukratzen versuchte.

Ich fühlte mich nicht bereit. Aber das würde ich nie. Nicht in hundert Jahren.

Mit Kadens Worten in meinen Ohren atmete ich tief durch. Nicht nur er, auch Rik und die Kinder aus dem Waisenhaus glaubten an mich. Das war mehr, als ich noch vor wenigen Wochen zu träumen gewagt hätte.

Ganz automatisch tastete meine Hand nach dem Beutel an meiner Hüfte. Die Kristalle waren da. Ich war da. Und doch bewegte ich mich nicht von der Stelle.

»Ich glaube, das Warten macht es nicht besser, sondern eher schlimmer.«

Ich warf Rik einen scharfen Blick von der Seite zu. Das war absolut nicht hilfreich. Im Gegenteil.

»Kannst du nicht mit reinkommen?«

Nun war er es, der eine Grimasse zog. »Alva –«

»Schon gut!« Mir war klar, was er sagen wollte. Und dass es mir nicht gefallen würde. Ich musste es mir also nicht erst anhören.

Ich atmete tief durch, ehe ich mich ihm zuwandte. Der Blick aus seinen haselnussbraunen Augen war mir so vertraut. In den letzten Jahren war er zu meinem Fels in der Brandung geworden. Meinem Schutzengel. Ich konnte kaum in Worte fassen, wie dankbar ich war, ihn zumindest bis hierher an meiner Seite gehabt zu haben. Den Rest des Weges musste ich allein gehen, das wusste ich.

»Danke«, setzte ich hinterher, doch das reichte nicht aus, um all das auszudrücken, was ich ihm sagen wollte.

Rik verstand auch so. Er nahm mich in seine Arme und drückte mich kurz, dafür intensiv. Ich krallte mich an ihn, wehrte mich fast dagegen, ihn loszulassen. Aber es musste sein.

Mit einem wehmütigen Lächeln verabschiedete ich mich von ihm und nahm ihm das Versprechen ab, dass wir uns bald wiedersehen würden. Spätestens, wenn Königin Juna mich hohen Bogens aus ihrem Palast schmiss und selbst eine Nachfolgerin bestimmte.

Ich zwang mich, nicht zurückzusehen, als ich auf die Tore zu marschierte und den Soldaten die beiden Kristalle zeigte, um Einlass zu erhalten. Mein gesamter Körper bebte, als sich die schweren Eisentüren qualvoll langsam öffneten. Sie gaben einen edlen Marmorboden frei, den ich mir in meinen kühnsten Träumen vom Eispalast nicht auszumalen gewagt hätte. Heller, beinahe weißer Stein, durchzogen von grauer Marmorierung. Jede noch so kleine Bewegung spiegelte sich in dem makellosen Material, das mit nichts zu vergleichen war, was ich in meinem bisherigen Leben gesehen hatte.

Schon immer hatte ich davon geträumt, einst durch diese Hallen zu wandeln. Als Köchin, Zofe, egal was. Hauptsache der harten Arbeit auf den Feldern und der ewigen Kälte entkommen. Und hier stand ich nun. Meinem Traum so nah und gleichzeitig so fern.

Mein Herz schlug mir bis zum Hals, als ich den ersten Schritt in das Innere des Palasts tat. Immer verfolgt von den strengen Blicken der Wachen, die mir nicht so recht über den Weg zu trauen schienen. Es war, als witterten sie einen Betrug. Als wären sie der Überzeugung, dass ich nicht ehrlich gewesen war.

Ich betete, dass keine weitere Überprüfung der Kristalle stattfand, ehe ich nicht Königin Juna gegenüberstand und mich erklären konnte. Es war nicht viel über die Herrscherin von Ishøgh bekannt. Ich hoffte, dass es sich um eine gütige Frau handelte, wie man es sich erzählte. Eine, die Verständnis für jemanden zeigte, der sein Leben riskiert hatte, um ihre Aufgabe zu erfüllen.

Noch während sich die Tore hinter mir wieder schlossen, wurde ich schwach. Ich blickte über meine Schulter und sah Rik, dessen Bild zwischen den sich schließenden Türen zu verschwinden drohte. Er hob die Hand zum Abschied und mein Herz zog sich schmerzvoll zusammen.

Einen Moment lang blieb ich wie angewurzelt stehen. Gefangen zwischen dem Verlangen, umzukehren und weiterzugehen. Ich nutzte die Gelegenheit, um mich erst einmal zu orientieren.

Eine gewaltige geschwungene Treppe, die sich auf halbem Weg zweiteilte und in verschiedene Richtungen führte, lag direkt vor meiner Nase. Auf dem ebenso glatt wirkenden Stein lag ein Teppich aus eisblauem Stoff, dessen Farbe ich nie zuvor in meinem Leben gesehen hatte.

»Bitte hier entlang.«

Ich fuhr erschrocken zusammen, als die leise Stimme viel zu laut in der kahlen Halle echote. Hilfesuchend sah ich mich nach der Frau um, die eben gesprochen hatte. Ich fand sie in einiger Entfernung zu meiner Rechten. Ihr ergrautes Haar war hochgesteckt, das Kleid aus saphirblauem Stoff reichte bis zum Boden und spannte ein wenig um ihre rundlichen Hüften. Auf ihrem Gesicht lag ein gütiges Lächeln, das mir kein Stück von meiner Aufregung nahm.

Meine Glieder fühlten sich an wie eingerostet, als ich mich stocksteif in Bewegung setzte. Ich war noch nicht einmal bei ihr angekommen, als die Frau ihren Weg fortsetzte. Es fiel mir schwer, mit ihr mitzuhalten und gleichzeitig all die neuen Eindrücke in mich aufzunehmen. Nach wenigen Schritten blendete mein Gehirn all den Prunk um mich herum aus, um sich stattdessen auf den Weg zu konzentrieren. Ich versuchte zwar, ihn mir einzuprägen, aber spätestens nach der zweiten Treppe und der dritten Abbiegung hatte ich heillos die Orientierung verloren.

Der Gang, in den wir nun traten, war breiter als die bisherigen. Die rechte Seite war gesäumt von Fenstern, die den Blick auf ein immer dunkler werdendes Ishøgh freigaben. Das fiel mir nur auf, weil die Frau ihr Tempo verlangsamte und vor den beiden Soldaten stehen blieb, die eine Tür bewachten. Sie flüsterte ihnen etwas zu, das ich nicht verstand. Allerdings schien es effektiv zu sein, denn sie öffneten die für einen normalen Menschen viel zu hohe Tür.

Ich wartete darauf, dass die Frau vor mir eintrat, doch sie bedeutete mir, voranzugehen. Alles in mir sträubte sich dagegen, den Raum zu betreten, der auf den ersten Blick wie ein Schlafzimmer wirkte. War ich zu einem ungünstigen Zeitpunkt eingetroffen? Hätte ich früher kommen sollen? Oder besser erst morgen?

Unter den fordernden Blicken der Anwesenden setzte ich einen Fuß vor den anderen.

Das Erste, was ich bemerkte, als ich eintrat, war das gewaltige Fenster gegenüber der Tür. Es zeigte Ishøgh. Meine Stadt. Mein Zuhause.

Ein Himmelbett befand sich auf der rechten Seite des Raumes, doch das ließ ich links liegen, als ich eine Bewegung am anderen Ende des gewaltigen Schlafraumes ausmachte. An einer edlen Sitzecke entdeckte ich zwei Personen. Der eine war ein hagerer Mann mit längeren Haaren, die im Nacken zusammengebunden waren. Und die andere …

Mir stockte der Atem, als der Blick der Königin auf mich traf. Ich fühlte mich wie erstarrt. Unfähig, zu reden. Zu handeln. Zu denken.

»Komm näher, mein Kind.« Mit einer Handbewegung winkte mich die Königin zu sich. Sie trug eine Art Schlafmantel aus einem exquisiten, blau glänzenden Stoff. Ihr langes Haar fiel ihr in sanften Wellen über die Schultern, auf ihrem Gesicht zeichnete sich ein gutmütiges Lächeln ab, das mir ein wenig von meiner Anspannung nahm.

Stocksteif machte ich ein paar Schritte in Richtung der beiden Herrschaften.

»Wie ist dein Name?«

»Alva.« Meine Stimme klang rau und riss mich aus meiner eigenen Erstarrung. Rasch machte ich eine tiefe Verbeugung – wie hatte ich das nur vergessen können? Vater hatte mir schon früh beigebracht, wie ich mich zu verhalten hatte, sollte ich eines Tages der Königin über den Weg laufen, was bei seiner Position in der Garde nicht unwahrscheinlich gewesen war. Nun war es endlich so weit und ich versagte auf voller Länge. »Danke, dass Ihr mich empfangt, Eure Hoheit«, setzte ich hinterher, als ich meine Stimme wiederfand. Rasch griff ich nach meinem Beutel und holte die Edelsteine hervor. »Leider ist es mir nicht gelungen, alle drei Kristalle für Euch zu finden. Aber ich habe zwei davon.«

Meine Hand zitterte, als ich sie ihr entgegenstreckte. Ich betete, dass ich sie nicht vor ihre Füße fallen ließ.

Als Königin Juna keine Anstalten machte, sie mir abzunehmen, wanderte mein nervöser Blick von ihr zu dem Mann, der ihr gegenüber an dem kleinen runden Tisch saß. Würden sie warten, bis eine weitere Anwärterin hier eintraf und den letzten Kristall präsentierte? Es würde nicht passieren. Er war verschollen im Eissee.

Ich musste es ihnen sagen. Würden sie wütend werden? Immerhin erzählte die Legende davon, dass sie nur zu dritt die Macht verliehen, über das Land zu herrschen. Fehlte einer von ihnen, brachten sie nichts als Unglück. Aber ich konnte unser erstes Treffen nicht mit einer Lüge beginnen.

»Genau genommen«, setzte ich kleinlaut an. »Wurde der letzte Kristall ebenfalls gefunden. Aber er ging durch ein Unglück verloren. Ein einziger Splitter ist alles, was davon übrig blieb. Ich bin untröstlich. Ich kenne die Geschichte Ishøghs und was man sich über die Macht der Eiskristalle erzählt.«

Zu meiner Überraschung blieben Königin Junas Züge nachsichtig. »Weißt du, es ist meine eigene Schuld, dass der letzte Stein zerbrach«, erklärte sie mit einer beiläufigen Geste ihrer Hand, als wäre es keine große Sache. »Ein dummer Unfall. Ich ließ die Krone fallen.«

Meine Augen schnellten zu dem Schmuckstück auf ihrem Kopf, dessen drei Einfassungen leer waren.

»Unglücke passieren sowohl mit als auch ohne die Kristalle. Aber so wie ich das sehe«, ergänzte sie mit einem Blick zu meiner Kette, »sind die drei Kristalle vollzählig.«

»Ich …«, setzte ich an, verstummte dann aber. Wie von selbst legte sich meine Hand um den Anhänger, in der Hoffnung, er würde mir Kraft spenden, als ein nervöses Prickeln in meinem Magen auftrat. »… verstehe nicht ganz.«

Die Königin warf dem Mann neben ihr einen Blick zu, den ich nicht begriff. Es war, als sprächen die beiden miteinander, ohne Worte zu verwenden. Die Vertrautheit zwischen ihnen war deutlich zu spüren. Sie erinnerte mich an Rik, der scheinbar jeden Gedanken aus meinem Gesicht ablesen konnte – und ich aus seinem.

»Die Kristalle haben gesprochen«, verkündete der Mann, als er sich wieder an mich wandte. Ein Lächeln zog zaghaft an einem seiner Mundwinkel. »Wie es die Königin vorausgesagt hat.«

»Setz dich, Alva«, forderte die Herrscherin Ishøghs mich auf und klopfte mit der Hand auf den freien gepolsterten Platz neben sich. »Wir haben einiges zu besprechen.«

KAPITEL 24

Alva

Mein Kopf quoll beinahe über vor neuen Informationen. Die Königin und ihr Berater, der sich mir als Nohr vorgestellt hatte, erzählten mir die gesamte Geschichte Ishøghs. Einiges davon hatte ich gewusst, weil mein Vater stolz auf sein Land gewesen war. Anderes war mir vollkommen neu.

Wenn ich ehrlich war, überforderte mich die Situation, in die ich geraten war. Eben noch ein Waisenkind mit dem Traum, eines Tages Dienerin im Palast zu werden, und plötzlich saß ich hier und erhielt meine erste Geschichtsstunde, weil *eine Königin die Geschichte ihres Landes kennen sollte.*

Eine *Königin.*

Es war vollkommen unwirklich. Nur mit aller Kraft widerstand ich dem Drang, mich selbst zu kneifen, um sicherzugehen, dass es sich nicht doch um einen verrückten Traum handelte, aus dem ich jeden Moment erwachen könnte.

Ich versuchte, alles aufzunehmen, was mir erzählt wurde, aber es fiel mir schwer. Hauptsächlich weil sich immer wieder der Gedanke in meinem Kopf schlich, dass ich nicht hierher gehörte.

Zwar hatte Königin Juna nicht mit der Wimper gezuckt, als ich ihr von meiner Geschichte und meiner Herkunft erzählte, dennoch fühlte ich mich in meinen klammen Kleidern fehl am Platz. Dass sie selbst ebenfalls aus ärmeren Verhältnissen stammte und sich die Krone erkämpft hatte, änderte daran nichts.

»Ich denke, das reicht fürs Erste«, unterbrach Nohr den Monolog der Königin zu einem günstigen Moment. Offenbar war ihm nicht entgangen, dass mein Kopf bereits rauchte. Eine Jahreszahl mehr und er würde platzen. »Wir haben noch genug Zeit, um Alva auf ihre neue Rolle vorzubereiten.«

Königin Juna warf ihrem Berater einen Blick zu, der mein Herz einen Schlag lang aussetzen ließ, so deutlich konnte ich ihre Gedanken darin lesen: *Wir haben keine Zeit.*

Mir war klar gewesen, dass es nicht gut um ihre die Gesundheit stand. Ansonsten hätte sie nicht nach einer Nachfolgerin gesucht. Aber dass es so ernst war …

»Du hast recht«, lenkte sie ein, auch wenn es ihr nicht zu behagen schien. Königin Juna wandte sich an mich, ein gütiges Lächeln umspielte ihre Lippen. »Dir ist klar, dass von nun an eine Menge Neues auf dich zukommen wird?«

Mir blieb keine Zeit, zu antworten, da sie sofort weitersprach.

»Als zukünftige Königin wirst du Verantwortung tragen müssen. Es ist wichtig, dass du das verstehst, Alva. Mit der Macht kommen auch Opfer einher. Verstehst du, was ich dir sagen möchte?«

Um ehrlich zu sein, verstand ich kein Wort. Ein vorsichtiger Blick zu Nohr, der keine Miene verzog, dann schüttelte ich den Kopf.

»Nun …« Die Königin strich sorgsam ihren Schlafmantel glatt. »Du wirst dich von deinem Leben, wie du es bisher kanntest, verabschieden müssen. Es gehört mehr dazu, Königin zu sein, als ein paar Befehle auszusprechen. Ablenkungen könnten rasch fatal für das Land enden. Deshalb verstehst du gewiss, dass jede Form der Ablenkung strengstens untersagt ist.«

Langsam dämmerte mir, worauf sie hinauswollte. »Das bedeutet …«

»Es bedeutet, dein altes Leben für immer hinter dir zu lassen«, unterbrach sie mich, um jeden Zweifel auszuräumen. »Keine Freunde, keine Familie. Das ist das Opfer, das eine Königin für ihr Land bringen muss. Ich musste es und du musst es auch, wenn du vorhast, meinen Platz einzunehmen. Auch oder besonders als

Herrscher gibt es Regeln zu befolgen, denen wir uns nicht widersetzen können. Das wirst du schon bald lernen.« Ihre Stimme wurde mit jedem Wort eisiger. Es war, als würde ihre Kälte mich umschlingen und mir die Luft zum Atmen nehmen. »Ich weiß, was ich verlange, ist keine Kleinigkeit und ich verstehe, wenn das Opfer dir zu groß erscheint. Jedoch läuft mir die Zeit davon. Ich gebe dir bis morgen, eine Entscheidung zu treffen, Alva. Aber ich denke, wir beide wissen, was das Richtige ist.«

Mein Mund öffnete sich, doch ein Zeichen von Nohr ließ ihn mich wieder schließen.

Keine Widerrede, sagte sein Blick, und vermutlich hatte er recht. Also nickte ich bloß knapp.

Ich bekam nur am Rande mit, wie die Frau von vorhin in den Raum gerufen wurde und sie mir den Weg zu meinem Zimmer zeigte, den ich mir ohnehin nicht merken können würde. Es lag auf der anderen Seite des Schlosses. So weit von Königin Juna und ihren Bedingungen entfernt wie nur möglich. Dennoch ließen sie mich nicht los.

Keine Freunde, keine Familie. Die Worte hallten wie ein Echo durch meinen Kopf.

Königin Juna lebte sie. Selten hatte sie das Volk besucht, obwohl sie, wie sie mir heute berichtet hatte, selbst aus den Reihen der Armen stammte. Nie hatte sie einen Mann an ihrer Seite gehabt oder ihre Familie zu sich in den Palast geholt. Und das alles bloß zum Wohl des Königreiches? Wozu? Hatte sie sich diese Regeln selbst auferlegt, um eine bessere Herrscherin zu sein, oder steckte mehr dahinter? Hatte vorhin im Gespräch Verbitterung aus ihren Worten gesprochen? Lebte sie am Ende gar nicht aus eigenen Stücken allein in diesem Palast?

Mir war klar, dass auch eine Königin sich an Regeln zu halten hatte. Nur wer stellte diese auf und sorgte dafür, dass sie eingehalten wurden?

Ich wusste nur eines: Die drohende Einsamkeit jagte mir Angst ein. Nicht, weil ich auf der Stelle eine Familie gründen wollte. Bestimmt nicht. Viel mehr graute mir vor der Vorstellung, Rik nie wiederzusehen. Und die Kinder, denen ich zum Teil zu verdanken hatte, dass ich nun hier war.

Aber würde es sie nicht noch mehr enttäuschen, sollte ich ablehnen und jemand anderem diesen Platz überlassen, für den wir alle so viel riskiert hatten?

Und dann war da noch Kaden. Meine Kehle schnürte sich bei dem Gedanken an ihn zu. Ich hatte ihm ein Versprechen gegeben. Ich würde dafür sorgen, dass er wieder ein Teil der königlichen Garde werden würde. Meiner Garde. Auch wenn unsere Freundschaft nicht länger bestehen und ich ihn nur noch aus der Ferne beobachten könnte …

Ich war unendlich dankbar, als die Frau, die mir den Weg wies, eine Tür öffnete und ich schnurstracks in das in Dunkelheit liegende Zimmer eintrat. Sie zündete einige Kerzen an Wandhalterungen an und fragte mich, ob ich irgendetwas von ihr brauchte. Rasch schüttelte ich den Kopf, woraufhin sie mir eine gute Nacht wünschte und mich endlich allein ließ.

Kraftlos fiel ich auf das gigantische Bett, ohne mich überhaupt richtig in dem zweifellos prunkvollen Zimmer umzusehen. Ich vergrub mein Gesicht in den samtweichen Kissen und gab den Tränen nach, die bereits den ganzen Weg über in meinen Augen brannten.

Zum ersten Mal an diesem Tag wünschte ich mir, aufzuwachen und wieder im Waisenhaus zu sein. Mir dumme Sprüche von Ida anzuhören und Rik um seinen Rat zu fragen. Denn ich wäre nicht allein. Allein mit meinen Gedanken und einer Entscheidung, die ich unmöglich treffen konnte.

Dabei hatte ich das doch schon längst.

Ich hatte mich in dem Moment entschieden, als ich beschlossen hatte, die Suche nach den Kristallen auf mich zu nehmen. Und gerade wurde mir der Preis unter die Nase gehalten. Aufgeben kam nicht infrage. Alles, was ich tun konnte, war zu akzeptieren und zu lernen, damit zu leben. Wie eine Königin es nun einmal tat.

Königin Juna

»Ihr hättet nicht so hart sein müssen«, meinte Nohr, kaum dass das Mädchen ihr Schlafgemach verlassen hatte.

Er irrte sich.

Schon in der Sekunde, in der Alva das Zimmer betreten hatte, hatte Königin Juna gewusst, wer vor ihr stand: Die neue Thronfolgerin ihres Landes. Das Schicksal hatte dieses Waisenkind zu ihr geführt, genauso wie es damals bei ihr gewesen war. Sie waren aus demselben Holz geschnitzt. Deshalb war sie davon überzeugt, dass die Bedingung sie nicht abschrecken würde. Im ersten Moment vielleicht, ja. Aber nicht genug, um auf den Thron zu verzichten.

»Vertrau mir«, erwiderte sie, während sie sich mit steifen Gelenken von ihrem Platz erhob. Es war spät und dieser Tag hatte an ihren Kräften gezehrt. Mit jedem Atemzug spürte sie die Müdigkeit deutlicher, die sie zu verschlingen drohte. Doch noch war sie nicht bereit, sich ihr hinzugeben. Nicht, solange Alva nicht ihren Platz eingenommen hatte. »Ich weiß, was ich tue. Oder hast du daran noch immer Zweifel?«

Aus den Augenwinkeln erkannte sie, wie Nohr den Kopf schüttelte. Natürlich. Genauso wie all die anderen hatte er an ihr und dem Schicksal gezweifelt, doch sie beide hatten ihn eines Besseren belehrt.

Das Land außerhalb ihres Fensters war in Dunkelheit gehüllt. Die Zeit war nur so verflogen, während sie Alva von der Geschichte Ishøghs erzählt hatte. Hätte Nohr sie nicht aufgehalten, hätte sie wohl bis in die frühen Morgenstunden weitergesprochen, in dem Versuch, ihrer

Nachfolgerin so schnell wie möglich alles einzubläuen, was sie wissen musste. So lange sie das noch konnte.

»Aber sind diese Forderungen tatsächlich notwendig?«, hakte Nohr dennoch nach. »Ich meine, was für Euch wahr ist, muss es nicht auch für sie sein. Sie ist jung genug, um ihre eigenen Erfahrungen zu machen und zu lernen.«

Für seinen Kommentar erntete Nohr einen scharfen Blick der Königin. »Meine Forderung dient dazu, sie und das Land zu schützen. Gerade *weil* sie jung ist, stelle ich sie. Wir beide wissen, dass der Rat keine Fehltritte erlaubt. Eine Königin mit Liebeskummer kann keine vernünftigen Entscheidungen treffen und wäre schnell wieder am Boden der Tatsachen.« Sie zögerte einen Moment, ehe sie hinterher setzte: »Ich erspare ihr die Enttäuschung, die ich durchmachen musste.«

Damit war das Thema für Königin Juna beendet. Als Nohr noch etwas hinzufügen wollte, hob sie die Hand, um ihn zu stoppen. Ihre Meinung würde sich durch seine Worte nicht ändern. Durch nichts in dieser Welt.

»Geh«, forderte sie. »Und statte Alva morgen früh einen Besuch ab. Bis dahin sollte ihre Entscheidung feststehen. Ich wünsche erfreuliche Nachrichten, nichts anderes.«

KAPITEL 25

Kaden

Selten hatte Kaden so schlecht geschlafen wie in dieser Nacht. Der Abschied von Alva lag ihm schwer im Magen. So viele ungesagte Worte hingen in der Luft, seit sie weg war. Ob er sie ausgesprochen hätte, wenn Rik nicht aufgetaucht wäre? Vermutlich nicht. Trotzdem lag die Möglichkeit über ihm wie eine dunkle Wolke. Eine verpasste Gelegenheit, die ohnehin nichts geändert hätte.

Seit gestern hatte er weder von Alva noch von Rik gehört, was ein gutes Zeichen sein musste. Oder? Wo blieben nur seine Visionen, wenn er sie brauchte?

Gerade jetzt wünschte er nichts mehr, als zu wissen, was im Palast der Königin vor sich ging. Aber die Zeiten, wo er dort ein- und ausspazieren konnte, waren längst vorbei.

Es gab einen Ort, den er aufsuchen könnte und der ihm womöglich Antworten liefern würde. Jedoch sträubte

sich alles in ihm, auch nur einen Fuß auf das Gelände des Waisenhauses zu setzen. Er hatte keine guten Erinnerungen an diesen Ort. An sein ehemaliges Zuhause, das ihn verstoßen hatte, als er es am dringendsten gebraucht hatte. An diesem Tag hatte er sich geschworen, dass Saga und die anderen für ihn gestorben waren.

Und doch war die Neugier zu groß.

Ehe er sich selbst davon abhalten konnte, hatte Kaden sich schon auf den Weg gemacht, begleitet von unzähligen rotierenden Gedanken. Was würde er am Hof vorfinden? Und wen? Saga, die ihm wieder einmal sagte, dass das Heim nicht mehr sein Zuhause war? Rik, der einst sein bester Freund gewesen war, ihm nun aber kaum in die Augen sehen konnte? Oder Alva, die eigentlich im Palast sein sollte.

Eine unangenehme Anspannung machte sich in Kaden breit, doch es war nicht genug, um umzukehren. Wenn er auf eines vertraute, war es sein Instinkt. Und dieser versicherte ihm, dass er auf dem richtigen Weg war.

Warum lösten dann die lauten Stimmen, die vom Hof in den Wald dröhnten, Herzrasen bei ihm aus? Es war, als würde er in eine Feier platzen, zu der er nicht geladen war. Schon wieder.

Doch es war nur das alltägliche Treiben auf dem weitläufigen Platz zwischen dem Waisenhaus und dem Bauernhof. Jeder packte mit an. Jeder musste mit anpacken. Ohne die Lebensmittel von Bauer Erik wäre das

Heim verloren. Es gab keinerlei Unterstützung vom Königspalast oder den reicheren Einwohnern Ishøghs. Hier draußen, so knapp vor dem Wald zum Niemandsland, wurde jeder sich selbst überlassen. Doch Alva würde das ändern. Sie musste.

Suchend sah sich Kaden auf dem Platz vor dem Heim nach einem bekannten Gesicht um. Obwohl er in den letzten Tagen hin und wieder mit Alva und Rik hier gewesen war, musste er zugeben, dass er nach all der Zeit kaum noch eines wiedererkannte. Alles schien so vertraut und doch so fremd.

»Kaden?« Es war Saga, die auf ihn zu geeilt kam. Ihre starke Stimme würde er immer und überall wiedererkennen. Fast erwartete er, dass ihre Stirn wieder in tiefe, besorgte Falten gelegt war und sie ihm erklärte, dass er nicht hier sein konnte. Nicht bleiben konnte. Doch der Ausdruck in ihren Augen erinnerte ihn an die Saga von früher. Die ihn aufgenommen hatte, als niemand ihn haben wollte. Die ihn getröstet und ihm versichert hatte, dass der Schmerz vorbeigehen würde. »Was machst du denn hier?«

Das war eine gute Frage. So genau wusste er das selbst nicht. »Ich bin auf der Suche nach Rik.«

Es fühlte sich richtig an, die Worte auszusprechen. Fast natürlich.

Saga nickte und deutete in Richtung Hof. »Beeil dich besser. Er belädt gerade den Wagen. Erik und er wollen gleich zum Markt fahren.«

Einen Moment lang zog Kaden in Erwägung, ihre Worte als Ausrede zu verwenden. Er hatte keine Zeit? Gut, dann eben ein andermal. Doch Saga nahm ihm die Entscheidung ab.

»Ich bin mir sicher, er könnte etwas Hilfe gebrauchen.«

Er atmete tief durch.

Na schön.

Es kam ihm ganz natürlich vor, den Weg zum Lager hinter sich zu bringen. So als wären die letzten Jahre nie passiert. Die Routine, die Geräusche, der Geruch. Alles fühlte sich so vertraut an, obwohl es nicht mehr Teil seines Lebens war.

Wie Saga ihm berichtet hatte, war Rik gerade dabei, schwere Holzkisten gefüllt mit Lebensmitteln auf Bauer Eriks Wagen zu hieven. Er war so fokussiert, dass er Kaden nicht einmal bemerkte.

Letzte Chance für einen Rückzieher.

Doch Kaden entschied sich dagegen. Er war noch nie ein Freund davon gewesen, Konfrontationen aus dem Weg zu gehen. Auch wenn ihm das seine Karriere bei der Garde gekostet hatte, würde er seine Prinzipien deshalb nicht über den Haufen werfen.

»Kann ich dir helfen?«

Rik warf einen Blick über seine Schulter. Einen Moment lang hoben sich seine Augenbrauen in Überraschung, doch er schüttelte sie schnell ab. Stattdessen deutete er mit dem Kopf in Richtung Lager.

»Da sind noch ein paar Kisten.«

Ohne weitere Worte zu verlieren, luden die beiden die restlichen Waren auf den Wagen. Es waren weniger als früher, was Kaden ein schmerzhaftes Ziehen im Magen bereitete. Womöglich stand es sogar noch schlechter um Hof und Heim, als er gedacht hatte.

»Fährst du mit?«, wollte Rik wissen, als Kaden die letzte Kiste auf den Wagen stemmte. Das Training und die Bewegung der vergangenen Tage hatten seinem Körper gutgetan. Er fühlte sich so fit wie lange nicht mehr und auch sein Bein protestierte seltener als zuvor. »Wir können jede Hilfe gebrauchen. Vor allem, wenn wir sie nicht bezahlen müssen.«

Kaden verdrehte die Augen. Die letzten Jahre hatte er sich von dem ernährt, was der Wald hergab. Und was man auf dem Markt gegen Kaninchen und verschiedene Teile von Rehen eintauschen konnte. Eine ordentliche Mahlzeit als Lohn für die Arbeit wäre nicht zu viel verlangt. Doch den Preis für seine Hilfe konnten sie auch später ausverhandeln.

Während die beiden auf Bauer Erik warteten, der den Wagen normalerweise fuhr, kam eine Gestalt auf sie zu, die Kaden gerade noch gefehlt hatte.

Ida, die blonden Haare wie immer zu einer Flechtfrisur verarbeitet, hatte die beiden ins Visier genommen. An Riks tiefem Seufzen merkte Kaden, dass auch er über ihren unangemeldeten Besuch nicht sonderlich erfreut war. Die zwei wechselten einen Blick und für einen Moment war es wie früher. So als könnten sie die Gedanken des anderen lesen.

»Du lenkst sie ab, ich kidnappe den Wagen«, raunte Rik ihm zu, doch da war es bereits zu spät.

Mit in die Hüften gestemmten Armen kam Ida vor ihnen zum Stehen und musterte erst Rik, dann Kaden. Dann wieder Rik. »Na.« Ihre Brauen hoben sich in Skepsis. »Wo habt ihr denn Fräulein hochwohlgeboren gelassen?«

Kadens Blick wanderte zu Rik. »Ihr habt niemandem Bescheid gesagt?«

Er zuckte mit den Schultern. »Geht doch niemanden was an.«

Wie recht er hatte. Allen voran Ida ging es nichts an, die jedoch bei Riks Worten hellhörig wurde.

»Was soll das bedeuten?«, hakte sie misstrauisch nach. Ihr Blick fixierte Rik weiterhin, so als wäre Kaden nicht einmal anwesend.

Ehe er antworten konnte, ging ein Ruck durch den Wagen. Der schwerfällige Bauer Erik hatte seinen Platz eingenommen und drehte sich zu den beiden um. »Bereit zur Abfahrt?«

»Und wie«, meinte Kaden, bevor Ida protestieren konnte. Ein Gefühl der Erleichterung machte sich in ihm breit, als sich das Pferd in Bewegung setzte und den Wagen voran zog.

Idas Mund öffnete sich in Empörung, als sie an Ort und Stelle stehen blieb und ihnen hinterherblickte.

»Gerade rechtzeitig, was?«, raunte er Rik zu, der seinerseits tief in Gedanken versunken zu sein schien, während er den kleiner werdenden Hof nicht aus den Augen ließ. Was auch immer in seinem Kopf vorging, Kaden wollte es nicht wissen. Es ging ihn nichts an.

Die Fahrt verlief schweigend. Ebenso wie der Aufbau des Standes. Eigentlich wollte Kaden Rik nach Alva fragen, doch er wartete auf den richtigen Moment und dieser schien einfach nicht zu kommen. Oder er hatte ihn längst verpasst.

Sie waren noch nicht einmal fertig mit dem Aufbau, als mit einem Mal Fanfaren ertönten. Kadens Körper versteifte sich augenblicklich bei dem vertrauten Geräusch der Pferdehufe, die sich dem Hauptplatz Ishøghs näherten. Es war die Garde der Königin, die unter den aufmerksamen Blicken der Einwohner mit hoch erhobenen Fahnen einmarschierte.

Ein merkwürdiges Stechen trat tief in seine Brust. Er sollte dort oben sein, auf dem Rücken eines Pferdes. Nicht hier unten, während er Arbeit erledigte, für die er keinen Lohn bekam. Obwohl er wusste, dass es falsch war, suchte sein Blick die Gesichter der Soldaten ab, die nach und nach am Hauptplatz eintrafen.

Und da war er. Vierte Reihe links außen.

Wut flutete seine Adern, während alles um ihn herum

verstummte. Wie konnte er dort oben sein und auf jeden herabblicken?

Wie in Trance wollten sich seine Beine in Bewegung setzen und ihn auf den Reiter zu tragen. Im letzten Moment packte Rik ihn am Oberarm und zog ihn zu sich.

»Halt dich zurück«, mahnte er ihn mit flüsternder, aber deshalb nicht weniger scharfer Stimme. Er nahm Kaden das Messer aus der Hand, das er unbewusst von seinem Gürtel gezogen haben musste. »Das ist nicht der richtige Moment für einen Aufstand. Ich bin mir ziemlich sicher, dass sie Nachrichten von Alva bringen. Also reiß dich zusammen.«

Er hatte recht. Natürlich hatte er das. Doch einen Moment lang war die Vergangenheit mit ihm durchgegangen.

Kaden räusperte sich, ehe er sich von Rik losriss und ihm sein Messer wieder abnahm, um es zurück an seinen Gürtel zu stecken. Eigentlich wollte er ihm erklären, dass er sich unter Kontrolle hatte und es keinen Grund gab, ihm Vernunft einzubläuen. Doch etwas anderes verließ seinen Mund.

»Danke.«

Rik nickte nur kurz. Zu mehr kam er nicht, da in diesem Moment die Fanfaren erneut ertönten und der vorderste Reiter auf sich aufmerksam machte, indem er sein Pferd noch einen Schritt vor machen ließ.

»Ich bringe Neuigkeiten vom Königshof. Die Suche nach den Kristallen der Königin ist hiermit beendet.

Sämtliche Einwohner Ishøghs sind herzlichst eingeladen, der Vorstellung ihrer zukünftigen Königin heute Abend beizuwohnen. Die Tore des Palasts stehen jedermann offen, unabhängig von Rang und Namen. Verteilt die frohe Botschaft.«

Mit diesen Worten machte die Garde kehrt, während aufgeregtes Rufen am Hauptplatz Einzug hielt.

Riks und Kadens Blicke trafen sich. Er wirkte ebenso ungläubig, wie Kaden sich fühlte.

»Kann das wahr sein?«, fragte Rik, ehe er fest schluckte. »Ich meine, kann es sein, dass …«

Kaden nickte, da ihm selbst die Worte fehlten. Vergessen war die Garde. Sämtliche Gedanken drehten sich urplötzlich nur noch um Alva, die in diesem Moment bei der Königin im Palast sitzen und Vorbereitungen für heute Abend treffen musste.

»Das kann es«, bestätigte Kaden Riks Gedanken, auch wenn es ihm noch so unwirklich erschien. Wie musste sich da erst Alva fühlen?

»Wir müssen es den anderen erzählen.« Rik wirkte aufgekratzt. »Die Kinder werden ausflippen, wenn sie erfahren, dass sie in den Palast dürfen.«

Zwar hatten die Soldaten betont, dass jedermann zu der Feier geladen war, doch Kaden bezweifelte, dass damit wirklich *jeder* gemeint war. Waisenkinder machten in Ishøgh die unterste Stufe der Nahrungskette aus. Wie sollte Alva es geschafft haben, die Königin davon zu überzeugen, nicht bloß ihren engsten Kreis einzuladen? Was ging dort hinter den Palastmauern vor sich?

»Was?«, hakte Rik nach, als Kaden nichts erwiderte, sondern lediglich gedankenverloren in Richtung Palast blickte. Das Strahlen im Gesicht seines Freundes verblasste langsam. Stattdessen zeigten sich Sorgen in seinen Augen. »Was denkst du? Gibt es einen Haken?«

Schnell schüttelte Kaden den Kopf. Er wollte weder ihm noch den Kindern die Freude auf die Feier verderben. »Nein.« Er klopfte seinem Freund auf die Schulter. »Kein Haken. Ich wünsche euch viel Spaß heute Abend. Richte Alva meine Glückwünsche aus.«

Mit diesen Worten wollte er sich auf den Weg machen, doch Rik ließ ihn so schnell nicht vom Haken.

»Was soll das heißen? Du kommst nicht mit?«

Er hatte gedacht, dass es das war, was er wollte. Zurück in den Palast zu kehren, seinen alten Platz einzunehmen. Aber was, wenn er das nicht konnte? Auch wenn diese Einladung für alle galt, hatte sich doch nichts geändert. Waisenkinder waren am Hof nicht erwünscht. Das hatte er am eigenen Leib erfahren. Und daran würde auch Alva so schnell nichts rütteln können.

Als er ihr seine Hilfe bei der Suche nach den Kristallen zugesichert hatte, hatte er ihr das Versprechen auf einen Wunsch abgenommen. Er hatte es als Möglichkeit gesehen, die Zeit zurückzudrehen und von vorn zu beginnen. Aber wem machte er etwas vor? Er wäre nach wie vor der Außenseiter, dem niemand seinen Platz gönnte. Der keine echte Chance bekam und es auch niemals würde.

»Kaden?«

Er schüttelte den Kopf, um sich selbst aus seinen Gedanken zu reißen. Rik betrachtete ihn mit einer Mischung aus Unglauben und Sorge.

»Sag ihr, die Sache mit dem Wunsch hat sich erledigt«, bat Kaden ihn, ehe er dem regen Treiben auf dem Hauptplatz den Rücken zuwandte. »Ich will ihn nicht mehr.«

KAPITEL 26

Alva

Ich knetete meine Hände so fest, dass es schon fast wehtat. Doch so sehr ich es mir auch wünschte, die Nervosität ließ sich dadurch nicht abschütteln.

Durch das große Fenster meines Zimmers beobachtete ich, wie immer mehr Leute in edle Gewänder gehüllt eintrudelten. Mir war nie klar gewesen, wie viele Einwohner Ishøgh hatte. Und für sie alle sollte ich bald verantwortlich sein? Für ihre Sorgen, Ängste und Streitigkeiten? Für ihre Sicherheit? Von dem Gedanken wurde mir einmal mehr übel.

Seit ich Königin Junas Bedingung zugestimmt hatte, versuchte ich jegliche Zweifel aus meinem Kopf zu verbannen. Doch sie brachen immer wieder an die Oberfläche. Gewaltsam und niederschmetternd.

Worauf hatte ich mich da nur eingelassen?

Bei der Vorstellung, gleich in den überfüllten Ballsaal

zu treten und sämtliche Blicke auf mir zu wissen, drohte sich mein Magen zu entleeren. Ich war dafür nicht bereit.

Doch wie Nohr immer wieder betonte: Der Königin lief die Zeit wie Sand aus den Fingern. Umso wichtiger war es, jegliche Formalitäten so schnell wie möglich hinter uns zu bringen. Das verstand ich. Aber es änderte nichts an den Ängsten, die meinen Körper und Geist füllten.

Was, wenn die Leute mich nicht mochten? Mich nicht akzeptierten? In ihren Augen war ich doch nicht mehr als ein Waisenkind, das keine Ahnung davon hatte, ein Königreich zu führen. Und genaugenommen stimmte das ja auch. Was wusste ich denn? Ich hatte das Gefühl, jegliche Information, die mir in den letzten Stunden eingeflößt worden war, hatte sich schon wieder in Luft aufgelöst. Mein Gehirn glich einem Sieb. Nichts konnte ich bei mir behalten. Die wievielte Königin würde ich werden? Welche Rangfolge gab es zu beachten? Von der Etikette ganz zu schweigen. Ich konnte gar nicht anders, als mich heute Nacht selbst bloßzustellen. Warum tat ich mir das alles an?

Zwar hörte ich, wie sich die Tür hinter mir nach mehrmaligem Klopfen öffnete, allerdings konnte ich meinen Blick nicht von dem Menschenstrom vor dem Palast abwenden, der einfach nicht abbrechen wollte.

»Es wird Zeit«, hörte ich Nohrs sanfte Stimme hinter mir. Er war mehr als nur der engste Vertraute der Herrscherin. Er war mein Schutzengel. Sobald Königin Juna mir in ihrem Eifer zu viel zumutete, schritt er schlichtend ein. Er sorgte dafür, dass mein Kopf nicht zerbarst wie ein Kürbis, auf den man mit einem schweren Hammer einschlug. Auch wenn ich mich manchmal wie eben dieser fühlte.

»Noch sind nicht alle da«, versuchte ich, Zeit zu schinden. Tatsächlich wurde der Andrang jedoch weniger. Bald würden sich nur mehr vereinzelte Menschen auf dem Platz vor dem Haupteingang tummelten.

»Nichtsdestotrotz ist es an der Zeit. Wir wollen die Königin doch nicht noch einmal verärgern.«

Fest biss ich mir auf die Lippe, als ich mich zu Nohr umdrehte. Natürlich wusste ich, worauf er anspielte. Königin Juna war dagegen gewesen, das gesamte Volk einzuladen. Wäre es nach ihr gegangen, hätten an der Feier die Familien der Soldaten und der Adeligen teilgenommen. Also eben jene, die die Neuigkeiten ohnehin bereits kannten.

Mir war klar gewesen, dass mein Widerspruch sie verärgern würde. Aber mir war nichts anderes übrig geblieben. Sie verlangte von mir, mich von meinen Freunden zu distanzieren. Sie nie mehr wiederzusehen. Dieser Abend war meine letzte Chance für einen Abschied. Den wollte ich mir um keinen Preis nehmen lassen.

Auch in diesem Fall hatte sich Nohr als mein Schutzengel herausgestellt und meine Verteidigung übernommen.

In einem langen Gespräch, bei dem ich nicht hatte teilnehmen dürfen, hatte er seiner Königin erklärt, warum es gut für das Königshaus und die zukünftige Herrscherin war, mich als volksnah zu präsentieren. Zwar war das nicht mein Hintergedanke gewesen, aber die sie war schlussendlich einverstanden gewesen, und das war das Wichtigste.

Es bedeutete allerdings, dass ich mich zusammenreißen musste. Keine Fehltritte mehr. Königin Juna würde mir gewiss nicht alles durchgehen lassen. Es gab Regeln, die es zu befolgen galt, wenn ich ihren Platz einnehmen wollte.

Ich nickte Nohr geschlagen zu und bewegte mich nur langsam in seine Richtung. Das lange Kleid kratzte dabei über den edlen Holzboden, der sich beinahe durch das gesamte Gebäude zog, wenn es nicht von teurem Marmor abgelöst wurde. Die Schneiderinnen hatten es heute in Windeseile für mich umgenäht – scheinbar hatte die Königin für diesen Tag bereits vorgesorgt, ohne ihre Nachfolgerin überhaupt zu kennen. So umwerfend die neuen Kleider waren, so unbequem waren sie auch. Manchmal wünschte ich mir fast meine vertrauten, leichten Stoffkleider zurück. Dass eine Herrscherin jedoch keine alten Lumpen tragen konnte, hatte Königin Juna mir bereits in unserem ersten Gespräch klargemacht. Und ich hatte es mir zur Gewohnheit gemacht, ihr nicht zu widersprechen. Zumindest fast nicht. So

kamen am Morgen zwei Damen in mein Zimmer, um mir beim Anziehen zu helfen und meine Haare in Ordnung zu bringen. Heute fielen sie in ordentlichen Locken über meinen Rücken und waren mit funkelnden Haarnadeln verziert, die garantiert Aufmerksamkeit erregen würden. Noch mehr Aufmerksamkeit.

Mein Körper zitterte wie Espenlaub, als Nohr mich zum großen Festsaal führte. Bisher konnte ich mich nicht in dem Palast orientieren. Für jede Lehrstunde und jedes Mahl wurde ich entweder von ihm oder von Angestellten abgeholt und geführt. Es würde Ewigkeiten dauern, bis ich mich hier zurechtfand. Sollte es jemals so weit sein.

»Es wird alles gut gehen«, flüsterte Nohr mir zu, obwohl wir uns allein in dem schier endlos langen Flur befanden. »Aber denk daran, dass die Königin dich nicht aus den Augen lassen wird. Du kannst mit deinen Freunden sprechen, aber vernachlässige das höher gestellte Volk nicht. Verstanden?«

»Verstanden.« Meine Stimme war kaum mehr als ein raues Flüstern. Zum Glück war ich nicht gezwungen, eine Ansprache zu halten. Das würde ich nicht überstehen. Das Kleid war ohnehin schon so eng, dass ich kaum atmen konnte. Das Letzte, was ich wollte, war, vor dem versammelten Volk das Bewusstsein zu verlieren. Allerdings fühlte es sich so an, als könnte das durchaus passieren. Mein Herz trommelte wie verrückt und ich bemühte mich vermutlich vergebens um einen gelassenen Gesichtsausdruck.

Lächeln, hatte ich wieder Königin Junas Stimme in meinem Kopf. *Egal was passiert, was auch schiefgeht. Immer lächeln.*

Das würde ich gern, doch ich hatte das Gefühl, keine Kontrolle mehr über meine Gesichtszüge zu haben.

Nohr und ich kamen vor einer gigantischen Tür an, vor der zwei Soldaten postiert waren. Meine Gedanken wanderten zu Kaden und mein Herz legte noch einen Zahn zu.

»Bereit?«

Ich sah Nohr an, dessen Miene wie immer vollkommen neutral wirkte. Er war die Gelassenheit in Person und ich ein nervöses Häufchen Elend. Ich schüttelte hilflos den Kopf, doch darum kümmerte Nohr sich nicht. Er gab den beiden Soldaten ein Zeichen, woraufhin sie die Türen öffneten.

Gedämpft nahm ich eine Stimme wahr, verstand allerdings kaum ein Wort des Gesagten. Stocksteif ließ ich zu, dass Nohr meine Hand auf seinen Arm legte und mich hinausbegleitete. Die Tür führte auf eine Art Balkon, von dem aus eine Treppe in den großen Ballsaal reichte. Dieser war gesteckt voll.

Ich schluckte, während ich unter den applaudierenden Menschen nach einem bekannten Gesicht suchte. Allerdings waren es zu viele und mir blieb kaum Zeit, mich zu orientieren. Nohr zog mich unauffällig vorwärts und ich hoffte – betete – dass ich nicht über meine eigenen Füße stolperte und die Treppen hinunterfiel.

Ich war mir nicht sicher, ob ich Königin Junas Tipp, zu lächeln, umsetzte. Ich fühlte mich zu taub unter den unzähligen Blicken, die auf mich gerichtet waren.

»Verehrte Gäste.«

Kaum waren wir unten angekommen, ertönte Königin Junas Stimme. Sie stand auf dem Balkon, von dem wir heruntergekommen waren. Wie war sie so schnell dort hingelangt? Eben war sie nicht da gewesen.

»Ich danke euch für euer Kommen und für den herzlichen Empfang, den ihr meiner Auserwählten zu Teil werden lasst. Wie ihr wisst, bin ich kein Freund großer Ansprachen, weshalb ich euch hiermit ganz den Feierlichkeiten überlassen möchte. Traditionell beginnen wir den Ball mit einem Tanz. Ich wünsche jedermann viel Freude. Auf die zukünftige Königin.«

Ich zuckte zusammen, als die Anwesenden im Chor ihre letzten Worte wiederholten. Musik setzte ein, dabei hatte ich das Orchester noch nicht einmal ausgemacht. Um mich herum begannen sich die Menschen zu bewegen, während Königin Juna sich von ihrem Balkon zurückzog. Offenbar war sie ebenso wenig ein Freund großer Auftritte. Das gab mir die Hoffnung, dass sie mir ebenfalls erspart blieben.

Mein hilfesuchender Blick wanderte zu Nohr. Zwar

hatte er mir die wichtigsten Tanzschritte beigebracht, doch war mir nicht klar gewesen, dass sie sofort zum Einsatz kommen würden.

»Ich lasse Euch nun allein.« Immer, wenn wir unter Leuten waren, wurde er so förmlich. Diesmal ließen mir seine Worte allerdings das Blut in den Adern gefrieren. Allein? Mit all diesen Menschen, die so hohe Erwartungen an mich hatten?

Ich setzte an, um zu protestieren, kam jedoch nicht so weit.

»Keine Angst, ich passe auf, dass nichts passiert.«

Ich fuhr herum. Mein Mund klappte auf, als ich Rik vor mir entdeckte. Er sah so anders aus als sonst. Was wohl vor allem an der Kleidung lag. Sie wirkte edel, nicht so wie das, was ein Waisenkind trug. Natürlich, wer zu einem Ball der Königin kam, musste entsprechend aussehen. Das hatte ich vermutlich Nohr zu verdanken.

Es dauerte einen Moment, bis mein Kopf seine Anwesenheit verarbeitet hatte. Mein Verlangen und der Versuch, ihm um den Hals zu fallen, wurde jedoch von einem strengen Räuspern in meinem Rücken unterbrochen.

Mein Blick wanderte zu Nohr, der mit dem Kopf in Richtung Balkon deutete, wo Königin Juna vorhin noch gestanden hatte. Ich verstand den Wink mit dem Zaunpfahl. Ihre Augen waren überall. Keine Fehltritte.

»Tanzen«, meinte er knapp, ehe er uns den Rücken zuwandte und ich mich verhalten wieder zu Rik umdrehte. Er reichte mir seine Hand, ohne groß Fragen zu stellen, wofür ich ihm unendlich dankbar war.

Ich legte meine auf seine Schulter, genoss den edlen Stoff unter meinen Fingern, und bewegte mich mit ihm zum Takt der Musik, im Kopf angestrengt die Schritte wiederholend, die mir beigebracht worden waren. *Keine Fehltritte.*

Von allen Seiten spürte ich Blicke auf mir, und obwohl ich mich auf meinen besten Freund konzentrieren wollte, ertappte ich mich immer wieder dabei, wie ich mich im Saal umsah.

»Du machst das gut«, drang Riks beruhigende Stimme zu mir durch und ich schloss eine Sekunde lang erleichtert die Augen. Ob er es nur sagte, damit ich mich besser fühlte, war im Moment nebensächlich.

»Ich versuche zu lächeln«, gestand ich leise, da es nur für seine Ohren bestimmt war. »Aber ich hab keine Ahnung, ob es mir gelingt. Oder ob ich überhaupt wie ein menschliches Wesen aussehe.«

Sein Lachen drang mir durch Mark und Bein. Es hatte etwas so Vertrautes. Ein Teil meiner Anspannung fiel mit Rik von mir ab. Mir war klar, dass ich nicht den ganzen Abend mit ihm verbringen konnte. Umso mehr genoss ich den Moment und den ersten Tanz.

»Ich weiß gar nicht, wo ich anfangen soll«, gestand

ich weiterhin im Flüsterton. »Ich muss dir so viel sagen, bevor es zu spät ist.«

»Zu spät?« Falten schlichen sich auf seine Stirn.

Ich schluckte. »Ich fürchte, das hier ist unser letzter Tanz, Rik. Die Königin erlaubt keinen Kontakt nach außen. Dieser Ball dient vor allem dazu, mich von euch allen zu verabschieden.«

Rasch wandte ich den Blick ab, als ich den Schmerz entdeckte, der in seinen Augen aufblitzte und ansteckend wirkte. Ich hatte gewusst, dass es schwer werden würde, ihm davon zu erzählen. Doch der Druck in meiner Brust nahm mir schlichtweg den Atem.

Riks leises Fluchen drang an mein Ohr und ich nickte zustimmend.

»Ich sage es nur ungern«, setzte er an, zögerte dann jedoch.

»Was?«

Rik sah sich im Saal um, so als spürte er jetzt erst all die Blicke, die uns bei jedem Schritt verfolgten. »Du wirst nicht die Gelegenheit haben, dich von jedem zu verabschieden.«

Ich fühlte, wie mit seinen Worten sämtliches Blut aus meinem Gesicht wich. Sie fegten jeden anderen Gedanken aus meinem Kopf, allen voran die Tanzschritte. Ehe ich es bemerkte, stand ich wie angewurzelt am Fleck, während die Musik fröhlich weiterspielte und die Gäste sich um uns herum weiter im Takt bewegten. »Was meinst du?«

Mir war vollkommen klar, was er meinte. Das bestätigte der Stich in meiner Brust, den ich spürte, als er das Gesicht verzog. Er musste seinen Namen nicht noch aussprechen.

Er war nicht da.

Ich schüttelte den Kopf, um meinem Körper zu signalisieren, dass ich mir gerade keinen Totalausfall leisten konnte. So gab ich Riks Bemühungen nach, mich weiter durch den Raum zu bewegen, auch wenn ich nur noch von einem Bein auf das andere trat, um den Schein zu wahren.

»Das ist in Ordnung, nehme ich an«, versuchte ich, ihm und vor allem mir selbst weiszumachen. »Ich meine, wenn ich erst Königin bin und Kaden wieder Teil der Garde ist ...«

Ich verstummte, als Rik erneut das Gesicht verzog.

»Es tut mir leid, Alva.« Jedes seiner Worte traf wie ein Messer in meine Brust. »Ich wollte es unter vier Augen tun, aber so wie es aussieht, wird es dazu keine Gelegenheit geben. Ich soll dir ausrichten, dass Kaden seinen Wunsch nicht einfordern wird.«

Riks Worte rasten durch meinen Kopf und ich gab mein Bestes, mir einen Reim daraus zu machen. Zu verstehen. Es gelang mir nicht. Mein Körper gab auch den letzten Versuch auf, den Tanz durchzustehen. Ich konnte mich nicht weiter bewegen, so sehr ich es versuchte.

Wieder einmal dachte ich an unseren Abschied, wenn man das denn so nennen konnte. Es war unangenehm

gewesen, aber ich hatte gedacht, ich würde noch eine Chance bekommen, es richtig zu machen. Und jetzt …

Ich holte Luft, brachte jedoch kein Wort hervor.

Er war nicht da.

Erneut schüttelte ich den Kopf, so als würde mir diese Tatsache nicht noch die restliche Kraft rauben, die ich für diesen Abend übrig hatte. So als wäre es in Ordnung. Als müsste ich nicht für den Rest meines Daseins mit all den ungesagten Dingen leben, die zwischen uns standen.

»Lächeln«, erinnerte mich Rik, der seinen aufmerksamen Blick durch den Saal wandern ließ. »Lass es die Leute nicht wissen.«

Aber er wusste es. Und das war eigentlich schon schlimm genug.

Ich schluckte fest, in der Hoffnung, damit all die tonnenschweren Gefühle zu vergraben, die mich zu Boden zu ziehen drohten. Immerhin hatte die Königin ein Auge auf mich. Auf ihre zukünftige Nachfolgerin. Und nicht nur sie. Die gesamte Stadt – oder zumindest fast – hatte ihre Blicke auf mich gerichtet. Ich würde sie nicht enttäuschen. Keinen von ihnen. Ganz gleich, wie es in mir drin aussah.

Die Musik verklang und ich trat einen Schritt von Rik zurück, um eine leichte Verbeugung anzudeuten. Dann ratterte ich den Satz herunter, den Nohr mir eingebläut hatte. »Danke für den Tanz. Ich muss mich nun etwas unter die Leute mischen. Ich hoffe, wir sehen uns später noch einmal.«

Königin Juna

Die Königin war positiv überrascht. Sie beobachtete Alva schon eine Weile und sie verhielt sich ganz und gar nicht so wie befürchtet. Sie hielt Kontakt zu ihren Freunden und Bekannten aus dem Waisenhaus, allerdings nicht ausschließlich. Auch gegenüber der höheren Gesellschaftsschicht verhielt sie sich angemessen, was sie wohl zum Teil ihrer Herkunft verdankte.

Nohr hatte mit seinem Unterricht wahrlich gute Arbeit geleistet. Mit jedem weiteren Tag war Königin Juna nur noch überzeugter von ihrer Entscheidung. Das Volk schien Alva gut anzunehmen und nicht nur das. Sie lernte schnell. Eine Eigenschaft, die gerade zu dieser Zeit des Umbruchs von großem Vorteil war.

Sie beobachtete ihren Schützling. Alva war in ein Gespräch mit einer stämmigen Frau mittleren Alters verwickelt. Dank der Kleider, die Nohr organisiert hatte, unterschied man die Bauern kaum von den höher gestellten Schichten. Das war der Königin ein Anliegen gewesen. Auf einer Veranstaltung wie dieser konnte man sich nicht in Lumpen blicken lassen. Das Auftreten nach außen hin war etwas, das für eine Herrscherin von enormer Wichtigkeit war. Das würde Alva erst noch lernen müssen. Allgemein gab es vieles, das man ihr

beibringen musste. Ob dafür die Zeit ausreichen würde, war abzuwarten …

»Er ist hier.«

Ihr Blick wanderte zu ihrem Berater, der wie aus dem Nichts neben ihr aufgetaucht war. Sein Ausdruck wirkte wie versteinert, während er aufmerksam die Menge musterte, wie sie es ihm aufgetragen hatte. Auch Nohr beobachtete Alvas Verhalten unablässig, achtete darauf, dass sie die Regeln und Vorschriften einhielt.

Königin Juna atmete tief durch, ob der Nachricht, die ihr Berater ihr überbracht hatte. »Nun, es war zu erwarten, oder etwa nicht?«

Nohr musterte sie mit in Falten gelegter Stirn. Er glaubte ihre gespielte Gleichgültigkeit ebenso wenig wie sie selbst. Das war das erste Mal, dass ihre Aufmerksamkeit von Alva abschweifte, in der Hoffnung, einen Blick zu riskieren. Auch auf die Gefahr hin, sich ihrem Berater zu offenbaren.

»Soll ich ihn zu Euch bringen lassen?«

Entschieden schüttelte sie den Kopf. »Nein. Der Abend gehört Alva und ich bin nach wie vor im Einklang mit meiner Entscheidung.«

Zwar erwiderte Nohr nichts, doch seine Gedanken waren ihm deutlich ins Gesicht geschrieben. Allerdings beschloss Königin Juna, das zu ignorieren. Zu vergessen, was er ihr mitgeteilt hatte, und sich wieder voll und ganz auf ihre Nachfolgerin zu konzentrieren.

KAPITEL 27

Alva

Königin Juna hatte es ernst gemeint. Egal, in welche Ecke des Saals ich mich verzog, immerzu spürte ich ihren aufmerksamen Blick auf mir. Prüfend, urteilend.

Vom Rand der Tanzfläche aus beobachtete ich, wie Rik scheinbar widerwillig von Ida, die ein atemberaubendes gelb-goldenes Kleid trug, in Beschlag genommen wurde. Sein gequälter Blick sprach Bände, und ich konnte mir ein Grinsen kaum verkneifen. Ihr einen Tanz zu verweigern, wäre alles andere als die feine Art. Demnach hatte er keine Wahl, als ihr nachzugeben. Einen Moment lang zog ich in Erwägung, das Orchester zu bitten, das Lied ein wenig abzukürzen, um ihn von seinem Leiden zu befreien. Aber andererseits bereitete mir der Anblick zu viel Spaß. Und das war etwas, das ich im Moment dringend nötig hatte.

Anfangs war ich nicht begeistert davon, Ida nach allem, was zwischen uns gewesen war, auf dem Ball anzutreffen. Aber das Blatt hatte sich gewendet. Trotz ihrer Versuche, mich aufzuhalten, war es ihr nicht gelungen. Dass sie heute hier war und meine Bekanntgabe als Nachfolgerin der Königin feierte, verstand ich als Friedensangebot, das ich gern annahm. Es half mir, einen Schlussstrich zu ziehen.

Langsam gewöhnte ich mich daran, unter Menschen zu sein, angesprochen und beobachtet zu werden. Zwar war mir immer noch ein wenig unwohl, aber ich wusste, dass es dazu gehörte und dass es das war, was die Königin von mir erwartete.

Nur mit Mühe konnte ich mich von Idas und Riks Tanz abwenden und schlenderte durch die Massen der Gäste, die mit jeder verstreichenden Stunde immer kleiner wurde.

Wie von selbst bewegte ich mich auf die große Glasfront zu, um mein Aussehen zu überprüfen. Zu sehen, ob ich schön lächelte und aussah, wie man sich eine zukünftige Königin vorstellte.

Was ich jedoch durch die Glaswand hindurch erblickte, war nicht meine Spiegelung, sondern etwas ganz anderes.

Mein Herz setzte einen Schlag aus. Rasch sah ich mich im Saal um, hoffte, jeder Gast würde mit Tanzen oder Konversation beschäftigt sein, und so war es auch. Sogar Königin Juna war von Nohr in ein Gespräch verwickelt. Ob das ein Zufall war? Ich dachte nicht lange darüber nach.

Niemand bemerkte es, als ich mir einen Weg aus dem Saal bahnte, in Gedanken bereits eine Ausrede formulierend, falls man mich erwischte. Mir wäre nicht wohl. Die Luft zu stickig. Und genau genommen war es auch so. Das Atmen fiel mir mit einem Mal schwer. Ich brauchte Sauerstoff. Meine eiligen Schritte hallten laut von den kahlen Wänden des Gangs wider, der am Hof entlang – und hoffentlich hinaus – führte.

Kalte Nachtluft streifte meine überhitzte Haut, als ich den Ausgang endlich fand und in den Hof trat. Ich hielt inne und sog die angenehme Frische tief in meine Lungen, die ich im überfüllten Ballsaal vermisst hatte. Ich nutzte diesen Moment, um zur Ruhe zu kommen und einen klaren Gedanken zu fassen. Währenddessen suchte mein Blick den Garten ab, bis er auf einen Schemen in der Dunkelheit traf, der scheinbar ziellos durch den Hof wanderte.

Ich schluckte meine Nervosität hinunter und bewegte mich auf die Gestalt zu, die mittlerweile weit genug von der Glasfront entfernt war, um vom Ballsaal aus nicht entdeckt zu werden.

»Bist du hier, um deinen Wunsch bei mir einzufordern?«

Kaden hielt in seiner Bewegung inne. Er wirkte nicht überrascht von meinem Auftauchen. Offensichtlich hatte er meine Anwesenheit bereits bemerkt.

Natürlich hatte er das.

Langsam drehte er sich zu mir um und ich versuchte, mir nicht anmerken zu lassen, dass sein Anblick mir den Atem raubte. Jede Faser meines Körpers reagierte auf ihn – von meinem Herzen, das seinen Rhythmus verlernte, bis hin zu meinen Knien, die drohten, mein Gewicht nicht länger zu halten.

»Oder bist du hier, um mir zu sagen, dass morgen die Stadt in Flammen stehen wird?« Ich bemühte mich um ein Lächeln, das vermutlich mehr einer nervösen Grimasse glich. Ich verstand nicht, was mit mir los war. So aufgeregt war ich nicht einmal gewesen, als ich Königin Juna gegenübergetreten war.

»Keine neue Schreckensvision«, versicherte Kaden mir, sein Gesicht eine undurchschaubare Maske. »Zumindest noch nicht.«

Wie von selbst trugen mich meine Beine näher auf ihn zu, überbrückten die letzten verbliebenen Meter. Kaden hingegen verharrte an Ort und Stelle, als wartete er darauf, dass ich den ersten Schritt machte. Doch was erwartete er von mir?

»Ich dachte, du kommst nicht.« Meine Stimme war kaum mehr als ein Flüstern. Sie fühlte sich rau in meinem Hals an. Jedes Wort war eine Qual für sich.

Ich beobachtete seine Züge genau – jede Linie, jede Reaktion, die ausblieb. So sehr ich auch versuchte, seine Absichten in seinen Augen zu lesen, es gelang mir nicht. Nicht zum ersten Mal wünschte ich, Kadens Fähigkeiten borgen zu können. Vielleicht würde sein untrügliches Gespür Aufschluss über seine Beweggründe liefern. Denn von allein wurde ich nicht schlau aus ihm.

»Ich hatte es nicht vor«, räumte er ein. Er erwiderte meinen Blick nur widerwillig. Immer wieder schweifte er ab und durchsuchte den Hof nach … was? Zuschauern? Ablenkungen? Warum konnte er mir bloß nicht in die Augen sehen? »Ich war nicht sicher, ob meine Anwesenheit erwünscht ist.«

Einen Augenblick lang spürte ich, wie meine Gesichtszüge entgleisten. Mein Mund öffnete sich, jedoch kamen keine Worte über meine Lippen. Es schmerzte mich, dass er so etwas dachte. Dass er nicht wusste, was er mir bedeutete.

»Du warst nicht sicher?«, brachte ich hervor. »Kaden, nur deinetwegen bin ich heute hier. Wenn du nicht gewesen wärst …«

Ich unterbrach mich, als er endgültig den Blick abwandte, so als hätte er keine Lust, sich meine Dankesrede anzuhören. Als würde sie ihm nichts bedeuten. Als wäre es nicht das, was er eigentlich von mir hören wollte.

»Du hattest nicht ganz recht«, räumte er ein, um das Thema zu wechseln. »Ich bin hier, um meinen Gefallen loszulassen. Ich dachte immer, mein Platz wäre in der königlichen Garde und dass ich nur unter Königin Junas Herrschaft nicht dorthin zurückkönnte. Aber die Wahrheit ist, dass meine Zeit als Soldat der Königin längst vorbei ist. Vergiss also den Gefallen. Er hat sich erübrigt.«

Ohne mir eine Chance zu antworten zu geben, wandte Kaden mir den Rücken zu. Aus einem Impuls heraus packte ich ihn am Arm, um ihn daran zu hindern, zu verschwinden. Noch einmal konnte ich ihn nicht gehen lassen, ohne mich von ihm zu verabschieden. Richtig verabschieden. Ohne dabei von allen Seiten beobachtet zu werden. Das hier war womöglich der letzte Moment, den wir beide gemeinsam teilen würden.

»Bitte tu das nicht.«

Sein durchdringender Blick fixierte meine Hand auf seinem Arm, dann mein Gesicht. Seine Brauen hatten sich zusammengeschoben, seine Züge verfinstert. Doch von diesem Ausdruck hatte ich mich von Anfang an nicht abschrecken lassen.

»Was auch immer geschehen ist, dass sich deine Meinung geändert hat. Vergiss es. Du gehörst zur Garde. Ich weiß es.« Es überrasche mich selbst, wie flehend meine Stimme klang. Ich war nicht bereit, ihn für immer gehen zu lassen. Kaden als Teil der Garde zu wissen, war besser, als ihn nie mehr wiederzusehen.

»Warum ist dir das so wichtig?«

Ich schluckte. Wollte er das wirklich wissen?

»Weil es dir wichtig ist«, flüsterte ich, doch es war nicht die ganze Wahrheit. »Und weil ich den Gedanken nicht ertrage, für immer Lebewohl zu sagen.«

Etwas in Kadens Gesicht änderte sich. Die Härte wich aus seinen Zügen. »Was willst du von mir hören?«

»Dass du mich nicht verlässt. Dass du wieder ein Teil der Garde wirst und an meiner Seite bleibst.« Ich konnte selbst kaum fassen, dass ich die Worte aussprach. So schwer es mir fiel, ich hätte es mir nicht verziehen, ihn erneut gehen zu lassen, ohne das zu sagen, was mir auf der Seele brannte. »Ich brauche dich.«

Er sah mich lange Zeit an und mein Herz begann erneut, höher zu schlagen. Obwohl er keinerlei Anstalten machte, zu verschwinden, hielt meine Hand ihn fest. War noch nicht bereit, ihn ziehen zu lassen. Nicht, solange ich keine Antwort hatte.

»Alva.« Nohrs strenge Stimme ließ mich zusammenfahren und augenblicklich zurückweichen. In meiner Aufregung konnte ich nicht sagen, woher sie gekommen war und ob er die Szene beobachtet hatte. Das Letzte, was ich als neue Anwärterin auf den Thron wollte, war Ärger mit der Königin. Noch mehr Ärger. Nur warum fiel es mir dann so schwer, Kaden zu verabschieden?

»Ich muss gehen«, flüsterte ich Kaden zu, obwohl sich alles in mir dagegen sträubte. »Sonst gibt es Probleme mit der Königin. Kann ich auf dich zählen?«

Es war mehr als offensichtlich, dass Kaden hin- und hergerissen war. Er wollte zu seiner Entscheidung stehen, aber offenbar hatten meine Worte sie ins Wanken gebracht.

Erleichterung machte sich in mir breit, als Kaden sich ein kurzes Nicken abrang.

»Natürlich kannst du das.«

Kaden

Die Sterne über dem Palast wirkten heute noch ein wenig heller – oder lag es daran, dass er sie zum ersten Mal seit geraumer Zeit wieder aus den Palastmauern heraus betrachtete? Es schien fast so, als strahlten sie stärker für ihr erhabenes Publikum.

Obwohl bereits Minuten verstrichen waren, war ihm, als spürte er noch immer Alvas Berührung. Ihre Hitze war durch den Stoff seiner Kleidung bis in seine Knochen gedrungen.

Ich brauche dich.

Fantastisch. Eigentlich war seine Entscheidung festgestanden. Und nun? Er war schon mehr als einmal vom Königshaus fallen gelassen worden, das sollte sich nicht unbedingt wiederholen. Und doch konnte er sich nicht dazu durchringen, ihr diesen Wunsch auszuschlagen.

Warum nur war Alva das so wichtig?

Was verbarg sich hinter ihrer Bitte?

»Wovon träumst du?«

Die Stimme kam derart aus dem Nichts und er war so tief in seinen Gedanken versunken, dass er bei ihrem

Klang zusammenfuhr. Instinktiv schoss sein Blick in Richtung der Tür, durch die Alva verschwunden war. In dem schummrigen Licht, das durch die Palastfenster drang, erkannte er eine Gestalt. Bodenlanges, ausladendes Kleid, helles Haar, welches das spärliche Licht reflektierte. Eine Krone auf dem erhobenen Haupt.

»Eure Hoheit.« Kaden senkte kurz den Kopf. Er war kein Soldat mehr und lebte in den dichten Wäldern außerhalb der Stadt, Formalitäten hatten ihn nicht zu interessieren. »Ist Euch die Luft drinnen zu dünn geworden?«

Ihr Lachen war leise, doch trug der kalte Nachtwind es bis zu ihm. Die Königin setzte sich in Bewegung, und einen Moment lang wusste er nicht, ob er stehen bleiben oder verschwinden sollte. Obwohl sie sich ihm langsam näherte, fühlte es sich wie eine Drohung an. Eine Warnung gegenüber einem ungebetenen Gast, der sich unerlaubt Zutritt verschafft hatte.

Je näher Königin Juna kam, desto deutlicher erkannte Kaden das Alter in ihren Zügen. Das Bild der Frau vor ihm ließ sich kaum noch mit der in seiner Erinnerung vereinbaren, die er als Kind so oft gesehen hatte, wenn er seinen Vater im Palast besuchte. Der Frau, die ihn als erstes Waisenkind der Geschichte Ishøghs zu einem Soldaten ihrer Garde gemacht hatte. Und die ihm trotz seiner weitgehenden Heilung die Rückkehr in ebendiese untersagt hatte.

Der Anblick erschütterte ihn auf eine Weise, die er nicht ganz nachvollziehen konnte – hatte er doch gewusst, dass sich die Tage der Königin dem Ende zuneigten. Nichtsdestotrotz wurde ihm erst jetzt richtig bewusst, wie wenig Zeit ihr blieb.

Ob er mehr über ihr Ableben erfahren würde, wenn er nur die Hand ausstreckte und sie berührte? Ob ihm seine Visionen ein einziges Mal im Leben gehorchen würden?

»Ich bin gern hier draußen«, antwortete Königin Juna verspätet auf seine Frage, als sie endlich vor ihm angekommen war und er jede noch so kleine Falte auf ihrem Gesicht ausmachen konnte. Ein geheimnisvolles Lächeln umspielte ihre Lippen. »Ich bevorzuge die Kälte, musst du wissen.«

In Ishøgh hatte man keine andere Wahl, als sich mit diesen Temperaturen zu arrangieren. Diesen Gedanken behielt Kaden für sich. Er wollte sie nicht provozieren, nichts tun, das Konsequenzen für Alva haben könnte. Also schluckte er jeglichen Groll, den er der Königin gegenüber hegte, hinunter und sortierte seine Gedanken neu.

»Seid Ihr zufrieden mit der Wahl Eurer Nachfolgerin?« Er bemühte sich um einen neutralen Ton, um die Frage so unverfänglich wie möglich klingen zu lassen. Nicht wie eine Herausforderung.

Zu seiner Überraschung zeigte sich ein ehrliches Lächeln auf dem Gesicht der alten Frau. »Aber natürlich.

Ich habe dem Schicksal die Suche überlassen, und wir beide wissen, dass darauf Verlass ist.«

»Auf das Schicksal?« Kaden hob die Augenbrauen, als er über seine bisherigen Visionen nachdachte. »Da bin ich mir nicht so sicher. Manchmal habe ich viel mehr das Gefühl, das Schicksal verspottet jeden, der ihm sein Vertrauen schenkt.«

Die Königin winkte ab. »Dieser Gedanke zeugt von Ungeduld. Man muss den Dingen ihre Zeit geben.«

Zeit, die sie offensichtlich nicht hatte. Und dennoch schien das Schicksal auf ihrer Seite gewesen zu sein. Nicht auf seiner.

»Ich sollte langsam hier verschwinden. Solche Versammlungen waren ohnehin noch nie was für mich.«

»Kaden.« Der Klang ihrer Stimme durchfuhr ihn wie ein Blitz und ließ ihn in seiner Bewegung innehalten. Ihr Ton hatte sich verändert, von freundlich plaudernd zu beinahe drohend. Um ehrlich zu sein, überraschte es ihn, dass die Königin sich so deutlich an ihn und sogar seinen Namen zu erinnern schien. Er war nicht der erste Soldat gewesen, der aus Verletzungsgründen den Dienst quittieren musste. Sehr wohl jedoch der Erste, der danach keinen Ort mehr sein Zuhause nennen konnte.

Königin Juna machte den Schritt nach vorn, den er sich von ihr entfernt hatte. Ihr Arm bewegte sich in seine Richtung, und einen Moment lang stand die ganze Welt still. Kaum berührte ihre Hand ihn, durchfuhr

Kaden ein gleißendes Gefühl, wie ein Blitz, der den sturmverhangenen Himmel durchzuckte.

Augenblicklich wich er zurück und betrachtete die alte Frau aus vor Schreck weit geöffneten Augen.

Was zur Hölle war da eben geschehen?

Er blinzelte ein paarmal und versuchte, die Bilder, die in rasender Geschwindigkeit an ihm vorbeigezogen waren, zu fassen. Aber keine Chance. Mit jeder Sekunde, die verstrich, verblassten sie weiter vor seinem inneren Auge und hinterließen nicht einen Funken Erinnerung.

Sein Mund öffnete sich, doch keinerlei Worte kamen hervor, zu sehr irritierte ihn der plötzliche Ausdruck auf dem Gesicht der alten Königin. Ihr Kinn war hoch erhoben, in ihren Augen spiegelte sich eine seltsame Art … Erkenntnis.

»Ihr«, brachte er nach einer Weile hervor, als sich des Rätsels Lösung viel zu langsam in ihm zeigte. »Ihr habt meine Vision gestohlen.«

Königin Juna hob die Augenbrauen. »Bitte?«

Diese gespielte Unschuld täuschte ihn nicht.

»Natürlich.« Anklagend zeigte Kaden mit dem Finger auf sie. »Die Visionen begleiten mich schon mein ganzes Leben lang. Ich weiß, wie es sich anfühlt, wenn eine kommt. Die Bilder waren da, ich weiß es ganz genau. Und jetzt sind sie weg. Ihr habt sie gestohlen. Warum?«

Die Art, wie Königin Juna sich halb von ihm abwandte, war Antwort genug. Er hatte also ins Schwarze getroffen. Aber wieso? Was hatte er gesehen, was er nicht hätte sehen sollen?

»Deine Gabe ist beeindruckend, mein Junge«, meinte sie lediglich, als hätte er sie eben nicht als gemeine Diebin von Gedanken beschuldigt. »Du solltest mehr auf sie vertrauen.«

»Das würde ich ja gern«, knurrte Kaden, nun langsam am Ende seiner Geduld. »Wenn mir die Visionen nicht gestohlen werden.«

»Sieh es als Gefallen an. Was du gesehen hättest, hätte dich nicht glücklich gemacht. Du solltest mir also besser danken.«

»Danken?«

Offensichtlich hatte die Fassungslosigkeit seine Stimme einen Tick zu laut werden lassen. Wachen tauchten an sämtlichen Ecken des Innenhofes auf, um die Situation unter Kontrolle zu bringen.

Beschwichtigend hob Königin Juna eine Hand, um ihnen zu versichern, dass alles in Ordnung war. Was nicht weiter von der Wahrheit entfernt sein könnte. Absolut gar nichts war in Ordnung. Was verheimlichte diese Frau vor ihm?

»Es war schön, dich wiederzusehen, Kaden. Ich danke dir für deine Unterstützung. Ohne dich hätte ich Alva vermutlich niemals gefunden. Sie wird eine hervorragende Königin, davon bin ich fest überzeugt.«

Sie machte eine kurze Pause, wie um zu prüfen, ob Kaden dem etwas hinzuzufügen hatte, was er angesichts der Soldaten, die sie umzingelten, nicht hatte. Schließlich nickte sie ihm freundlich zu und wandte ihm den Rücken zu, womit das Gespräch wohl beendet war.

KAPITEL 28

Alva

Mein Körper fühlte sich an, als wäre er zu Eis erfroren. Jede Bewegung fiel mir schwer. Fast so schwer wie mich nicht umzudrehen, während ich mich von Kaden entfernte. Ich wusste, dass Nohr es bemerken und der Königin berichten würde, was unter keinen Umständen passieren konnte. Ich durfte die Krone keinesfalls riskieren. Vor allem nicht jetzt, wo jeder Einwohner Ishøghs mein Gesicht kannte.

Das änderte jedoch nichts an der Tatsache, dass sich meine Gedanken um Kaden drehten. Ich sah ihn vor mir, schweigend, undurchschaubar. Auch wenn er nur gekommen war, um seinen Gefallen abzutreten, bedeutete es mir doch die Welt, ihn noch einmal gesehen zu haben. Diese seltenen Augenblicke mit ihm allein, die sich nie mehr wiederholen würden.

Nohr begleitete mich schweigend zurück in den Festsaal, den ich erst vor wenigen Minuten überstürzt verlassen hatte. Ich erwartete, ihn so vorzufinden, wie ich ihn zurückgelassen hatte – voller Menschen, die sich amüsierten, tanzten und lachten. Doch die Musik war verklungen, als die Wachen die Türen öffneten und ich eintrat. Der Großteil der Gäste hatte sich in Luft aufgelöst. Nur noch leise Gespräche füllten den weitläufigen Saal.

War das etwa meine Schuld? Hatte mein Verschwinden die Feier beendet?

Panisch sah ich mich nach Rik um – er durfte nicht weg sein. Ich konnte ihn nicht für immer gehen lassen, ohne mich bei ihm zu verabschieden.

»Alva!«

Ich entdeckte Rik gemeinsam mit Saga in der Nähe der Musiker. Er hob die Hand und winkte mir zu, wie er es so oft im Speisesaal getan hatte. Ein seltsames Gefühl der Wehmut überkam mich, als ich auf ihn zu eilte – ungeachtet dessen, ob Nohr an meiner Seite war oder nicht.

Rik machte ebenfalls ein paar Schritte in meine Richtung, und obwohl ich ihm am liebsten in die Arme gefallen wäre, zwang ich mich dazu, abrupt abzubremsen und stattdessen nach seinen Händen zu greifen. Wo auch immer die Königin gerade war, irgendjemand würde für sie ein Auge auf mich haben. Nach diesem viel zu intimen Moment mit Kaden im Hof durfte ich mir keinen Fehltritt mehr leisten.

»Was ist denn hier los?«, wollte ich wissen und ignorierte dabei den verwirrten Ausdruck auf seinem Gesicht. Er wusste, dass etwas nicht in Ordnung war, vermutlich las er es aus meinen Zügen.

»Die Feier ist zu Ende.« Ich erkannte die Skepsis in seiner Stimme. »Außerdem müssen die Kinder sowieso ins Bett.«

Ich nickte. Die Königin musste die Feier für beendet erklärt haben. Wegen meines Verschwindens? Wegen Kaden? Wusste sie überhaupt von dem Treffen? Vermutlich, immerhin hatte sie mich den ganzen Abend lang im Blick gehabt.

Unauffällig sah ich mich nach ihr um – aber keine Spur.

»Alva«, zog Rik meine Aufmerksamkeit wieder auf sich. »Wir müssen jetzt wirklich gehen, bevor uns die Wachen noch vor die Tür setzen. Es ist Zeit für –«

»Sag es nicht«, bat ich ihn und hatte plötzlich gegen meine Tränen anzukämpfen. Schlimm genug, dass ich keine richtige Chance gehabt hatte, mich ungestört von Kaden zu verabschieden. Ich wollte jetzt nicht auch noch meinen besten Freund ziehen lassen. Für immer.

»Nicht.« Nun war es Rik, der sich im Saal umsah, der immer leerer wurde. In einer unverfänglichen Geste strich er mir eine lose Strähne hinters Ohr und ich genoss den Moment der Zweisamkeit mit meinem besten Freund. »Niemand darf dir ansehen, wie du dich fühlst.

Du bist die zukünftige Königin, Alva. Du müsstest vor Freude strahlen.«

Unmerklich schüttelte ich den Kopf, um Zeit zu gewinnen. Ich würde die Thronfolge nur antreten, wenn ich bereit war, den Preis dafür zu bezahlen. Ein Leben in Einsamkeit, fernab von meinen Freunden. Aber war ich das tatsächlich oder hatte ich meine Willensstärke überschätzt?

Ich schluckte meine Angst hinunter, versuchte, meine Stimme stärker klingen zu lassen, als ich mich fühlte. »Wie kann ich das, wenn ich daran denke, was ich dabei zurücklasse? Ich darf keinen von euch wiedersehen, das ist die Bedingung der Königin. Aber ich kann nicht –«

»Natürlich kannst du«, fiel Rik mir plötzlich alarmiert ins Wort. Als hätte er Angst vor einem Rückzieher meinerseits. »Denk daran, warum wir das alles gemacht haben, Alva. Du bist die zukünftige Königin. Du kannst das Leben aller Waisenkinder für immer verändern. Kannst ihnen das Leben *retten.* Ihnen eine Zukunft ermöglichen. Das ist es, woran du denken solltest. Nicht an das, was du dafür hinter dir lassen musst.«

Ich nickte, auch wenn der Schmerz des Verlustes noch an mir nagte.

»Das hier ist ein Abschied für immer. Das weißt du, oder?«

Das Lächeln, das Rik sich abrang, zeugte von Bedauern. Er fühlte den Schmerz ebenso wie ich, was zumindest ein wenig tröstlich war. »Du wirst das meistern, daran habe ich keinerlei Zweifel.«

Ich dafür umso mehr.

Rik drückte meine Hände, ehe er sich vorsichtig aus meinem Griff befreite und ein paar Schritte rückwärts von mir entfernte. Jeder davon war ein weiterer Stich ins Herz. Mit aller Kraft kämpfte ich gegen den Drang an, ihm nachzulaufen. Ihm um den Hals zu fallen und ihn anzuflehen, mich nicht allein zu lassen.

Mit einer formvollendeten Verbeugung verabschiedete er sich von mir und wandte mir den Rücken zu. Ich sah ihm hinterher, bis er gemeinsam mit Saga und den restlichen Kindern den Saal verlassen hatte. Mein Herz schmerzte. Meine Brust. Mein gesamter Körper.

So wundervoll das Wiedersehen gewesen war, umso schmerzvoller fühlte sich der Abschied an.

Ich spürte, dass sich mir jemand näherte, und wusste instinktiv, dass es sich um Nohr handelte, der stets in meiner Nähe war. In den nächsten Wochen, Monaten und Jahren würde er zu meinem ständigen Begleiter werden. Meinem Schatten, wohin ich auch ging.

»Die Königin bittet um ein Gespräch«, raunte er mir zu, während ich tatenlos auf die Tür starrte, die sich hinter Rik geschlossen hatte.

Es dauerte einen Moment, bis ich mich aus dieser Trance befreien konnte.

Niemand darf dir ansehen, wie du dich fühlst.

Instinktiv wollte ich ihn fragen, warum sie mich zu sich zitierte, allerdings hatte ich Angst vor der Antwort. Deshalb folgte ich Nohr wortlos in die Gemächer der Königin. Bemüht, jeden Gedanken an die vergangenen Augenblicke zu unterdrücken. Vermutlich waren sie der Grund, warum sie zu sprechen wünschte. Ich konnte nur raten, was mich jenseits der meterhohen Türen erwartete, auf die Nohr zusteuerte und hinter denen die Königin zum Vorschein kam.

Als sie uns erblickte, machte sich ein Strahlen auf ihrem Gesicht breit, mit dem ich nicht gerechnet hatte. Sie bedeutete Nohr, uns allein zu lassen. Die Türen schlossen sich und plötzlich gab es nur noch Königin Juna und mich. Sie hatte ihr Abendkleid gegen ein einfacheres ausgetauscht, bei dem es sich um ihr Schlafgewand handeln könnte. Ich fühlte mich merkwürdig fehl am Platz, doch Königin Juna bedeutete mir, näher zu kommen. Sie selbst setzte sich auf die edle Bank, die gemeinsam mit einem Tisch aus dunklem Holz und zwei ebenso prunkvollen Stühlen die Sitzecke in ihren Gemächern bildete.

Nur zaghaft folgte ich ihrer Einladung und setzte mich. Immer wieder tauchten in meinem Kopf die Gedanken an Kaden, Rik und das Waisenhaus auf, allerdings kämpfte ich diese mit aller Macht nieder. Das konnte warten. In diesem Moment musste ich fokussiert sein.

»Na, hat dir der Ball gefallen? Ich hatte den Eindruck, als würdest du dich gut amüsieren.«

Ich verzichtete darauf, zu fragen, was genau sie damit meinte, auch wenn der Drang danach überwältigend war.

»Die Feier war wunderbar«, sagte ich stattdessen höflich und faltete nervös die Hände im Schoß, damit die Königin nicht merkte, wie sehr sie vor Aufregung zitterten. »Vielen Dank für diese Möglichkeit.«

Königin Juna nickte zufrieden. »Und hast du noch einmal über meine Bedingung nachgedacht? Kamen dir Bedenken?«

Sie sagte das, als hätte ich eine Wahl. Ich hatte ihrer Forderung bereits zugestimmt, nun war es zu spät für einen Rückzieher, das wusste sie genau. Nicht nur, dass ich mich vor dem gesamten Land blamieren würde. Sollte ich mich umentscheiden, würde die Suche von vorne beginnen. Jemand anderes säße schon bald an meiner Stelle. Und diese Person würde nicht zögern. Damit wäre alles, was wir in den letzten Tagen durchgemacht hatten, umsonst gewesen. Und ich würde als Schande der Stadt zurück ins Waisenhaus kehren und meine Träume von einem Leben im Palast an den Nagel hängen. So weit durfte es keinesfalls kommen.

So gesehen war die Antwort auf ihre Frage leicht. Warum zögerte ich dann?

Weil ich sehr wohl Bedenken hatte. Ich hatte Angst vor dem, was auf mich zukam. Was egoistisch war. Ich

hatte die Suche nach den Eiskristallen immerhin nicht allein für mich begonnen. Ich tat, was nicht nur für mich, sondern auch für die Kinder aus dem Heim am besten war. Es gab Schlimmeres, als Freunde ziehen zu lassen, wenn es im Gegenzug bedeutete, Gutes zu tun. Leben zu retten. Schließlich würde ich im Palast nicht allein sein. Ich würde immer jemanden um mich haben – auch wenn es nicht unbedingt Rik, Kaden, Saga oder die Kinder waren.

Zudem würde ich sie alle wiedersehen. Aus der Ferne. Die Garde hielt sich immer in der Nähe des Palasts auf. Kaden wäre also nicht weiter als einen Blick aus dem Fenster entfernt. Sollte er seinen Entschluss denn tatsächlich noch einmal überdenken und nicht nur versuchen, mich mit seiner Antwort für den Moment abzuspeisen …

Warum machte diese Vorstellung meine Entscheidung schwerer? Warum wog diese Bedingung so viel mehr als all die süßen Versprechungen, die das Leben im Palast bot?

Ich atmete tief durch. Ich konnte mir noch so sehr den Kopf zermartern. Der Entschluss stand dennoch längst fest.

»Ich bin bereit, zu Gunsten der Krone auf meine Vergangenheit und meine Freunde zu verzichten, wenn es das ist, was Ihr meint«, erklärte ich. »Ich bin bereit, mein altes Leben hinter mir zu lassen und mich voll und ganz auf meine Aufgabe zu fokussieren. Das Wohl der Einwohner Ishøghs hat für mich oberste Priorität.«

Königin Juna lächelte mich an, wie Saga es bei den Kindern im Heim tat, wenn sie sie mit Stolz erfüllten. Offenbar waren es die Worte, auf die sie gehofft – mit denen sie gerechnet hatte.

»Eine Bedingung hätte aber auch ich«, setzte ich schnell nach, ehe Königin Juna etwas erwidern konnte.

Ihre Brauen hoben sich, was meine Nervosität ins Unermessliche trieb. Schon einmal hatte ich ein Gespräch mit diesen Worten begonnen. Und es hatte ihr nicht gefallen. Das würde es auch diesmal nicht. Garantiert würde sich Nohr nicht noch einmal für mich einsetzen, doch ich musste es versuchen.

»Und die wäre?«

Ich gab mir einen Ruck. »Mein Freund Rik ist der beste Handwerker Ishøghs. Es gibt kein Werkzeug, das er nicht herstellen oder reparieren kann.« Ich sprach schnell, um ihr keine Möglichkeit zu geben, mich zu unterbrechen. »Sein Talent wäre verschwendet, würde er Hilfsarbeiten in der Stadt leisten müssen, wie es für Waisenkinder üblich ist. Wir könnten von seinen Fähigkeiten im Palast profitieren. Davon bin ich überzeugt.«

Die Stille, die auf meine Ansprache hin folgte, kostete mich die letzten Nerven, die ich an diesem Abend noch aufbringen konnte. Angespannt hielt ich den Atem an und wartete, während Königin Juna ausführlich über meine Worte nachdachte. Dass sie meinen Wunsch nicht sofort beiseite wischte, wertete ich als gutes Zeichen.

Erst als sie langsam nickte, wagte ich es, wieder Luft zu holen.

»Ich bin durchaus bereit, deinen Vorschlag anzunehmen«, meinte Königin Juna, während mein Magen sich zu einem festen Klumpen zusammenzog. Das klang nach einem Aber. »Allerdings unter gewissen Voraussetzungen. Er darf im Palast arbeiten. Wenn du mir versprichst, keinerlei Kontakt zu ihm aufzunehmen. Ich möchte nicht, dass du als zukünftige Königin in irgendeiner Weise von deiner Arbeit abgelenkt oder beeinflusst wirst. Es wird keinen Kontakt, keine Treffen und keine Gespräche geben. Der Einzige, den du bei wichtigen Fragen zurate ziehen wirst, ist Nohr. Bist du mit meinen Bedingungen einverstanden?«

Nicht nur Kaden, sondern auch Rik direkt vor der Nase zu haben, ohne mit ihren reden, streiten oder lachen zu können, grenzte fast an Folter. Aber ich hatte Königin Juna ein Versprechen gegeben: Das Wohl der Einwohner stand für mich an erster Stelle. Vor allem das meiner Freunde.

Ich schluckte hart, da mir bewusst war, wie endgültig diese Entscheidung war, und nickte dann. »Das bin ich.«

KAPITEL 29

Rik

Der gestrige Abend hing wie ein Schatten über ihm. Es war spät gewesen, als Saga und er die letzten Kinder in die Schlafräume gebracht hatten. Umso schwerer war es ihnen allen gefallen, heute früh aus den Betten zu kriechen und der Arbeit nachzugehen, die sich nicht aufschieben ließ. Nichtsdestotrotz würde er die Feier um nichts in der Welt missen wollen. Auch wenn der Abschied schmerzvoll gewesen war, sah er nun beruhigt in die Zukunft, wusste er doch, dass Alva ihre Sache gut machen würde.

Sein Blick wanderte in die Ferne, auch wenn der Palast von hier aus nur zu erahnen war. Was sie heute wohl zu tun hatte? Bestimmt gab es jede Menge zu lernen, ehe sie den Platz der Königin übernehmen konnte. Aus einem Waisenkind wurde nicht von heute auf morgen die Herrscherin über ein Land. Viel Zeit würde ihr jedoch

nicht bleiben, bevor sie sich der Verantwortung stellen musste. In ganz Ishøgh munkelte man bereits über den Zustand der Königin und darüber, wie schlecht es um sie stand. Königin Juna war nie ein Freund großer Auftritte gewesen, doch in letzter Zeit hatte man sie noch seltener gesehen als zuvor. Umso erschreckender war das Bild, das sich ihnen gestern gezeigt hatte. Zwar war ihre Rede kurz gewesen, doch man hatte deutlich erkannt, wie ihre Königin nach und nach die Kraft verließ. Vermutlich würde Alva die Krone früher auf ihrem Kopf tragen, als ihr lieb war. Aber auch damit würde sie zurechtkommen. Davon war Rik überzeugt.

Aufgebrachte Kinderstimmen ließen ihn in seiner Arbeit innehalten. Er war gerade dabei, ein paar Werkzeuge für Bauer Erik zu reparieren, als Unruhe auf dem Hof ausbrach. Verwirrt sah Rik sich um, als immer mehr Kinder und Arbeiter an ihm vorbei liefen – hinaus aus dem hohen Steinbogen, der den Bauernhof vom Heim trennte.

Ein mulmiges Gefühl machte sich in ihm breit. Ein solcher Aufstand hatte in der Regel nichts Gutes zu bedeuten.

»Was sitzt du hier rum? Komm schon!« Ida packte ihn am Arm und zog ihn hoch. Er konnte gerade noch das Werkzeug fallen lassen, ehe sie ihn in Richtung Waisenhaus zog.

»Was ist denn los?«, fragte er verwirrt, da scheinbar jeder außer ihm wusste, was geschehen war.

»Königliche Reiter«, rief sie ihm über ihre Schulter zu, ohne ihn loszulassen. Ein Funkeln war in ihre Augen getreten, das Rik seit einer Ewigkeit nicht mehr gesehen hatte.

Das letzte Gespräch der beiden war alles andere als glimpflich verlaufen. Danach hatten sie sich bei jeder Begegnung lediglich angeschwiegen – bis gestern. Als Ida ihn auf der Feier zum Tanz aufgefordert hatte, war ihm klar gewesen, dass er nicht ablehnen konnte. Nicht vor all den Leuten und nicht vor Saga, die ihn garantiert vor versammelter Gesellschaft dafür gerügt hätte, wo sie doch mit ihrer Teilnahme am Ball einen Schritt auf Alva und auch ihn zugegangen war. Er hatte keine große Lust auf einen Tanz gehabt, nachdem, was Alva ihm erzählt hatte. Vor allem nicht mit Ida. Umso erstaunter war er über die Seite von ihr gewesen, die er gestern kennengelernt hatte. Sie war wie ausgewechselt gewesen. Wie ein anderer Mensch. Kein fieser Kommentar war über ihre Lippen gekommen. Kein böser Blick in Richtung Alva geschossen.

Es musste ihr wahrlich schwergefallen sein.

Nichtsdestotrotz konnte Rik nicht leugnen, dass er diese Version von ihr mochte. Diese Ida, mit der er einst befreundet gewesen war, ehe sie sich zum Schlechten verändert hatte. Die Frage war nur, wie lange diese Seite von ihr die Oberhand behielt. Wie lange es dauerte, bis die gehässige Ida wieder zum Vorschein kam.

Auf dem Platz zwischen Waisenhaus und Bauernhof hatte sich eine kleine Menschenmenge versammelt. Und tatsächlich stand dort die Garde der Königin. An der Spitze ein Soldat, der Rik vage bekannt vorkam. Er war etwa in seinem Alter, vermutlich etwas älter. Rik erinnerte sich daran, ihn auf dem Hauptplatz gesehen zu haben. Er musste derjenige sein, den Kaden fixiert hatte. Was eigentlich nur eines bedeuten konnte …

Gegen seinen Willen schob Ida ihn immer weiter vor, an all den anderen Schaulustigen vorbei, bis er vor dem Soldaten ankam, der ihn mit einem abschätzigen Blick bedachte.

»Bist du Rikard?«, fragte er desinteressiert.

Riks wandte sich zu Ida um, die ihm begeistert zu nickte. Wusste sie etwa, was hier vor sich ging? Wusste es jeder, bis auf ihn?

»Ja?« Es war mehr eine Frage als eine Feststellung. »Warum?«

»Königin Juna verlangt nach dir. Es heißt, du wärst ein guter Handwerker. Stimmt das?«

Sein Mund öffnete sich, doch Ida kam ihm zuvor.

»Der Beste!«, log sie. Er hatte sich über die Jahre vieles angeeignet, was allerdings nicht zu vergleichen war mit den Lehrlingen in der Stadt, die von den Meistern lernten.

»Ich verstehe nicht ganz«, dämpfte Rik ihren Enthusiasmus. »Was hat das alles zu bedeuten? Was interessiert es die Königin, ob ich gut in meinem Handwerk bin oder nicht?«

Der Soldat wirkte ungeduldig, so als vergeude jedes weitere Wort nur wertvolle Zeit. »Was die Königin will, ist nicht zu hinterfragen. Pack deine Sachen. Du kommst mit uns in den Palast.«

Wieder öffnete sich sein Mund zum Protest, und wieder war es Ida, die ihm ins Wort fiel.

»Natürlich. Gebt uns nur einen Augenblick. Wir sind sofort zurück.« Gegen seinen Willen schob sie Rik in Richtung Waisenhaus, während die Ansammlung um die Garde bestehen blieb. »Versau es dir nicht«, zischte sie ihm zu. »Du weißt genauso gut wie ich, dass Leute wie wir in dieser Stadt kaum eine Chance auf einen ordentlichen Beruf haben. Die Königin will dich einstellen und du fragst, warum? Die richtige Frage wäre, wann soll ich anfangen?«

Kaum hatten die beiden die Hütte betreten, befreite sich Rik aus ihrem Griff. Nun, wo die Blicke der anderen nicht mehr auf ihnen lagen.

»Ich kann nicht weggehen«, widersprach er. »Nicht einfach so. Was ist mit den Kindern?«

»Die werden auch ohne dich zurechtkommen.« Ida verdrehte die Augen, als wollte sie sagen: *Sei nicht so eingebildet.* Dabei war es nicht das, was er meinte.

»Ist dir überhaupt klar, welche Aufgaben ich hier übernehme?«, wollte er wissen, um ihr die Situation zu verdeutlichen. »Wenn du in Zukunft die Rolle des Totengräbers übernehmen möchtest, nur zu.«

Seine Worte rüttelten Ida wach. Ihre Augen weiteten sich einen Moment, dann schüttelte sie den Kopf und senkte den Blick.

»Natürlich nicht«, räumte sie nun weitaus sanfter ein. Sie schluckte all ihre Gehässigkeit hinunter, ehe sie fortfuhr: »Aber ich lasse nicht zu, dass du dir diese Möglichkeit entgehen lässt. Ich bin mir sicher, Alva hat alles in ihrer Macht Stehende getan, um dir diese Position zu verschaffen. Enttäusch sie nicht.«

So ungern er es zugab: Ida hatte recht.

Seine Uhr tickte. Zwar hatte Saga ihm angeboten, auch nach seinem achtzehnten Geburtstag hierzubleiben, ob er das wollte, war eine andere Sache. Wollte er für immer derjenige sein, der gerufen wurde, wenn eines der Kinder den Winter nicht überstand? Oder im Palast der Königin das tun, was ihm Freude brachte? Mit seinem Verdienst dort könnte er Saga und das Waisenhaus sogar noch besser unterstützen ...

Als er weiterhin zögerte, griff Ida nach seiner Hand, woraufhin er sie überrascht musterte.

»Tu es für dich«, sagte sie mit Nachdruck, ohne ihn dabei loszulassen. »Jeder andere würde keinen zweiten Gedanken über diese Entscheidung verschwenden. Und das solltest du auch nicht. Du hast es verdient.«

Da war sie wieder. Diese Seite an Ida, die er gestern

wiederentdeckt hatte. Diese Seite, die sich nicht bloß für sich selbst interessierte. Die sie scheinbar keinen außer ihn sehen ließ.

Hatte sie recht? Konnte er dem Heim den Rücken kehren? Würden die Kinder ihm verzeihen, wenn er sie zurückließ?

Das mussten sie, wenn es ihr Überleben bedeutete.

»Ich weiß, ich habe mich in den letzten Tagen daneben benommen und einige Dinge getan, auf die ich nicht stolz bin«, fuhr Ida fort, als seine Antwort ausblieb. »Aber ich kann eine Niederlage akzeptieren und versuchen, es wiedergutzumachen. Alva braucht dich, also lass sie nicht im Stich.«

Rik atmete tief durch, ehe er eine Entscheidung traf. »Einverstanden. Ich mache es. Aber ich muss Kaden Bescheid sagen.«

»Vergiss Kaden.« Rasch versperrte Ida ihm den Weg, als er an ihr vorbei zum Hinterausgang wollte. Ihr strenger Blick fixierte ihn. »Die warten auf dich, Rik, du solltest die Soldaten nicht herausfordern. Pack deine Sachen. Ich erzähle Kaden die Neuigkeiten.«

Er zögerte einen Moment und wog ab, ob es eine gute Idee war, Ida auf Kaden loszulassen. Andererseits, was sollte schon passieren?

»Okay.«

Königin Juna

Ihre Augen fühlten sich schwer an. Jeder Muskel in ihrem Körper schien zu schmerzen und der Königin wurde klar, dass diese Nacht womöglich ihre letzte sein würde.

In den vergangenen Tagen und Wochen hatte sie viele dieser Nächte gehabt, in denen sie wach gelegen und gegrübelt hatte, ob das ihr Ende sei. Doch heute fühlte es sich näher an als sonst. Greifbarer. Unmittelbarer.

Auch wenn sie ihre Lider kaum aufbrachte, wusste sie, dass Nohr treu an ihrer Seite saß. So wie er es in allen Nächten getan hatte, die so finster und endlos gewesen waren wie diese.

Er berichtete ihr von Alvas Fortschritten und davon, dass der Junge, den sie am Hof haben wollte, heute eingetroffen sei. Es aber zu keinerlei Kontakt gekommen war, wie sie es gewünscht hatte.

Königin Juna wollte ihn daran erinnern, dass dies unbedingt so bleiben sollte. Doch das war nicht nötig. Nohr kannte ihre Wünsche. Und er hielt sie in Ehren. Er würde dafür Sorge tragen, dass nichts und niemand Alva von ihrer Mission abhielt, die Stadt zu beschützen. Es war die wichtigste Aufgabe einer Königin. Ishøgh musste unter allen Umständen geschützt werden.

Sie versuchte ihre Gedanken in Worte zu fassen, doch es hatte keinen Zweck. Zu stark war die Erschöpfung. Zu sehr zerrte die Dunkelheit an ihr. Schließlich gab sie den Versuch auf. Wozu auch? Sie hatte Nohr alles mitgeteilt und niederschreiben lassen, was wichtig für das Weiterbestehen Ishøghs war. Sämtliche Angelegenheiten waren geregelt. Ihre Nachfolgerin würde dank Nohrs Führung wissen, was zu tun war. Und doch …

Doch schien sie etwas festzuhalten, ihr keinen Frieden gewähren zu wollen.

Trotz der unendlichen Müdigkeit und Erschöpfung rebellierte ihr Geist noch einmal auf. Nicht alle Angelegenheiten waren geklärt. Es gab da eine Sache, um die sie stets einen großen Bogen gemacht hatte. Die sie mit Vehemenz totgeschwiegen hatte, jedes Mal, wenn Nohr versucht hatte, das Thema aufzugreifen.

In diesem Moment wünschte sie, sie wäre nicht so starrsinnig gewesen. Obwohl sie ihr Leben lang keine ihrer Entscheidungen bereut hatte, spürte sie nun so etwas wie Bedauern. Es war ein Gefühl, das sie nicht losließ. Es griff nach ihr und hielt sie fest. Wurde stärker, mächtiger. Riss sie aus ihrer Trance.

Eine letzte Sache …

»Nohr …« Sein Name kam nur schwer über ihre trockenen Lippen.

Augenblicklich kam ihr Berater näher. Er beugte sich zu ihr, um keines ihrer leisen Worte zu verpassen. Doch es dauerte, bis sie ihren Mund verließen. Und es kostete alle Kraft, die Königin Juna noch aufzubringen vermochte.

»Kaden darf nicht zurück in die Garde.« Sie atmete tief ein, ein Gefühl von tausend Nadeln, die ihre Lunge durchstachen. »Dort draußen lauert Gefahr.«

Nohr wirkte verunsichert. »Ich wusste nicht, dass davon die Rede war. Was, wenn Alva es wünscht? Verlangt Ihr von mir, den Befehl der Königin zu übergehen?«

Ihr Kopfschütteln war kaum mehr als eine müde Bewegung, beinahe unmerklich. »Ich verlange es nicht. Ich bitte dich, Nohr. Pass auf, dass ihm nichts geschieht.«

KAPITEL 30

Kaden

Kaden erwachte mit einem Schrei auf den Lippen, der nicht seiner war. Sein Herz schlug schneller als je zuvor, während gleichzeitig ein durchdringender Schmerz in seiner Brust dröhnte, als hätte ihm jemand sein Schwert durch die Rippen gejagt. Nach Luft ringend drehte er sich in seinem Bett zur Seite, versuchte eine Position zu finden, die ihn atmen ließ. Die Schmerzen ebbten nicht ab.

Nach einer Erklärung suchend tastete er seine Brust ab, doch da war nichts. Kein Blut, keine Verletzung. Kein Grund für die heftige Reaktion seines Körpers. Es waren lediglich die Nachwirkungen der Vision, die sich so tief in seiner Brust verankert hatten, dass er kaum atmen konnte.

Kraftlos ließ er sich zurück ins Bett fallen und fuhr sich mit dem Handrücken über die schweißnasse Stirn. Den Gedanken, dass diese Vision ihn womöglich nicht so tief getroffen hätte, wäre Alva bei ihm gewesen, schob er schnell beiseite. Sie hatte ihm einmal geholfen, eine Vision zu überstehen, und würde es nie wieder tun. Denn sie war nicht mehr bloß Alva, das Waisenkind. Von nun an war sie *Königin* Alva.

Vor seinen geschlossenen Augen tanzten die Bilder der Vision wie Blitze an ihm vorbei. Diesmal sah er sie klar und deutlich. Diesmal hatte niemand sie ihm gestohlen.

Mit jedem Atemzug ließ der Schmerz langsam nach, doch die Bilder blieben. Das Abbild einer in die Jahre gekommenen Königin, deren Herrschaft heute Nacht ein Ende gefunden hatte.

Es war seltsam, wie nah ihm ihr Tod ging, hatte er doch nicht nur gute Erinnerungen an sie. Früher, als er klein gewesen war, hatte er Königin Juna bewundert. Was vor allem an den Erzählungen seines Vaters gelegen hatte. Er hatte ihm Geschichten über ein Mädchen erzählt, das Ishøgh aus einem tiefen Loch gezogen und aufgebaut hatte. Von einer jungen Frau, die sich ihrem Volk verschrieben hatte und das Beste für jeden einzelnen Bürger wollte.

Mit den Jahren hatte sich Kaden allerdings ein anderes Bild von Königin Juna gezeigt. Die erste Zeit im Waisenhaus war die Hölle für ihn gewesen. Dafür, dass er dort gelandet war, gab er allein ihr die Schuld. Nicht nur, dass sie seinen Vater auf eine Mission geschickt hatte, die ihn das Leben gekostet hatte. Eine der Angestellten aus dem Palast hatte sich dazu bereit erklärt, Kaden aufzunehmen, um ihn nicht aus seinem gewohnten Umfeld zu reißen. Doch die Königin war strikt dagegen gewesen. Waisen gehörten ins Waisenhaus. Damit war sein Schicksal beschlossen gewesen.

Nur hatte sich Kaden nicht so einfach abspeisen lassen. Jeden einzelnen Tag hatte er gemeinsam mit Rik trainiert. Das Ziel: So gut zu sein, dass Königin Juna ihn gar nicht ablehnen konnte, wenn er kam, um sich für die Garde zu bewerben. Und sein Plan war aufgegangen.

Zugegeben, für seine Verletzung konnte sie nichts. Aber sie hatte ihm die Rückkehr verweigert mit der Behauptung, es wäre zu gefährlich.

Zu gefährlich!

Seither hatte er gespaltene Gefühle, was die Königin Ishøghs betraf. Die meiste Zeit über war seine Wut im Vordergrund gestanden. Doch mittlerweile hatte sich das Blatt gewendet.

Die Begegnung mit ihr im Palast hatte etwas hervorgerufen, das er nicht beschreiben – nicht verstehen – konnte. Sie kannte seine Kräfte. So gut, dass es ihr gelungen war, sie zu beeinflussen. Sie zu stehlen.

Deine Gabe ist beeindruckend. Du solltest mehr auf sie vertrauen.

Was wusste sie schon? Damit konfrontieren konnte er sie nun nicht mehr, so viel war klar. Dabei hatte er unzählige Fragen …

Mit geschlossenen Augen schüttelte er den Kopf, verdrängte den Gedanken und den Schmerz, der mit dem Tod der Königin einherging. Schlussendlich war sie eine Fremde für ihn gewesen. Eine Fremde, die ihm mehr als einmal Steine in den Weg gelegt hatte. Er sollte nicht um sie trauern. Vielmehr sollte er darüber nachdenken, was ihr Tod für ihn bedeutete. Es würde nicht lange dauern, bis Alva offiziell zur Königin über Ishøgh ernannt werden würde. Und obwohl er ihr gesagt hatte, dass sie es nicht tun musste, wollte sie ihn als Teil ihrer Garde.

Doch war er bereit, dorthin zurückzukehren? Konnte er das überhaupt?

Ich brauche dich.

Ihre Worte hallten unaufhörlich durch seinen Kopf und verdrängten jeden dunklen Gedanken an Königin Juna.

Es war spät, vermutlich gerade nach Mitternacht. Ob sie die Neuigkeiten schon erfahren hatte?

Alva

Ein scheinbar unaufhörliches Klopfen hallte durch meinen Kopf und riss mich unsanft aus den Träumen. Orientierungslos richtete ich mich auf und sah mich im Zimmer um. Die Vorhänge waren zugezogen, doch unter dem Saum leuchtete noch kein Sonnenlicht. Es war stockdunkel. Und dennoch hämmerte jemand unnachgiebig gegen meine Tür, als wollte er sie eintreten.

»Ja?«, fragte ich, wobei sich das Wort in ein ausgiebiges Gähnen verwandelte. Ich schlug die Decke von mir und kletterte widerwillig aus dem wohlig warmen Bett, das ich schon in der ersten Nacht in mein Herz geschlossen hatte.

Die Tür öffnete sich in dem Moment, in dem meine Füße den Boden berührten. Das Licht der Fackel brannte schmerzhaft in meinen Augen und ich wünschte, das alles wäre bloß ein schrecklicher Traum. Was war nur geschehen, dass man mich mitten in der Nacht mit solch einem Trara weckte?

Nur langsam gewöhnten sich meine Augen an die Helligkeit und ich musste aussehen wie eine Eule, die sich von Licht gestört fühlte. Ich erkannte Nohr, der einige Schritte herein hineingemacht hatte und die Fackeln und Kerzen an den Wänden entzündete. Er würde länger bleiben. Vor der nun wieder geschlossenen Tür stand ein Soldat, dessen Augen gefährlich klein waren. Ich war wohl nicht die Einzige, die müde war.

»Was ist denn los?« Meine Stimme klang kratzig, während ich den langen Schlafmantel vom Haken neben meinem Bett nahm und ihn über das edle Nachtgewand zog, das man mir bereitgestellt hatte. Mein Gehirn arbeitete viel zu langsam.

Mir wurde erst klar, was vor sich ging, als mein Blick auf das Diadem fiel, das Nohr in der Hand hielt. Schlagartig wurde mir übel. Gemeinsam mit dem Gesicht, das er zog, konnte das nur eines bedeuten. Und ich war absolut nicht bereit, es zu hören. Oder die Konsequenzen anzunehmen, die diese Nachricht mit sich brachte.

»Die Königin ist verstorben«, verkündete Nohr mit rauer Stimme, die voller Schmerz war. Dennoch wirkte er zumindest oberflächlich gefasst. Ganz im Gegensatz zu mir. Ich hatte das Gefühl, sämtliche Farbe würde aus meinem Gesicht verschwinden.

Das war zu früh. Viel zu früh!

»Ich weiß, es kommt plötzlich. Aber –«

»Und wie plötzlich das kommt!«, fiel ich ihm ins Wort. Panik machte sich in mir breit, als mein Kopf sich ausmalte, was der Tod der Königin für mich bedeutete. Zwar war es genau das, was ich gewollt hatte – die neue Herrscherin werden und das Leben in Ishøgh verbessern –, doch fühlte ich mich absolut nicht bereit dafür. Meine Ausbildung hatte gerade erst begonnen.

In mir drehte sich alles. Es fühlte sich an, als würde mir eine unsichtbare Kraft die Luft abschneiden. Ich konnte kaum atmen, geschweige denn klar denken.

»Ich brauche Rik«, stellte ich atemlos fest, während ich mich am Fußende meines Bettgestells festklammerte, da meine Beine sich mit einem Mal viel zu weich anfühlten. Als sich niemand bewegte, suchte ich den Raum nach dem Wachmann ab, der mich lediglich ratlos betrachtete. »Holt mir Rik!«

Völlig verdattert fuhr der Mann zusammen, ehe er schnell aus der Tür verschwand, ehe Nohr den Befehl rückgängig machen konnte. Kaum war diese wieder ins Schloss gefallen, hörte ich den Berater, der sich räusperte.

»Ihr wisst, dass das gegen die Regeln verstößt, Eure Hoheit.«

Eure Hoheit. Ich hasste diese Bezeichnung. Ich war noch nicht bereit, so genannt zu werden. Königin Juna war diesem Namen würdig. Ich hingegen hatte keinerlei Ahnung, was es bedeutete, ein Land zu regieren. Alles, was ich wusste, war, dass ich in diesem Moment meinen besten Freund an meiner Seite brauchte.

»Nun, von jetzt an mache ich die Regeln, oder etwa nicht?« Unruhig marschierte ich durch das Zimmer. Immer auf und ab, auf und ab, als würde das mein Denken erleichtern. »Ich werde mein Versprechen gegenüber Königin Juna schon nicht brechen. Aber … ich …«

Meine Worte kamen nur noch stockend hervor. Die Panik drohte mich zu übermannen.

»Vielleicht solltet Ihr Euch besser einen Moment setzen«, schlug Nohr überraschend mitfühlend vor.

Ich nickte zustimmend, ehe ich mich kraftlos auf die hintere Kante meines Betts sinken ließ und den Mantel noch enger um meinen Körper schlang. Zitternd holte ich Luft und versuchte, mich zu sammeln.

Aus reinem Reflex nahm ich ihm das Diadem ab, das er mir entgegenhielt. Nur noch zwei der sagenumwobenen

Eiskristalle glänzten darin. Als ich jedoch realisierte, was ich da in der Hand hatte, wollte ich es ihm zurückgeben, doch er hatte sich schon wieder zu weit von mir entfernt.

Meine Gedanken liefen heiß.

Es war von Anfang an klar gewesen, dass es nicht gut um die Königin stand. Nur deshalb hatte sie nach einer Nachfolgerin gesucht. Sie hatte ihr nahendes Ende kommen sehen. Aber dass es so früh eintrat, damit hatte ich nicht gerechnet. Und sie vermutlich ebenso wenig. Es gab so vieles, das ich lernen musste. Von ihr.

»Eure Hoheit«, setzte Nohr nach einer Weile an, als ich lediglich regungslos auf den feinen Teppich vor dem Bett starrte. »Ich weiß, es mag gerade nicht der richtige Moment sein. Aber die Zeit bleibt nicht stehen. Königin Juna ist von uns gegangen, das Volk braucht eine neue Herrscherin.«

Hastig schüttelte ich den Kopf. »Ich bin noch nicht so weit.«

»Aber –«

Meine Hand ballte sich zur Faust, als ich ihm ins Wort fiel: »Ich sagte, ich bin noch nicht so weit!«

Eine Welle heißer Wut durchfuhr meinen Körper. Hitze breitete sich in mir und um mich aus. Es dauerte zu lang, ehe mir klar wurde, dass es nicht bloß Wut war, die ich da spürte.

Die Vorhänge meines Betts sowie die vor den Fenstern und der edle Teppich hatten wie aus dem Nichts

Feuer gefangen. Flammen loderten wie in einem schützenden Kreis um mich. So als wollten sie mich vor weiteren drängenden Worten des Beraters bewahren. Zumindest fühlte es sich so an. Denn anstelle von Angst verspürte ich eine plötzliche Ruhe, die ich so dringend benötigte, um zu verarbeiten, was geschehen war. Mein Herz schlug fest gegen meine Brust, während ich mich vorsichtig vom Bett erhob und den Blick über das leise knisternde Feuer wandern ließ. Es spendete eine wohlige Wärme, fühlte sich aber keineswegs heiß oder bedrohlich an.

Hilfesuchend sah ich mich nach Nohr um und blickte dabei sowohl in sein als auch in Riks ungläubiges Gesicht, der plötzlich im Türrahmen stand. Ich hatte seine Ankunft nicht einmal bemerkt. In seinen haselnussfarbenen Augen spiegelten sich Verwirrung und Besorgnis.

Es dauerte eine gefühlte Ewigkeit, ehe Nohr sich räusperte. »Nun, damit habe ich nicht gerechnet.«

DANKSAGUNG

Es ist ein komisches Gefühl, nach langer Pause wieder ein Buch zu veröffentlichen. Manchmal kann man etwas noch so sehr lieben und doch kommt das Leben dazwischen.

Umso glücklicher bin ich, heute diese Worte zu schreiben und zu wissen, dass schon bald ganz viele Menschen – Bekannte und auch Fremde – diese Zeilen lesen werden. An sie, an dich, geht mein Dank. Danke für dein Vertrauen in mich und meine Geschichte. Danke, dass du uns deine Zeit geschenkt hast. Ich hoffe, der erste Teil von Alvas Geschichte hat dir gefallen!

Ich danke meiner Familie, die niemals an mir oder meinen Vorhaben zweifelt und mich in allen Belangen unterstützt.

Mit den ersten Worten dieser Geschichte habe ich mich verliebt. In die Charaktere, die kalte, nordische Welt. Ich habe lange darüber nachgedacht, was der richtige Weg für dieses Buch ist. Und schließlich habe ich ihn

gefunden. Danke an Jay und den Bookapi Verlag, die meine Geschichte aufgenommen haben und sich so liebevoll darum kümmern, wie ich es mir nie erträumt hätte.

Ich hoffe, ihr freut euch ebenso auf den finalen Teil der Dilogie wie ich. Wir lesen uns bald wieder!

Eure *Nina*
– NH Dawn

PLAYLIST

Same About You – A Day To Remember
Invisible – Story Untold
Heaven – PVRIS
Fallen – Blockheads
On My Own – Ashes Remain
Bleeding Through – I Prevail
Anything At All – Dead By April
Break Into My Heart – Daughtry